作家出版社

马小淘 著

冷眼

马小淘

硕士毕业于中国传媒大学。曾获全国新概念作文大赛一等奖、中国作家鄂尔多斯文学新人奖、在场主义散文奖新锐奖、西湖·中国新锐文学奖等。

十七岁出版随笔集《蓝色发带》。已出版长篇小说《飞走的是树，留下的是鸟》《慢慢爱》《琥珀爱》，小说集《火星女孩的地球经历》《章某某》，散文集《成长的烦恼》等多部作品。

目录

序 电影的只言片语

　　直到二十岁，我还执拗地以为，会有一条看得见尽头的笔直的路，两侧是朋友亲人的笑脸和野花野草的欢颜，没有敌人也没有炊烟。温暖洁净如同婴儿的口腔，连牙齿也没来得及长。是的，就是那种其实很单调的甜蜜，不可以再成熟一分。我设想我的生活是一只浅浅的素白的碟子，没有任何装饰，填进一种以上的食物，便显得杂乱无章。于是，大学毕业那一年，我拒绝了所有面试，也没有继续读书。生怕一入江湖岁月催，怀着对全世界的傲慢与偏见，我幽怨丛生带着病态的避世心理，整日待在家里，昼伏夜不出，和DVD机面面相觑。我想永远半睡半醒，不为任何事灵机一动；讨厌风尘仆仆，企望永远纤尘不染。有洁癖是不好的，但是那时没有人告诉我。

　　那一段，我生活的全部内容就是——待着。站着、躺着、坐着、歪着、靠着，我的房子里只有我自己，我想怎么着就怎么着。没有具体的内容，于是恶补别人的生活。

那些静谧轻薄的光盘，那么小，却装得下喧哗起伏的故事，放进机器便迅速幻化出咫尺天涯的人生百态。我总是舒服地坐在沙发上，等待着蚀骨的伤感或莫大的奇迹，叫嚣的愤怒或安静的绝望。胶片里的人生能永不褪色，我忠实地守望着那些故事，不追究平淡还是离奇。降生，枯萎，弹指红颜老。电影，把丰腴的故事凝练在以小时计算的短暂里，是比生活更诱人的幻觉，让人神往唏嘘。

在那些失重的日子，我跟着电影奔跑，蜻蜓点水地回到现实，几乎把所有的寄托都装在了影碟机里，像一条主动靠岸的鱼，将自己搁浅在电影里。隔着屏幕的繁华满足了我的虚荣，闻不到香味的食物关照着我的胃口，我活在电影的边缘，轻易就和故事里的人有了默契的共鸣，他们的焦点便是我的焦点。我静静地听他们哭泣，揣测他们的情绪，随着他们东西南北到处流浪，仿佛自己不是血肉之躯。

画饼充饥，并且还撑着了。在自身贫乏的生命里，我近乎于偷窃地置身电影人物的情趣。看《新桥恋人》，想往眼睛上贴块纱布住在桥上；看《机械师》，琢磨是否也能瘦得皮包骨头；看《黑暗中的舞者》，为比约克的在劫难逃悲愤欲绝。在西单逛街，遭遇十几岁的小贼。那男孩因我发现了他伸进我包里的手而愤愤离去，至多十五岁的脸上是稚嫩混杂邪恶的神色。我先是紧张得心跳加速，被现实的强悍吓得越发弱，继而好奇地想把他归类成电影里的人物，是未成年的预备役"小武"，还是中国版的残酷青春？

与人声鼎沸隔绝得太久，只与虚拟的屏幕接壤，在凡俗的影像里超凡，我欲罢不能逃避在光怪陆离的影像中。因为我清楚，电影是门外的声音，好奇时可凑上耳朵听得仔仔细细，冷漠时可以双眼一闭忽略得干干净净。吻落在角色的唇上，耳光亦甩在角色的脸上，那些逼真激烈的悲喜终究在别处，再残酷的电影也不会给我迎头痛击，我到底还是看客，不需躲藏，必然毫发无伤。

于是，有了这些文字。就事论事，或者借题发挥。东想想，西想想，想得我忍不住快乐或悲伤。我在文字里回想着那些触动神经的细节和情绪，记下连接我和电影的只言片语。忘记了是怎样开始的，用文字去照应一个故事。两年的时间里，我断断续续，像摆弄糖纸的小女孩，久久没有厌倦。它们或许是稚拙的，武断的，强词夺理的，不过至少是真诚的。那些打动我的故事，携带着我不吐不快的表达。

如今，我告别了那段拒绝成长的时光，意气风发蹚在二十几岁的浑水里。不再将真实拒之门外，终于学会了咧着嘴乐，并且是发自肺腑的。无师自通地发觉，生活确实有些乱糟糟，但也是暖烘烘的。回头望，亦无法与当年的我肝胆相照了，不知当年为何那样胆怯畏惧，那么自己宝贝自己。然，对电影的迷恋，却始终不减，依然喜欢握着暖暖的水杯盯着屏幕，宁静的我，屏幕里的万语千言万水千山。

如一阵冷风

看完《空房间》的那一秒，我忘记了男女主人公的名字。他们言辞稀少，也没有像佐罗一样潇洒地挥出一个"Z"加固我对名字的记忆。回想电影的时候，我称他们为男孩、女人。他们从一出场就透着莫测的信息，神秘的人不需要名字。

金基德的电影总是如此，卑微、边缘、剑走偏锋。这一次于他，算得上温和。那些清冷的暴力、情色、耻辱都没有出现。只是两个有悖常态的人，安静而大胆地活着。

电影像一个精瘦的人，毫无赘肉，初次见面便留下干脆简洁的印象。

男主角乍看有点蔫，像角落里一片薄荷叶，清凉无邪晴朗宜人，健康得仿佛从未吃过药。没有交代他从哪里来，也无法预知他向哪里去，那张看不出来历的脸包裹着他的过去和未来。他总是莫名其妙地笑着，清脆的笑容似乎掉在地上能摔出声音。看不出是否受过教育，猜不透是否出身富裕，他的一切背景都那么虚幻，让人不会轻易怀疑也无法安然接受。流浪是他人生的梗概——他骑着一辆很拉风的摩托车寻找空置的房间，先在诸多房门上贴广告，几日后见广告无人撕下，就破门而入。聪明而又冒险地占据别人的房间，不为盗窃只为短暂地居住——在房主回来前悄然离开。做饭、睡觉、听电话录音、修理出问题的用具、洗房主的衣物……他自如地穿梭在房间中，心安理得地主宰着一切，俨然房主的样子。更有意思的是，每一次他都掏出相机留念，拍下"到此一游"的证据。气定神闲而毫无目的，匪夷所思又充满惊奇，像一个国王，沉溺在自己的国度里。

日子在一所所切换的房子中快速逝去，直到他来到那个装着女人的公寓。房间里坐着忧郁的女人，而男孩没有发现。他的一举一动都收到了女人眼里。作为主人，她没有惊慌没有尖叫，反而一边躲藏一边好奇。眼里的目光幽深又收敛，面上的淤痕黯然而清晰，她没有欢乐和活力，像一枚古老精致的首饰，一眼望去就知道是有故事的。吞咽过苦涩的美丽女子，疼却不呻吟，淡雅、伤感、暧昧、迷离、暗香浮动，这些应该都是合适的形容。

彼此的发现，都有些出人意料，又马上表现出惯于接受的样子。瞬间气息的交融，他们互相没有恶感。男孩像一只突然出现的打火机，在女人的黑暗里火苗闪烁。

女人的丈夫回来，"肉食者鄙"的横相，面目可憎。他像一句豪言壮语，假、大、空，甚至坏。动物凶猛，他以爱的名义殴打压迫着女人，自以为是地摆弄着家庭暴力。

另类的英雄救美，陌生人从丈夫的淫威下带走女人，日子在摩托车上重新开始。俊美少年和幽怨少妇成了一根绳子上的两只蚂蚱，这样的组合有点怪异，但很调和。他们看起来都是干净脱俗的，男孩未经尘烟，女人经历但没沾染。他们清爽而不黏稠，即使是脏也像沙子、尘土，而绝不是泥泞、沼泽。他们总是静悄悄的，但却含着巨大的爆发力。不会手足无措，不会大惊小怪，亦不受任何逼迫，坚毅又低调的前行，没有足迹，也没有脚步声。

两个高人行走江湖，没有方向，所以不会迷失。他们一起贴广告，一起辗转各种房屋，把自己当作两只鸟，栖息在不同的树上。充满勇气和激情，缺乏安全和规划，世俗的世界在他们眼里是一片洪荒。女人无师自通地领会了男孩的生活方式，默默跟从在他身后，一同热爱着他们临时的家。不知畏惧也并不沟通，他们的情感在无语中生机盎然。她感受到他对她的好，虽然他不说话，却是那种无论手里握着什么都敢摊开的人，寡言但是坦荡，沉默但不遮掩，没有丝毫的阴暗自私。同床而眠、合影拍照留念、一起做饭洗衣，女人悄悄地靠近显示出她戒心的逐步消除和情感的渐渐依赖。他们曾被半夜归来的主人痛殴后撵出房门，曾没有言语地争执较劲，无须表述，两个用气息交流的人同甘共苦不离不弃。不同的房子里，他们满足而安逸，像任何一对琐碎家常的夫妻，有了只属于两个人的鸡毛蒜皮。房子内的一切都是他们的，他们爱护而仔细。甚至在简陋的屋子里发现一具空巢老人的尸体，他们也入戏地把他当作自己父母，细心为老人擦去污秽，裹上丧衣，简朴却庄重埋进土地。看起来他们似乎打算永久居住在这个失去主人的破屋里。然而，老人的子女还是适时地出现了。没有尽到孝心却热衷推理破案，男孩和女人被抓入狱。明明是共犯的女人被定义成被拐带妇女，遣返回家。奇特的历险被现实阻截，荒诞的枝节总是被拉回主干。

女人回到丈夫身边，刚刚开始明朗的脸又恢复了阴霾。男孩被关进监牢，虽然洗脱了杀害老人的罪名，却要为私闯民宅付出代价。那些纪念的照片成了最有力的控诉证物。

拿手好戏是开锁的男孩果然没有荒废监狱里的时光，另一个绝技就要练成。他面带诡异的微笑，玩起了戏弄看守的游戏。这个精灵气的男孩试图练习诡秘的神功——隐身——生活在人们的视线之外。就是这么稀奇古怪，男孩带着蔑视一切的神情修炼着。一次次耍弄看守，一次次招惹毒打，倔强地挨打，然后再倔强地挑衅。调皮、任性、灵敏、不肯就范，不知道命对他是不是真的只有一条。他像一只冲破禁锢的蝴蝶，轻盈飞翔永不落地，洋溢着无法束缚的自由，带来淋漓的快感。

不知道接下去会发生什么，金基德的电影总是别有洞天。

男孩出狱，像是破茧而出。安静地潜入那些临时居住过的房间，在主人的目光之外，如一阵冷风，对屋里的细节动手脚。调整拼图照片的顺序，粘住海报人物的眼睛……眼皮底下的恶作剧让房主们脊背上阵阵冷风，不寒而栗。比"隔墙须有耳，窗外岂无人"更甚，他直接登堂入室。打草，只为惊蛇，以自己的方式实施小小的报复。没有人看见他，但可以隐约感觉他。他仿佛穿上了传说中那件叫人隐身的斗篷，从此便可洒脱恣意地游走在现实与虚空之间。凌波微步，乾坤大挪移，在不是武侠的故事里实现——原来金庸和金基德姓的是一个金。

再说说那个女人。重回坟墓般的家，她食不入味寝难安睡，没有男孩，她失去了归属感。她回到一所他们住过的房子，当着房子的男女主人，不管不顾地躺在与男孩共同休憩过的长椅上，神情留恋享受，似乎在触摸那段一同流浪的时光。爱，在这一刻闪亮又悲愤。

团聚，金基德电影中少有的暖色调尾声。男孩回到女人的家，潜藏在她丈夫的身后，笑容明媚而得意。女人终于开口说话，她扑向丈夫的怀抱，隔着丈夫的肩膀与男孩接吻。那句"爱你"跨过丈夫多余的身体缓缓走入男孩的耳中……

电影结束，心头有小小的恐惧。结局的梦幻情境让我有些迟钝。亦真亦幻，虚无缥缈。从此女人和男孩安定地在一起，在她丈夫的房子里，过三个人的集体生活？就一直这样三国演义？或许不必去想，耗费脑力去想电影之后的事情是多此一举。何况这是金基德的作品，这个家伙从来没按常理出过牌，喜欢留下与真相无关的线索。他总是以清醒、觉悟、洞悉一切的姿态拍出异常的东西，颠簸又震撼。除去两个叹息般若有若无的美好男女，电影里的人都是那么糟糕。丈夫、房主、警察，这些配角都嘴脸险恶。人类在私密空间里的丑态，着实让人心惊。男女主角的沉静中，这些咋咋呼呼的配角肮脏得那么真实。

从小便接受好人好事的教导，所以对怪人怪事充满了好奇，第一次看金基德便被他的形式感和冲击力刺激了。不知他是如何构思的，保持新鲜冷酷，从不拾人牙慧，总是月黑风高，没有人情世故。从《海岸线》到《萨玛利亚女孩》，选择性地看了他五个电影，每一部的图像和结构都渗透出他强悍的叙事能力，于是不得不对他刮目。这个吝惜台词的导演，不止一次把主角设置成哑巴。这一次虽不是哑巴，却也根本不让他们说话。两个人，像两个橘子，以褶皱厚实的橘皮来包裹多汁软嫩的果肉，不沟通不欺骗，虽有距离感却那么让人喜欢——任何声音都是单一的嘈杂，唯有沉寂包含一切。

我是盗版碟喂养大的孩子，和诘屈聱牙的字幕已经"相看两不厌"了很多年。这一次，只有画面，不需字幕，只有蛇，没有足，感觉非常美妙。忽然想起某年情人节看的一部片子，某美女自导自演自改编，靠旁白堆起来的所谓故事。虽是母语，却听得我头昏脑涨。都是导演，手法上的差异咋就这么大呢！建议美女导演向金基德学习，让台词舒朗些，画面好看些，故事简单些。

姬别霸王

——将《霸王别姬》看过

一、一个人的四面楚歌

"虞姬怎么演,也都有个一死。"

生命终究是一道答非所问的谜题,没有霸王的虞姬,依然要面对或许不止四面的楚歌。

爱了一生的蝶衣,爱字从未出口,就从容殉爱而亡。化了妆,穿了虞姬的戏服,割破虞姬千年前早已割破的脖子,死在霸王身旁。蝶衣的固执终于胜利,做了真真正正的虞姬。这一刻,戏酣畅淋漓,生活鲜血淋漓,现实终于向戏剧靠拢——美人血,英雄泪,末路时的歌舞升平。

蝶衣在成为蝶衣之前,是小豆子;小楼在成为小楼之前,是小石头。小豆子和小石头是学戏的孩子,而蝶衣和小楼是戏里的虞姬和霸王。虞姬爱霸王,所以蝶衣爱小楼;霸王爱虞姬,但是小楼不爱蝶衣。于是,戏外的虞姬和戏里的霸王,两个男人,纠缠不清。小楼原地未动,蝶衣已经爱了万水千山。倔强的蝶衣带着一个人的一往情深走进一个人的海枯石烂，他的爱因为太黏稠丰厚，甚至显得有些不通畅。生命深处、爱情深处，和他做伴的只有虚幻的霸王。或许，这不正常。现实的世界里，人们都该如小楼那样，知道戏是戏，生活是生活。但是面对蝶衣的失常，我忽然懂得，有时候失常可以如此浪漫，正常是那么可怜。

两个男人的爱，总要出现切口。于是，来了一个女人。那名叫菊仙不用入戏生来就是女人的女人。这青楼女子略施小计，便"堂堂正正地进了段家的门"，成了小楼的女人。菊仙拉着小楼走向大路，剩下蝶衣薄衣青衫孤独地徘徊在小径上。蝶衣与小楼的生米，被她轻易做成熟饭。

蝶衣的世界简单得只有两件事：小楼和京戏。而小楼的世界充满世俗的欲望：花酒，女人，温暖的床。一个沉醉在台上的绚美华丽，另一个更钟爱台下的活色生香；一个把生活当作演戏，另一个靠演戏来过生活；一个失去另一个要天崩地裂，一个失去谁都不过是一个过场的小悲伤。蝶衣并不知道这其中的分别，他只当二人便是霸王和虞姬，能从天经地义走到天荒地老。可菊仙迟早会出现，蝶衣与小楼的对称也终究会被打破，戏里小楼对蝶衣的那句"妃子"最后变成了戏外对菊仙的一声妻子。

失去小楼，爱情被退回寄件人，蝶衣目光迷离。他的爱早已水积成川，如何面对这虎头蛇尾的失望结局！

没了小楼，只剩下戏了。生命的动力失去了一半，人，自然也是半条命了。"领着喊的那个唱武生倒不错。""有个叫青木的,他是懂戏的。""要是青木不死,京戏就传到日本去了。"任何时刻,他的心都泡在京戏的酒杯里。过滤掉历史、政治、仇恨种种坚硬的东西,蝶衣只懂得柔软的戏。

疯狂唱戏,只是唱戏。给日本人唱,给国民党唱,给共产党唱,不管台下谁坐江山谁打天下,无论骚动暴乱或是忽然暗场,台上的蝶衣总是风情万种地展示着名旦光华。你方唱罢我登场的世界上,有这样一个永远不愿意下场的蝶衣。

台上灿烂辉煌,台下寂寞仓皇,蝶衣躲在杨贵妃、杜丽娘的故事里粉妆锦饰,自顾自的做着如花美眷。是执著也是逃避,丢开现世的苦难,钻入上古的传奇。肉身惨淡地活着,灵魂早已化作虞姬。从北洋政府到"文革",世事纷扰从未改变他的心志,他只是怅然地唱着,等着小楼回心转意,等着再与他唱《霸王别姬》。失落中的等待成了他永恒的姿态。

可是,他还是和戏一起走进那或许早已注定的十面埋伏。政权的不断转移,终于把他们带到一个不听戏的年代。"文革"了,先是被小四抢走了虞姬的角色,后又从一代名旦程老板变成了被革命的程同志。批斗、揭发,成堆的苦难扑面而来,怕是当年的垓下之战也并没有这番险阻。小楼不能唱了,蝶衣不能唱了。当年台上风光无限的英雄美人,被要求勾脸谱、穿戏装,以牛鬼蛇神的身份接受红卫兵的教育。毫无秩序的人群里,小楼颤抖局促地勾着脸。蝶衣轻轻走来,没有言语,接过那支能把小楼变成霸王的笔,专注地勾勒着。他目光温柔,嘴唇微启,仿佛此时不是尊严扫地的批斗，而是又一次隆重登台前的精心准备。不管霸王落难到何种境地，虞姬都不离不弃，保存着往昔的温情与慰藉。然而他并不知道，在那个玉必须碎，瓦也不许全的年代，平凡男子段小楼，早已失去了再扮演一回霸王的勇气。

一场揭发如期而至。为了明哲保身，不能避重就轻，小楼终于开口揭发蝶衣。

繁华落尽，遍地荒芜。言语仿佛层层波浪，吞噬着蝶衣溺水的心。这个一度被他认为是归宿的男人，瞬间变成陷阱。

"你们都骗我！都骗我！"

燃烧的爱被冷水劈头浇来，巨大的温差让人难以承受。从不患得患失的蝶衣终于全线崩溃。

他疯狂地叫喊，多年的怨恨倾泻而出，但是依然没有说小楼一点不好。那是虞姬的尖叫。一边质疑，一边捍卫，一边绝望，一边坚守，以一颗损伤的心歇斯底里地爱着。

爱情这捧柴火烧出伤心的炊烟，荒唐、悲凉。蝶衣唱一辈子的愿望终未实现，于乱世中爱错了人，像看一场布景和人物错乱的戏，"便纵有千种风情，更与何人说？"

"差一年、一个月、一天、一个时辰，都不算一辈子。"最终差的不仅仅是一个时辰、一天、一个月、一年，仿佛弹指一挥，差了竟已是半辈子。

多年后，时代的硝烟散尽，爱情也尘埃落定。一个人听了数年楚歌，终于等来了老迈的霸王。多么执拗刻板，多么按部就班，过程南辕北辙，却坚持着戏里的结果！那个总是幻想曲终人不散的小豆子，决然自刎，终于提前退场不再等待。

四面楚歌中，虞姬从容舞剑，殊不知霸王已缴械投降，这剑舞给谁看？

一如花的宿命是开放，蝶衣的宿命是虞姬。

可他到底只是台上的虞姬，死在台上，而不是霸王的幔帐之中。

一个男人留给另一个男人，空前绝后的深情。

二、两个人的青梅竹马

"我是假霸王，你是真虞姬。"

那一天，小豆子失去了第六根手指，也离开了亲娘。那一天，小石头多了个师弟，给了小豆子一个温暖的被窝。

顺理成章地，俊美飘逸的小豆子将成为一个旦角。然而"我本是女娇娥，又不是男儿郎"成了他怎么也过不去的难关。意志与唱词的冲突难解难分。一次次说错，一次次挨打，倔强的小豆子坚持着自己男儿郎的身份。

逃出戏班，却又主动回归。仿佛命运之手的刻意指引，又仿佛虞姬跨越时空的召唤，出逃的小豆子鬼使神差地看到舞台上的《霸王别姬》。命中注定的相见恨晚，泪流满面的小豆子匆匆赶回戏班。责难、惩罚，安然接受，只为那一眼的风华绝代。命运的百转千回自此悄然跟随。

"我本是男儿郎，又不是女娇娥"——又一次说错，险些毁掉戏班的前途。众人的惊恐中，小石头拿起师傅的烟袋在小豆子口中用力狂搅。来自小石头的暴力，让小豆子表情复杂。仗义凶悍的小石头，柔弱无助的小豆子，阳刚与阴柔相应而生。

暴力过后，小豆子款款而起、步态袅娜，眼波流转中低吟浅唱。眼泪、血水缓缓流出，男儿郎终于化作女娇娥。显然，小石头的这一暴力举动成了一种强行完成小豆子性别混淆、转变的仪式。强行进入、泪水、血，这一系列近乎强奸的意象，终于使小豆子在心理上被征服，驯顺情愿地接受了女子的身份，并在之后的岁月中越陷越深地主动认可着性别的置换。

虽然在没落太监张公公府上受的侮辱一定程度上加固了这种错位，但是我相信小豆子在精神上成为女人主要是对小石头的爱恋，是对所爱男子的屈从。

美与痛总是相拥而行，流着血的小豆子终于成了戏里戏外都分外妖娆、"一笑万古春，一啼万古愁"的"女子"。转化一旦完成，光辉岁月便就此产生。小豆子成了蝶衣，小石头成了小楼，两人的合作是呼吸相通的珠联璧合。虽在根本上是两个男子，却难免让人产生佳偶天成的慨叹。让蝶衣眷恋一生的短暂幸福缓缓拉开了帷幕。

锋利直接的小楼，温和婉约的蝶衣，台上的霸王和虞姬，台下也依然形影不离。蝶衣总是痴迷地站在小楼身后，陶醉地被保护着。小楼于他，是伞，是天，是归属，是要托付一生的男子。小楼也自然是有些明白的，勾脸时心有灵犀的默契，下场后暧昧的嬉闹，多少都有半推半就的意思。白天一起练功，晚上一起睡觉，年少岁月的延续没有打破的道理。

一如霸王和虞姬的故事总是横生枝节，小楼和蝶衣的轨道也并非笔直，一个转弯忽然出现——菊仙。这个先声夺人的青楼女子，几个小动作就让小楼束手就擒。就像留不住第六根手指，就像挡不住娘的离开，蝶衣终于体会到了"汉兵已略地"时虞姬离别霸王的悲凉。那个造就了"女人"蝶衣的小楼突然挪走了他宽阔的肩膀。蝶衣爱情的春天就这样没落，不可避免地踏入萧索的秋和冰冷的冬。

变数，惯性终被变数打破。小楼的世界里，蝶衣只是谜面，菊仙才是谜底。有人代替蝶衣，成了霸王的女人。没有第三只鸳鸯，只一瞬间，蝶衣在小楼与菊仙的鸳梦之外，成了一只形单影只的鹌鹑。

第三者插足。毫无疑问，在小楼和蝶衣的世界里，在霸王和虞姬的组合中，菊仙是不和谐的第三者。可她不出现，蝶衣和小楼就真能顺顺当当唱一辈子吗？是她一手炮制了蝶衣的悲剧吗？

或许菊仙的出现只是制造了她自己的悲剧。蝶衣和小楼的纠葛中，她没有分量也缺乏能力，或者说她根本没有成功地插足进去。他们的悲剧来自他们自己。像墓碑爱上摇篮，星星爱上太阳，绿洲爱上沙漠，原则上的不可能暗示着结局的悲伤。小楼懂，但是蝶衣不懂。没有人知道小楼爱不爱蝶衣，只知道他娶了菊仙；所有人知道蝶衣爱小楼，还知道他醉生梦死。他们是两种人，一个清楚地操持着生活，只在勾了脸时做霸王；一个模糊了戏里戏外，擦不擦脂粉都是虞姬。小楼知道一半是海水一半是火焰，而蝶衣却觉得要么都是海水要么都是火焰。所以小楼总是先于蝶衣卸妆，所以小楼终会娶妻成家。

那些事不过是往事而已：给他一个温暖的被窝；帮他偷懒被师傅责打；为救他竟和师傅动手；以暴力促使他成为一个女人。这一切被蝶衣一个人铭记，不是亲情、不是友情，他固执地认为：那是爱情。

三、三个人的生离死别

"我揭发姹紫嫣红，揭发断壁残垣。"

这边是小楼和菊仙的洞房花烛，那边是蝶衣和四爷相对勾脸，镜头的切换对比出热和凉。小楼与别人成婚，蝶衣的爱被陡然悬空，从一而终的迷信就此被打破。他，成了他们爱情故事里的一句废话，尴尬，多余。

格局就此产生了吗？

结婚并不是结局。苦难才刚刚登台，一段凄迷的起承转合就要开始。蝶衣与菊仙，不自知地拿起行头，扮演起小楼心猿意马中的猿和马！

"师弟说，这眉子得勾得立着点才有味儿。"菊仙为他勾脸时，小楼会忽然说；小楼被日本宪兵抓走，只有蝶衣有能力只身涉险；蝶衣被当作汉奸抓走，小楼又奋不顾身前去营救。这师兄弟二人，早已不能轻易地一刀两断，几刀下去也依然藕断丝连。

一脚硬插进来的女人，凭着自己的主动热情慢慢站稳了脚跟。先是骗婚得到小楼，后是食言伤害了蝶衣。这个聪明女子，一眼便看出蝶衣的敌意。她胆大心细，老谋深算，从出场开始就扮演着当仁不让的泼辣角色。可再多的心思也总是抵挡不了过去的时光，再多挣扎也超脱不出命运的旋涡，那二人未遇到她之前的"年复年年"引领着她走向三人注定的方向。开始她不得不慨叹："段小楼，你可真知道疼人啊！"恶狠狠地发泄对蝶衣的妒恨；想尽办法让小楼疏远蝶衣，离开蝶衣；后来她在蝶衣入狱时奔走相救，在蝶衣戒大烟昏迷时抱紧他瘦弱的肩膀，在蝶衣失去虞姬角色时为他披上外衣。从暗中较劲争风吃醋到难得糊涂惺惺相惜，因为爱同一个男人，滋生出复杂的仇恨、怜悯。虽然蝶衣的敌意始终不改，菊仙的妥协却是日渐明晰。她似乎在无奈中明白了蝶衣的痴情，生出懂得的体恤。

表面上，她是赢了，小楼是她的丈夫。

谨小慎微地，半辈子就这样过来了，一个声势浩大的新时代却适时来临。那个非比寻常的红色时代大踏步地到来。那种红，血腥、亢奋，是前所未有的乖张力量，连四爷这个朝朝代代的不倒翁都被这红轻松打倒了。菊仙也怕了。清四旧的夜晚，她忧虑地诉说着自己的恐慌。"你跳啊，我在那儿呢！"小楼搂起她，重复着当年妓院里的台词。旧时话语安稳了她的情绪，他们激情地痴缠在一起，用身体的兴奋抚平心灵的惊惧。然而身体的熟悉并不能证明什么，这对同床共枕了半生的人，其实依然彼此陌生。粗糙的年代正要给他们一个满目疮痍的真相，对彼此有更刻骨的认识。那一天，忽然到来。

就是那个勾了脸游街的日子，小楼和蝶衣被装扮成霸王和虞姬接受群众的拷问。火光中，跪倒的霸王和虞姬万般惊恐，风采扫地。考验中，被蝶衣和菊仙同时爱着的小楼终于撕下霸王的面具，癫狂地揭了蝶衣的伤疤，碰了菊仙的伤口……

曾经无数次劝诫小楼要审时度势，也无数次以自己的八面玲珑化解了剑拔弩张。她苦也吃得，累也受得，只愿和他过最平常的日子。她要改造一个男人，改造一个霸王。她用圆滑保护着这个男人，在每一个关键时刻促使他做了明哲保身的决定。弯吧，只要不折，安稳比气节来得实在。政权交替，她的心总是揪着，为了她粗暴直接的男人，还有他爱惹事的师弟。这一次，她终于可以放心了，那个叫作段小楼的男子，在她和时代的合谋下，终于穿上自保的外衣，与她划清了界限。

"我说……"惊弓之鸟段小楼丑态百出。

这个薄情寡义的男人以揭蝶衣的老底保自己的命。他丢掉原则，焚毁戏服，还要烧掉那把蝶衣几次相赠的宝剑。

"我也揭发……我还要揭发……斗她，去斗她，斗死她！"绝望的蝶衣妆容扭曲、声音失控。妒恨的剑锋指向菊仙——这个抢走霸王的女人。他把小楼"天良丧尽，狼心狗肺，空剩一张人皮"都归罪于她。他不愿针对他，他觉得一切都怨她。拿她出气，拿她报仇，多年积怨向着菊仙发泄出来。那是夺夫之恨！

"我真的不爱她，我跟她划清界限！"熟悉的声音，陌生的词汇。那个在花满楼勇敢接住她的男人变了，他不但没有接，还推了她一把。小楼曾经温热的嘴刮起凛凛寒风，斩钉截铁的凶猛言语，如一只猛虎刹那间抓破她的过往吞噬她的未来。

毛骨悚然，大闹剧下的小悲剧高潮迭起。爱情的真面目震撼登场，所有人都活得这样仓皇。

霸王忽然颠倒，变成萎缩的王八。小楼，这个被蝶衣和菊仙误会是大海的男人，不过是一条算不上清澈的水沟。就是当年戏班里古道热肠的师哥小石头，就是当年舞台上雄姿英发的霸王，就是当年花满楼情深意长的护花英雄，就是当年日本人刀枪下不苟且忍辱的小楼，就是他，这个最终的懦夫。在那个比如今行为艺术更疯狂的年代，他不用菊仙提醒，自学了乱世求存的道理，拐过坚贞的弯，抹过义气的角，屁滚尿流地奔向寡廉鲜耻的自保大道。

因为抢夺那个男人，蝶衣半生孤独，菊仙半生寂寞，相互映衬着构成一曲悲歌的上下两阕。一场"文革"，把两个"女人"自虐的爱情一起带入了残酷的高潮。梦幻的蝶衣遭了出卖，现实的菊仙受了背弃，一个人同时杀了理想和现实。镜花水月中，拿爱自掘坟墓是他们共同的错误。他们一起输了，输给那个也输了的男人，那个鸡飞狗跳的凉薄时代，谁也没有脸面谈论胜利。

该有个了结了。蝶衣走了，菊仙死了。他们自己给自己判了刑，一个死缓，一个死刑。得与失的不平衡，总是要靠逃脱、死亡来清算。

爱已不再，求个痛快！菊仙以被指认的旧时妓女身份，带着最寂寥的笑容，穿着结婚的嫁衣，自尽了。

不是六月，没有飘雪。因为洞悉，所以毁灭。这个因为跳楼抓住爱情的女子悬梁死了。失魂落魄地悬在那儿，一如跳跃中停留在半空，不知结果如何。这个一直觉得自己明白的女人，终究迷惑了：那一跳，是不是真的跳错了？

四、四个人的《霸王别姬》

"君王意气尽,贱妾何聊生。"

A. 丢了自己的蝶衣

小豆子死了,死了三次。被菜刀剁掉手指,被烟袋捅破口腔,被张公公占了身子。

死去的小豆子生出虞姬程蝶衣。像一只蛹穿上曼妙蝶衣,撕裂后的重生总是脱胎换骨。"尘世间,男子阳污,女子阴秽,唯观世音集男女之精气于一身。"蝶衣集合了男子的俊朗坚韧和女子的敏感柔媚,剔除了阳污阴秽,在纯洁中催生出雌雄同在的兼容之美,无意间,也风情万种。上天容易,入地难,世间罕有的蝶衣,知己难求。宿命又轻率地认定了小楼,小豆子成了一颗总是相思的红豆,一场人生变成一场大戏——《霸王别姬》。

一辈子,只唱这一出,只为一个人唱,执拗、坚贞让人汗毛直竖。想起如今的明星,戏演了一出又一出,搭档换了一个又一个,看不出钟情于谁,搞不懂最爱是谁,总是说渴望挑战,期待超越,目光紧盯的永远是下一个。如果蝶衣也这般超脱,命运大概还能峰回路转,可惜他钻进了从一而终的圈套,任风吹雨淋,再未探出过一次脑袋。就是如此苛求,跟着那个认定的男人一生一世,怀抱着虚弱的等待,誓不回头。

不知道蝶衣有怎样怪异的掌纹，那些交错的纹理是否会暗示出他坎坷的矢志不渝。不理世情、不染尘俗，在寡淡的生活里较劲般地爱着，即使没有回应，即使爱人让他遭受苦难，也依然爱得持久而深沉。

蝶衣忤逆着自己雄性荷尔蒙的分泌，一意孤行地爱一个男人。他的内心是彻底的女人。然而内心的彻底无法抵挡现实的设计。他不来月经，不能生育，永远不能成为肉身的女人。精神的女人，只有女人的风花雪月，没有女人的柴米油盐。

"我冷。娘，水都冻冰了。"失去手指时，清醒的小豆子这样说；戒掉大烟时，昏迷的蝶衣这样说。言语的重叠突显出人世的沧桑，空气也疼得流血了。多年吞咽的苦涩排山倒海再难压抑，理智时清高桀骜的蝶衣，终于在恍惚中松开咬紧的牙关，袒露出脆弱无力。没有娘，没有小楼，此时陪伴在他身旁的是他最厌恶的人——情敌菊仙。刹那的犹豫过后，菊仙怜惜地抱起无助的蝶衣，泪流满面。这个和蝶衣母亲一样来自青楼的女子，给了他母亲一样最无私的抚慰。没了娘的孩子，失去孩子的母亲，消除隔阂地抱在了一起。天上人间，两个虞姬，一对情敌，拾起各自最脆弱的身份，短暂地水乳交融。

被小楼负了，竟被菊仙了解。荒唐啊，最温暖的时刻来自最恨的人，最懂自己的人竟是较量了半生的情敌！排斥转身，竟变成微妙的疼惜。人戏不分的蝶衣有戏剧化的爱憎分明，爱恨都必须极端，怎能接受这样的反差？这不是错认他乡为故乡吗？这不是从一而终从错了方向了吗？

生没得到霸王的宠幸，死总要达到虞姬的哀绝吧。沉溺了一生的爱，原来并没有什么舍不得。不再留恋繁花似锦，不再怨恨满目悲凉，一生手无寸铁的蝶衣终于拿起那把早已嵌进他生命中的宝剑。那把剑，曾经属于张公公，辗转到了袁四爷手中，后被蝶衣几次送给小楼。终于，它不再颠沛流离，从男人手中的玩物，化成美人绝唱时脖子上的一抹残血。

蝶衣的爱，从血开始，以血结束。剑锋一横，了却残生。

B. 不愿做霸王的小楼

"你们是不是欺负他了？"小豆子来戏班的第一晚，小楼这样问一起学戏的孩子。那样子不怒自威，霸气中透着宽厚。

张公公府上他与蝶衣初次登台。一出《霸王别姬》，一身豪气，一战成名。

战乱时期，不给日本人唱戏，一个茶壶拍向伪军头目。

理所当然的霸王。戏里威风八面，戏外刚正不阿。

两个"女人"为他明争暗斗，定要把他留在身边才安心。左右逢源，游走在两个真虞姬之间，却成了一个假霸王。不懂给予，所以永远从容。就像被溺爱大的孩子多半不孝顺，被宠爱的小楼也不思量回报。他的索取与他们的消耗，他的过失与他们的谅解，形成良好的互动。他站在楚河汉界之间，节省地周旋，不咸不淡地以低成本付出获取高额的回报，渐渐地他成了情感世界里偷工减料以茶代酒的虚伪小人。他们的纵容下，他以为自己很抢手，变得弹性越来越大，血性越来越少。

北洋政府、日军、国民党，谁想刺伤他的自尊，他都怒火万丈。可是共产党一来，他就脊背发凉了。解放了，共产党的军队在台下看戏，蝶衣却忽然失声，两人在台上不知所措。小楼的道歉被掌声淹没，随后台下响起嘹亮的歌声。演员与观众瞬间置换，台下是一群兴奋的演员，台上是两个尴尬的观众。以为"是人都得听戏"，"万变不离其宗"的小楼猛然意识到了时代的变迁。台下的沸腾景象让他摸不着路数，带给他寒冷的惶恐。

少年心气被世道磨平，霸王的脾气被现实拉扯，生活的袅袅炊烟和时代的滚滚硝烟把他揉捏得不成人形。还是趋利避害与时俱进吧，在群魔乱舞的时代扮演时髦的顺民，何苦非纠缠英雄美人的神话！这个也曾豪气干云的男子跪地求饶，他忠于了自己的平凡，背叛了想当霸王的头脑一热，撇开华而不实的英雄主义情结，无奈地苟延残喘于兵荒马乱之中。道义、责任、气节，沉重的包袱被他逐一卸下肩头；爱情、坚贞、守望，复杂的概念给他逐个甩出头脑。这只骄傲的孔雀顺应了那个粗鄙丑陋的年代，终于亲手拔掉自己的羽毛，激动地宣称他满心欢喜地变成了一只乌鸡。

外面的世界很精彩，外面的世界也很无奈。挤压之下，铮铮铁骨就此绵软下来，缕缕血腥从此难以清洗。戏里的霸王不过是戏外的百姓，没有江山，不爱美人，只为了保住性命。浩劫中，他做不成豪杰。亲手制造出两个虞姬的冰冷噩梦，却原来不只不是霸王，简直不是东西！他的后半生就是一句"流水落花春去也，天上人间"的唏嘘。可谁能说，他原本就这样萎缩、冷漠，他不是受害者？

C. 无意识的虞姬菊仙

如果说蝶衣是虞姬的转世版，那菊仙无疑是虞姬的转基因版。那份敢爱敢恨求死得死，不是虞姬，又能是什么？

她本是一个以出卖色相和感情为生的烟花女子，逢场作戏、纸醉金迷。花满楼头牌妓女似乎不该轻易动真情。可那赌注般的纵身一跃，那玩笑似的定亲酒，拨动了她沉静许久的心弦。

戏园子，台下，边看戏边嗑着瓜子，几句唱词后，菊仙打定了主意，从此天涯海角跟着他。花满楼，桌旁，半生积攒的钱币、首饰、珠花，甚至脚上的鞋子，一并推过去，从此自己赎身、洗尽铅华，赤脚去追寻青楼以外的爱情。

世俗、功利、巧于应酬、步步为营，不讨巧的角色。与蝶衣比起来，她的强悍似乎欺凌了他的柔美，她的算计似乎侵犯了他的简单。精明的女人，她有她的无奈。像蝶衣一样，爱了，就不想回头。抢夺，无非是为了攥紧那片微薄的幸福。

结婚时一脚踢开红地毯，迫不及待地奔向对面的小楼；

落难时陪他在街头卖瓜；危机时替他援救蝶衣；混乱中为他失去了腹中的孩子；凶险的革命斗争中，奋力去抢救那把其实与她无关的剑……剧情的推进中，她的好、她的坚韧、她的含辛茹苦、她的情深意长一点点显露出来。

她没有任何技艺，却能让大事小情都妥帖进行；她看得见现实和传奇的裂缝，还顺势在裂缝中营造出一个家；她照顾小楼爱护小楼，甚至照顾蝶衣爱护蝶衣。从无一句誓言，却脚踏实地地实践着从一而终。市井的油烟中，她竟然越发心明眼亮。小处妥协、大处坚贞，她以似乎最没原则的模样坚持着对美好的忠诚。莫测的女人，用卑贱的盒子储藏高尚。

"那窑姐永远是窑姐。你记住我这话，那就是你的命"。赎身时老鸨的叫嚣，竟成了一句超越不了的谶语。这句话一语中的，成了她凄凉人生最贴切的注释。既是开头，也是结尾，是她没有逃脱的身份。苦心经营后回到悲惨的起点，看似偶然实则必然地被打回原形。回望人生，她本可以在蝶衣小楼的悲剧里成为一个快乐的群众演员，却主动套上了主角的行头。她以为自己放了高利贷终会成为受益人，却血本无归两手空空。终于，她被自己钓的大鱼咬死，怎么奔跑，怎么警惕，也没有离开最初的地图。命运的大阴谋下，她的心计成了窘迫的雕虫小技。

过程的快乐蓬勃抵挡不了结尾的绝望凋落，轰轰烈烈之后得到的不过是惨淡收场，曾经情切切意绵绵的小楼与她划清了界限。《红楼梦》里最粗糙的薛蟠也懂得："女儿悲，嫁个男人是乌龟。"作风硬朗的菊仙到底还是要悲伤地面对与萎缩男子的爱情断章。这个堂堂正正进了段家门的女子，简简单单被段家抛弃。也曾两情缱绻，也曾柔情蜜意，那烧除四旧的火苗，最终烧得她心如死灰。半生的付出，索取到猛烈的侮辱；半生的挑战，换来失败的结局。多么疲惫，与一个男人争夺自己的丈夫。多么可悲，与那个男人同时被丈夫抛弃。她累了，怕了，厌倦了，像杜十娘一样渴望解脱了。于是，青楼女子菊仙，身着红衣红裙，死得隆重凄厉。兜兜转转，她与蝶衣殊途同归，不管挣扎或是迎合，一起走进了虞姬的坟墓。

青楼外，有更真实的人间冷暖。

D. 想成为霸王的四爷

未到电影高潮，四爷的生命就被强行结束，足见四爷不是主角。四爷尖嘴猴腮的样子，也的确不像是主角。那张后现代的脸，甚至与京戏都很是遥远。可就是这样一个四爷，发狠地爱着京戏，能从台词身段中，看出根上的功夫。

四爷是人物里最简单的一个，似乎他除了听戏就没什么其他事可做，情绪也总是平缓淡定，不以物喜不以己悲的样子。从登场时出手阔绰地送给蝶衣一套头面，到朝朝代代地稳坐戏院包厢，足见他是个衣食无忧的富贵之人，也是个从不务实的浪漫主义者。他的身份并没有太具体的交代，只是临死被扣上了"反动戏霸"的帽子。要是用现在的行当与他对应，他应该算是唱片公司老总、音乐制作人之类策划艺术的人。身家财产、艺术素养，加上捧人的能力，他在如今的娱乐圈也必定能呼风唤雨指哪打哪。可惜四爷生不逢时，一世风光后被当作反革命清理了。他以为富人总能活得安稳，却未预料到穷人团结的力量。革命不是请客吃饭的时代，他必须死，而且是惨死。

四爷不是附庸风雅，他对京戏的痴迷几乎不亚于蝶衣。他懂戏、爱戏、为戏较真、为戏发狂，活得精致。他为霸王回营到底该走五步还是七步和小楼较劲，并且耿耿于怀记了好几年。这份认真不是出自狭隘，而是对所爱之物的不容含糊。他在混乱骚动的戏楼目不转睛地盯着黑暗的舞台，毫不分神地为蝶衣鼓掌，这份执著不是只为蝶衣，必然也暗含着对风流人生的向往。偌大一个世界，似乎四爷是最懂蝶衣的人。他们都苛求，苛求完美，苛求细节。只是四爷比蝶衣活得透彻，他或许经历过人生的沉浮，大概早已了解世间的冷酷，不像蝶衣那么梦幻。他知道他的苛求是知其不可为而为之，也能安然接受结局的重创。

当然，他对蝶衣不会是不图回报的。一掷千金、寂寞相陪，除了对戏的热爱，更多地来自对唱戏男子欣赏以外的垂涎。或者会有人觉得这是有些猥琐的，而我觉得，这倒似乎也能看出四爷的磊落。初次见面，四爷并不掩饰对蝶衣的热情，也不遮蔽对小楼的嫌弃，虽一眼看出那二人暧昧的关系，却从未干过什么挑拨离间的勾当，倒像是江湖上从不使暗器的坦荡之人，相信自己的实力，从容不迫。他的居心虽然赤裸但并不叵测。

未需太多等待，蝶衣与小楼自动瓦解，四爷似乎早有预见。自然地，这个想成为霸王的男人，充当着安慰天使的角色。蝶衣透过四爷勾好的霸王脸孔恍惚看到的不过是小楼的影子；蝶衣愁肠百转地与他唱戏也不过是想得到那把剑送给小楼；小楼大婚的夜里，蝶衣与他勾脸唱戏，以滑稽凄楚的姿态上演了一段《霸王别姬》。他不会不明白蝶衣只是把他当止疼药、替代品，但他并不点破，他欲擒故纵地容忍；他不会不知道蝶衣要剑是想赠予小楼做信物，但他不计较，无所谓般地成全。以他的权势，他可以居高临下地欺凌任何一个戏子，可是早已从京剧中深得古典主义精髓的四爷，却配合着蝶衣的步伐分解着蝶衣的苦难，竭力保持行为的美感。好几个时刻，四爷与蝶衣其实已经心灵相通，对戏、对霸王、对虞姬，他们有着最相似的感触，所以他们会有必然的勾连。

　　长相有些另类，行为算不上英雄，四爷像一道卖相一般口感还好的菜，散发出一缕本该属于小楼的暗香。其实四爷不差，只是蝶衣除去小楼这座巫山他不再看云，即使有短暂的委身也不会真的动心。四爷替蝶衣委屈，替自己不甘，却也并未采取什么过火的行动，足见他并不贪婪。如此凭兴趣生活的风雅之人大概也不会做出什么伤天害理的事情，往重了说也不过是无作为、不生产、爱搞点小情调。从头到尾也没见他嚣张跋扈过，可却最终被揪出人民队伍，"不杀不足以平民愤"。反动戏霸，一生未曾当过的霸王头衔在死前被生硬加冕。行刑前，他依旧拿着范儿，名角登台一样宠辱不惊，灰暗的脸透出难以诠释的神色，仿佛他不是被践踏了尊严，仿佛等待他的还有一丝慈悲，仿佛他只是集体失控之外一个清醒的旁观者。

执行枪决，压赴刑场。四爷抬腿迈起的四方步，被革命群众强横的推搡打乱。一生没登过台，死亡终于在台上完成。戏台、戏步、戏剧化的人生……四爷的谢幕让人浮想联翩。

不小心记得，四爷的名字是袁世卿。

一段深具传奇色彩的历史，一场戏里戏外的人生，一部有张国荣的电影。1993年出品的电影，却更容易想到2003年：那一年非典型的春天，蝶衣的饰者在愚人节的高空绝尘而去。斯人已逝，更为电影添了几许水汽般潮湿、迷离的忧伤。

时代、故事、人物、演员，都是复杂的，复杂的我甚至有些错愕地说不清。只剩下简单的情绪，伤心。为一个故事伤心很久，于我是经常的事情。因为一直活得健康、简单、没有大的起落，总容易产生少见多怪的哀伤，甚至懊恼于自己日子的平静。忐忑地写下这些文字，像要捧一颗最晶莹的眼泪，反复洗手怕把它弄脏。这是经得起反复看的电影，几年中，看了很多遍。那些细节在脑子里翻涌，它们集体把我打动。我有些无所适从，像是面对一个太美的人，我无法确定该先夸鼻子、眼睛或者嘴唇。于是，我有些絮叨地从这里说到那里，有时又从那里绕回这里，语无伦次。终于写完，还是伤心，因为更清楚地看到了他们的艰辛。人间烟火这样寒冷，执著的热情总要被强行冷却，生命的残忍突然袭击了我的双眼。原来，所有故事都会不了了之，所有人都是可怜人。

一如多数人的裸体并不好看，生活赤裸的样子也乏善可陈。这场人生，我们总是被动的，甚至连性别都不可选择。我们撞大运般地活着，屈从、讨好、忍受着命运，不敢轻蔑什么。没有人的一生可以完满，安全感是单纯的错觉，快乐是风中之烛，问号后的答案总是触目的忧愁。

别人的痛苦沉淀下来，让我轻易感知了疼。对于两个虞姬般的"女人"，一切都是疼的，不过是痴念、困顿、敷衍、背弃、流离失所、自讨没趣，只有那把剑和那根绳子给了他们想要的结局。他们甚至没为自己讨个公道，他们没有秦香莲坚强和较真，不像她非要斩了陈世美出一口恶气。他们不擅长控诉、讨还，他们轻易垮了，最发狠的决定也不过是没出息地杀了自己。他们安全了，不会再受任何的伤害，因为命已经没了，什么也不会再发生了。

蝴蝶的翅膀在远方扇动

蝴蝶效应的概念于我，是有点神秘的。在网上查到的一个最直白的解释是：一只南美洲亚马孙河流域热带雨林中的蝴蝶，偶尔扇动几下翅膀，可能在两周后的美国得克萨斯引起一场龙卷风。

蝴蝶的翅膀翻山越岭，不需签证，在遥远的地方制造飞沙走石，美丽又恐怖。一个小小的动作，搅乱未知的远方。幸福抑或不幸，竟然源自多年之前一个无人在意的细节。形势的一片大好或者一塌糊涂，在不可修正的过去已成大局。要改变现在，必先改变历史。过去和未来是一条贯穿的河，不追溯源头，就无法变换走向。

回到过去，多么引人入胜。不用是遥远的过去，即使是昨天，我都是那么渴望回去。对逝去的时光动手脚，因为不可能而让人跃跃欲试。

电影《蝴蝶效应》的主人公埃文在一个偶然的机会，发现自己可以通过日记回到过去。重看日记的过程中，他以旁观者的身份，发现自己童年时无心的言行竟然伤害了许多人。于是，他决定弥补过错。

他一次次回到过去，在那些发生意外的精准瞬间力挽狂澜，可每一次操作都会出现其他的意外，那之后的连锁反应更是让人瞠口呆。一切并非顺理成章，唯一可以确定的是一切都不确定。事情总以一波未平一波又起的势头出现在面前，回到现实时总是错愕地发现改变历史的结果依然残破不堪。母亲、朋友、恋人，在他一次次的冒险尝试后发生着颠覆性的变化。平原变险峰，丘陵变盆地，被补救的世界，依然满目疮痍。想要个面面俱到的圆满结局，但却总是顾此失彼。于是像赌博一样越陷越深，回去，回来，改变，再改变。一次次发现自己小心翼翼的篡改依然得到面目全非的结局，埃文，终于在失望和疯狂中，懂得时光倒流也无法得到期许的完美。为其他人的幸福，他不想再兴师动众。他决定最后一次回去，回到自己出生的时刻，用脐带勒死自己。

这种比薄情寡义更让人寒冷的有情有义，是成全牺牲，也是绝望逃避。生命不复存在，因他而产生的爱恨荣辱自然一笔勾销。没有埃文的世界，竟然真的一切安好。那些在埃文的反复努力后都无法全部幸福的人，在他孤注一掷的精心自杀后，竟真的不再痛苦。没有人知道曾经在某一个空间里，有个男孩是自己的亲人、朋友，没有人懂得那个男孩崇高得多么悲情。

忽然想到哆啦A梦，他也有这种改变过去的能力。他那小小的口袋里装满着改变世界的工具。那些神通广大的工具面前，现代科技都显得幼稚可笑。任意门、时光机器，都是能让人自由穿梭于过去未来的东西。哆啦A梦也曾多次在康夫的哀求下使用这些工具，回到昨天、前天，甚至白垩纪，但每一次都在弄巧成拙中无法改变早已横亘在未来的结局。搞笑漫画的结局，同样诉说着生命的不可逆转。

悲剧和喜剧蕴含着相同的意义。此时，我如果在写一篇高考作文，我会适时地归结出积极的中心思想：既然过去不可改变，那么应该放眼未来，脚踏实地。而此时，我不是在写这样的文章，于是我不知该说什么，来传达我现在的迷茫和悲伤。

偶然事件改变命运，电影导演喜欢的主题。《低俗小说》《罗拉快跑》《时间机器》都或多或少地有这种暗示。细小事件的粗壮手臂，在某一天忽然发力，折断所有梦想。这不是一种提心吊胆谨小慎微就可以摆脱的力量，如何反应都会误中它的圈套。伤或者亡，总是安然等待在前方。现实严酷，甚至偶尔血腥，它不甘于当梦想的复制品，总是轻轻拨动手指，提醒着人类的愚妄。想要周全，那么死吧。只有死了，才不会再奢求周全。

他想拯救心爱的女孩，却错杀了她的哥哥；他想阻止爆炸，却失去了自己的胳膊；他想救自己的小狗，却造成两个朋友一死一伤。一切都以意外的方式刺激着他的大脑，他从高才生变成纨绔子弟、囚犯、残疾人或者精神病人。女孩也在这种残酷的改变中自杀、毁容，成了女招待、落魄妓女或者别人的女朋友。每一次兴冲冲的改变，都换来南辕北辙的结局。

建立与摧毁同步进行，欢乐和忧伤相辅相成，悲与喜难舍难分，有人微笑，就要有人号啕。拯救修复的道路上，埃文的精神世界却总是因误伤而负罪。无法舍弃别人的幸福，只能再次转身去做调整。过程任他支配，结局却非他掌控。仿佛打开了潘多拉的盒子，危险、哀伤已经弥漫，再做什么都是亡羊补牢。每一次逆流而上，换来的都是花样繁多但本质相同的顺流而下，悲剧的几率竟是百分之百。

原来发生过就是发生过，所有的补救都会留下伤痕。想起中学时的本子，写错的字用涂改液遮盖，总是比白纸更白的吓人颜色。那种白赫然提醒着曾经的错误，毋庸置疑地破坏着整体的完美。本子像一张生着白癜风的脸，虽然没有了错别字，却依然无法改变残破的本质。

如此说来，埃文是在强大的力量下，做无用功。每一记重拳都弹回在自己身上，每一个努力的微笑都带着注定的悲伤。苦难是生活的标本。如何躲避也无法准确地与痛苦保持距离。

不仅埃文如此，这还是一个家族的苦难。

无意中看到的病历报告，表明父亲和祖父都在埃文的年龄患上了精神病；聊天中妈妈无心说起的过去，暗示着她曾在埃文前怀过两次孩子，而他们最终也没有出生。这个苦难的家族，因为灵异的能力，走上了拯救、牺牲的绝路。这个单纯的家族，以为可以操纵，却在超越、反抗的途中宿命地受伤。超凡的灵异能力竟是命运刻毒的礼物，是一种早有预谋的残忍！一个个鲜活的生命有去无回，他们穿过别人的危险灾祸，想要驾驭一点微薄的幸福，却最终拖垮了自己的意志或者生命。

无一例外。

现实也将埃文逼向一个插满利器的角落，他绝望地想到生命的最后一种可能性——死。在生前就死。无欲则刚的埃文，与过去同归于尽。他以灰飞烟灭的姿态飘散在人生场地的界外，不留痕迹地在大悲中完成了大爱，无奈地死得其所。

生命结束在尚未开始的时刻，别人的幸与不幸都将与他无关。埃文成了虚空的概念，因为从未出生，自然也不该有名字。他为身边人所做的一切都因那场悲壮的死亡而魂飞魄散。其他人的幸福，终于在他的自毁后重新生成。而如果他们的灵魂有一点点残存的记忆，就会在某一个瞬间猛然想起，一个神经质的男孩曾经来过这里，好像还是和他们一起……

谁的戒指在哭

蒂姆·波顿是个神人，这个大多数人应该都同意。我猜测他的童年不是异常快乐就是异常沉闷，以至于他在成年之后依然沉浸在带点儿童色彩的奇思妙想中难以自拔。他的电影总是让人目瞪口呆，飘逸怪诞，诡异天真，巫术一样张牙舞爪。

2005年末，先是看了《查理的巧克力工厂》，些微失望。而后才看了误以为是鬼片的《僵尸新娘》，又一部哥特式的作品，有人说老套平常，有人说新鲜感伤。我说，老套而新鲜。爱情其实是很土的主题，人鬼情、惩恶扬善更是一抓一大把。《聊斋》《牡丹亭》《梁祝》，一时间我脑子里出现了很多在中国岁岁年年了的凄恻爱情，却依然还是被《僵尸新娘》感动了。这个骨子里很老迈的故事被蒂姆·波顿点石成金，汹涌着玄妙的力量。

从头开始吧。

阴郁的色彩，一场婚礼就要举行。卖鱼的土款和潦倒的贵族，男方家的一身鱼腥和女方家的空保险柜很是般配。各取所需，一边缺身份，一边少财富，联合起来应该有利于两家GDP的提高。势利的父母，腼腆的孩子，准新郎维克多和准新娘维多丽亚都生得羞涩矜持，和家庭格格不入。紧张中，两人一见钟情，这个利益交换的联姻竟然误打误撞让当事人称心如意。婚礼的演练中，维克多总是忙中出错，他的思维和语言溃不成军，尴尬地说不好那几句简单的誓言。他耷拉着眼角眉梢的样子让我想起阿德里安·布罗迪，虽然几乎所有人都说他简直就是强尼·戴普的木偶版，但我坚持认为他更像布罗迪。

这个貌似两位明星的男主人公其实长得并不能算英俊，他身材细高神情忧郁弱不胜衣，像一根被辐射成人形的豆芽。夜晚，他为了练习誓言来到城外的树林。在无人的夜晚，他才能抛却心中的畏惧，找回流利的口齿。月色昏暗，誓言却那么清晰。当他把戒指插入一根树枝的时候，让人毛发倒竖的事情发生了——树枝变成一只手，拉扯着叫他实现刚才的承诺。真正的阴差阳错，真正的活见鬼！一个穿着婚纱的女鬼是那只手的主人。她的婚纱像大学生入学时学校发的蚊帐，白里透着黄，破旧而潦草。那凄厉的面容让人提心吊胆，不知如何反应。她抖动着戴上戒指的手指，将维克多划归自己的管辖。

阴曹地府，僵尸新娘的家。五光十色斑驳陆离，原来鬼的世界这样动人。或许我们常说的"死一般寂静"该变换成"死一般热闹"！看到这里的色彩浓郁，之前的城市更显得破败肮脏。活人的世界沉闷得如同被诅咒的古堡，永远笼罩在巨大的乌云下，昏天黑地。而这里，有最纯洁的纸醉金迷夜夜笙歌。冷暖交替，难道只有经过坟墓才能告别那种草木尽凋肃杀萧索的生活？死去的人在这里汇集，"同是天涯沦落人，相逢何必曾相识"，行尸走肉们友爱善意，池鱼归故渊般享受着返璞归真的祥和。这里的人没有生命，不知道还可不可以称为人。早已薪尽火灭油尽灯枯，没有血没有肉没有脂肪没有疾病，没有虚假的笑容没有应景的泪水，毫不掩饰，骷髅是他们最真实的面孔。他们洞穿了生命的奥妙，超越了死亡，无所畏惧。在死人身上，我看到了最原始的生命力。我甚至忽然觉得生与死不过是一种偏见，没有任何意义。

维克多在眼花缭乱中成了冥界的异乡人，他以新郎的身份受到各路死人的欢迎。但此新郎非彼新郎，在这里，他是僵尸新娘爱米丽的新郎，而不是维多丽亚的。

迷惑中，他开始了解爱米丽的故事。多年以前，怀春少女爱米丽遇到了心上人，他们约定私奔——少女们似乎格外喜欢这个词，好像唯有私奔才能证明爱得投入纯粹。她偷偷带上家里所有的财宝，穿上妈妈的婚纱来到约定的地方。寒冷的午夜，遇人不淑的她焦急忐忑。然后，只是眼前一黑，甚至来不及发出一声尖叫，她死了，在她误以为最幸福的时刻。沸腾热血被瞬间冰封，她以为会得到永不变心的承诺，却只换来狰狞丑恶的遗弃杀戮。她的爱人拿走财宝，留下她穿着盛装不再呼吸的身体。她没有命了，像一颗被吃掉的棋子，没有翻身的可能。总是一身婚纱，无论温暖或是风霜，她成了"丁香般结着愁怨的姑娘"，成了永远的新娘。墓碑或许已长满蛛网，坟茔或许已生出青苔，无肠可断的她对爱情依然高烧不退，不死心地等待着。维克多到来的时刻，说者无心听者有意，守株待兔的爱米丽一瞬间捕捉到了爱的味道。经历欺骗，她的纯情完好无损。并不警惕，并不迟疑，从生到死，她保持着豪迈的热情。哪儿跌倒哪儿爬起来一般，她一厢情愿不由分说，固执地要做他的新娘。不是恋爱，而是结婚，唐突任性直奔主题郑重其事，她依然死心塌地地相信婚约的庄严。

遭遇维克多，她怦然心动诚惶诚恐，像酒鬼醉酒一样，她醉爱。她胡搅蛮缠温柔体恤，生怕再失去这份来之不易的爱。她甚至挖空心思讨好他，找来他少年时养过的小狗。死去的小狗早已没有血肉皮毛，凭一身骨头发出属于狗的叫声。顽皮可爱中，透着属于死亡的悲凉。

活人总是想不到，另外的空间里，死人比他们过得活色生香。维克多忽然失踪，乌七八糟的地上世界有各种捕风捉影的揣测。两家的大人为这一棘手问题聚首商谈，维多丽亚在短暂的一见倾心后开始了她的心心念念。两个新娘，一人一鬼，对同一个男子一往情深。维克多虽然同情爱米丽的遭遇却依然留恋着维多丽亚。

老的少的，各怀心事。关键人物粉墨登场，一个大鼻子有横肉的男人改变了故事的走向。这个靠结婚发家的男人，从参加婚礼的宾客摇身变成新郎，他利用维多丽亚父母的虚荣势利填补了维克多的空白。婚礼如期举行，新郎稍做调整，新娘满怀忧伤。她的父母和她的丈夫互相误会了，他们都以为对方很有钱，都试图通过这次婚姻占据财富。

维克多得知了维多丽亚的婚讯，万念俱灰。同意与爱米丽结婚，不再是权宜之计，不再想要逃离，绝望的维克多自愿去安抚一个含悲忍泪的亡魂。冥界也有自己的条例法令，人鬼殊途的道理那里也适用。如想要合法地与爱米丽结合，维克多也必须死，他将要在婚礼上端起结束生命的酒杯。

恍若隔世，同一天，一早一晚，维多丽亚和维克多的婚礼分别举行。僵尸新娘爱米丽终于迎来属于自己的婚礼。肉身虽在腐烂，爱却劫后余生。她爱得谦卑诚恳，爱得坚苦卓绝，爱得不遗余力，爱得如葵花向日夸父追日般百折不回，终于摆脱独角戏，换来一份补偿。"似这般花花草草由人恋，生生死死随人愿，便酸酸楚楚无人怨。"爱情似乎也有着杜丽娘一样峰回路转的结局。然而当她看到躲在角落里的维多丽亚时，她忽然犹豫了，爱，岂容强求。她及时阻拦了将要赴死的维克多，将爱情轻轻包好递到维多丽亚手上。弥补缺憾的时刻制造出新的缺憾，又一次没有完结的婚礼，又一次缺席了新郎，众鬼魅的慨叹中，冤魂爱米丽爱得海阔天空。

礼服是不是太薄了？爱米丽打了个寒噤。

原来是狭路相逢，大鼻子男人又有新的身份。他不仅仅是维多丽亚的新郎，还曾经是爱米丽的新郎。人面兽心的他爱好用女人的生命榨取财富，以爱做诱饵的他口袋里装满被碾碎的生命和梦想。爱对于他，不过是炉火纯青的技巧，掠夺才是最终的目的。前一个悲剧的罪魁，后一个阴谋的祸首，这个精明不堪的无耻之徒图穷匕现。没有亡魂索命，没有控诉揭发，面对这个永远记得面孔的强盗，爱米丽豁达仁爱，因为鄙夷不齿并无质询算账的打算。一片混乱中，厚颜无耻的他狞笑着端起了装满死亡药水的酒杯。没有缉拿，他终究也会归案。维克多没喝的，他喝了，是谁的就是谁的。

一切平息，维多丽亚和维克多破镜重圆。僵尸新娘爱米丽黯然退场。她对歉疚的维克多凄然一笑，月光下魂飞魄散——不再期盼，不再追念，苦命人化作白蝴蝶。

爱米丽是我最好朋友的英文名字，她单纯得至今没有谈过一次恋爱，觉得爱情像天上星星一样无法污染。虽然她并不认识蒂姆·波顿，与僵尸新娘毫无关系。但当我看到那个和她名字相同的木偶人，还是会一次次想到她。同样干净的爱情幻想，是不是都要经过风吹雨淋？是不是每个人都要承担被辜负的风险？

忽然对死后的世界充满了敬畏，猜想活着是不是只是虚张声势。蒂姆·波顿又一次让我对自己是个人感到这样厌烦。总是如此，他对活人的世界从不留情面。他拿着望远镜看到远离他的丑恶勾当，偶尔也掏出显微镜追究那些无处不在的病毒细菌。他像一个阴阳怪气的蒙面人，制造尖酸虚幻冷艳的作品，发出自己无法混淆的声音。他的世界里许多东西生长得阴森而旺盛，古怪而华丽，脆弱而坚实。他总是在遗憾总是在讥讽，用最浑浊的水养最娇弱的鱼，以怪异的美控诉着混沌的丑，让人陷入思考却想不清楚什么。从《蝙蝠侠》中初次尝试汹涌的黑色与颤栗的悚然，到《剪刀手爱德华》中强尼·戴普锋利的手和哀伤的眼，再到《人猿星球》中人与猿三十年河东三十年河西的古怪关系，蒂姆·波顿从不停息。他像一个执拗的孩子，不苟且于别人的思路，封闭在想象的空间里，鼓捣出一部作品便坏笑地拿到人前，然后得意地转身，扬长而去。可笑、可怕、可怜，那些虚弱神秘的命运。这一次，是这样简单的故事。

艳丽哀伤《红磨坊》

第74届奥斯卡最佳服装设计奖足以说明《红磨坊》在服装上的成功。看罢电影，情绪的波澜并不巨大，却生生被那冶艳浓郁的包装打动了。脸色苍白嘴唇血红的尼可身着挑逗的服饰，犹如灵狐转世，将风骚展示得不留余地。那是比俗世更俗的极乐世界，夜很长，梦很多，曲不终，人不散，没有人舍得打扰那份迷幻，谁都愿堕落得这么瑰丽。

声色犬马、眼花缭乱、先生女士、纵情狂欢。没有冷嘲热讽，只有风流快活，魅惑世界风情万种，是朝朝暮暮的良辰美景。这里没有秋天，永远春意盎然。一叶障目也是一种美好，至少眼前总是充满生机。尼可扮演的女伶萨汀是这花花世界的女王，她周旋在众男子渴望垂涎的目光中，总是惊艳登场。浓艳服饰将她衬托得完美无缺，无论遮挡的还是袒露的都散发着意料之外的美。那种特殊的装扮，比大家闺秀直接比小家碧玉华丽比天使诱惑比魔鬼温暖，如血色的荷花，融合了纯净艳俗，以超出常规的分外妖娆吸引着眼球。

阴差阳错地，萨汀误以为克利斯汀是打算包养她的伯爵，而其实他只是愤世嫉俗怀着作家梦的痴情男子。她盛装赴他的约会，娇媚柔软得像一朵火烧云。可当她得知他不是伯爵，立刻收回职业的笑容。羽毛、水晶、花边的包裹中，她的内心其实是虚弱谄媚的，低级的身份使她懂得扮演高贵获取男人的爱慕和钱财。于她，这不过是生存的手段，像弹棉花吹糖人一样是熟能生巧的技术工种。美丽的薄情女子，亦是可怜人。华丽裙裾包裹着悲伤的命运，她没有爱的资格，她靠出卖姿色和爱情活着，动了真情便无法再贩卖假的了。

但生命总是有很多戏剧化的相逢，当萨汀遇见克利斯汀，休眠多年的火山，忽然就有了爆发的打算。

不知阎罗是否也掌管国外，是否在生死簿上勾掉她名字时忽然动了恻隐之心，见她花容月貌又注定贫贱早夭，便给了她斑斓的衣服和真挚的爱情。当红女伶与贫穷男子，还是在斑斓迷醉的服装场景中短暂地相爱了。萨汀在爱情的滋养中精神得像一根顶花带刺的黄瓜，头戴金光闪烁的皇冠，满身咄咄逼人的绚丽。可这，竟然是上帝最后的礼物，是乐章末尾暗示收场的咏叹。她快要死了，之前几次昏厥吐血将生命指向最终的结局——肺痨，与《茶花女》中的玛格丽特相同，难道这能咳出鲜红的顽症是苦命美女的专利？

笙歌达旦、欢愉淋漓、糜烂俗丽中来不及慨叹今夕何夕。生命一日千里，匆匆进入尾声，初来乍到的爱情终究敌不过潜伏多时的疾病。她得知这绝望的消息，决意与他分手，重新投入伯爵的怀抱。既能减轻恋人的痛苦，又可挽救剧团的困难，悲惨的一箭双雕。伯爵也在这时如饥似渴，毫不掩饰内心的狂躁贪婪。劳特累特、剧团经理、花枝招展的舞娘，一干角色闪亮登场。这些配角的色彩也不单薄，他们是底层的、鲜艳的、有良心的。混乱中他们的出手，化解了杀机，保护住了摇摇欲坠的爱情。最后时刻，弥留的萨汀终究还是与恋人诉说了衷肠，流离半世终于在凋落前做了春梦一场。嘴角挂着最红的血，脸上带着爱人的吻，萨汀死在最美的瞬间。"花不可见其落，月不可见其沉，美人不可见其夭。"不过是无奈的期望，生命就是用来惋惜的，那些美丽常常骤然逝去。

最美艳的衣服轻覆最悲凉的人生。萨汀死了，红磨坊的康康舞永不停息。那些华丽衣裙里依然有美丽又卑微的姑娘，歌声不断，轻舞飞扬。

青春是一场病

我一直觉得，青春是一种相见不如怀念的东西。当人们老了，总是喜欢回忆青春的美好，但真正遭遇青春时，很多人并不觉得快乐。

我已经非常不情愿地迈出了那个年纪，尚不熟练地享受着成人的安全和自信，勉强取得了回头看的资格。过去的时光果然动人，那时我跌跌撞撞冒冒失失，常在数学课上认真地算错答案，酷爱断章取义评价一切，能为自己的每个想法找到合理的出发点，从不瞻前顾后，永远一脸无辜。也曾偷偷掉眼泪，觉得自己在最困苦的关口经受磨难。那段时光像三条腿的桌子，总不是太稳当。岁月不留痕迹，刚一告别就开始了深深的怀念，青春轻盈地飞走，留下薄薄的忧伤痕迹。

疼是青春里极强大的细节，小小少年心里堵满失控的悲荒，没有合理的缘由。那个回忆中最意气风发的年纪，经历时却好像忧郁的困地。又想讲道理，又想做坏事，又渴望离奇，又惧怕伤害，老师家长的教诲像小学初中高中大学教室里一成不变细长白亮的管灯，并没什么新鲜，散着不容置疑的冷峻光芒。灯光下，有人顺从地长大，有人喧哗地谢幕。

青春是一场病，或重或轻，我们都要经历。有些人病得太专注，终于没有痊愈。

一、《大象》——杀戒

一些电影在第一秒就把人震惊，比如《木兰花》，而另一些直到最后时刻才让人恍然大悟看到英雄本色，比如《大象》。

每一个镜头都很长很长，每一个人死得都很快很快。前边是平缓的行走，后边是迅速的杀戮。画面很美，红、白、绿，所有颜色都尽职尽责，彰显出色彩本身的魅力。故事很陡峭，你、我、他，谁也预料不到生命的转折会猝不及防，不顾及破碎或者完整。这就是《大象》。

从一片白云开始，长镜头不厌其烦地亮相了。它跟随在每一个主人公身后，像个早已没有任何进取心的老人，无所谓地记录着。我有些郁闷地等待，强忍困倦。虽然偶尔附庸风雅，却始终并不能使自己喜欢小津安二郎和侯孝贤，也就是说，我对长镜头过敏。这一次，在烦闷中期待，是想看看舒缓叙述后的枪击如何上演。单调、重复的动作和场景让我禁不住怀疑是不是影碟出了问题。前边一大半，看起来都是那么不着边际。非专业演员，长久跟拍，反复叙述，似乎是一部在节省经费的纪录片。巴赞看到这场面一定又会抛出那句"电影是生活的渐近线"，然后拍着导演的脑袋说："小鬼，人才！"而我这个心急火燎的没素质观众，只能一边装有文化一边喝水。

回头想的时候，我发现自己看得很仔细。一个男孩红色上衣后边印着白色的十字，和救护车相反的颜色搭配；爱好摄影的男孩带了个别致的镯子，像吃饭用的叉子；自卑怯懦的女孩运动衫上有一只龇牙咧嘴的虎头。缓慢的东西总是容易铭记，或许。

在一个人的身后跟随，没有变化，没有态度，幽灵般审慎。然后再跟着另一人，从另一角度重新叙述。不同视角、交叉、补充、拼凑，似乎试图呈现生活最深处的完整面貌。有些细小的事情需要无数闪回才能清晰，甚至反复之后仅仅只出现了蛛丝马迹。一次、两次、三次……作为电影，多次的回身补充是对时空的摆布，而生活呢？不可思议，我们只有一双眼睛，与不懂得往返的时间对决，怎样才能看到大片真相。一只鸟飞过，一阵风吹来，一个岛沉没，一把刀出鞘，一个王朝覆灭，一个人死去，只要一瞬间，只是一眨眼，只有一双眼。盘古开天地，女娲造人，这些繁复壮举的最终完成也不过是刹那的事情。眼睛真是尴尬，铺天盖地的事轻易发生，如何才能都看见，所谓尽收眼底是多么虚妄的设想。

随意的一天，是很多孩子的最后一天。死者总是没有凶手准备充分，没有人知道下一站是天国。爱好摄影的还在拍照，饶有兴致；胆怯的依然没摆脱自卑的痕迹，心情低落；

喜欢说三道四的女孩子说着家长里短却拿出傲慢的嘴脸，什么都议论什么都看不上眼；谈恋爱的黏黏糊糊，只羡鸳鸯不羡仙。另一边，受欺负的孱弱男孩回到家里，打着你死我活的网络游戏、看电视里希特勒的演讲、弹钢琴、订枪支、亲吻另一个男孩，没有头绪的杀人前奏优雅平淡。

突然，仇恨倾泻而出，只需要一把枪的配合。一声枪响，自卑的女孩爆头。大开杀戒，没有明确目标，没有准确的缘由，见谁杀谁，谁碰上谁倒霉。大概十几分钟吧，两个少年巡逻在教学楼走廊，嗜血，残暴，嘲弄生命，不留活口。那种沉沦原因不详，似乎是无端的，所以难以打捞。

并不血腥，青春的躯体像天上的云，柔软无力，应声倒地时也不挣扎。生命消失在初来乍到的死亡中，就像从来都没有活过。镜头冷静无丝毫渲染，一个人倒下，切开，换下一个，像一边开颅一边吃冰淇淋，中立克制得难以置信。早知道是校园枪击的故事，做好了血肉横飞的准备，却被软刀子触目惊心的寒光给威吓住了。长镜头铺陈，轻描淡写地杀人，生命被折断时，一切如常。那种氛围初看来简直和枪击风马牛不相及，到最后才发现导演的滑头和功力。对已然发生的事，只能袖手旁观，看似只如实记录了事件的表层，实际却是对深层的尊重。恰恰是这绵软的残酷让我听见了自己呼吸的声音。安静的不安中，我所有的细胞一同感受到了惊心动魄的邪力。

十几岁的时候，我非常喜欢玩格斗游戏，曾经在游戏房和只有七八岁的陌生小男孩一起合作杀人。那些小孩比我玩得好，偶尔技不如人的我要掏出几个游戏币贿赂他们。我总去的那家商场的顶层，一块钱一个币。可以算得上是多种经营吧，一侧是各式快餐，一侧是各种游戏机。那边，逛商场的大人在补充粮食、水；这边，全是十几岁的孩子在叫嚷着疯狂游戏，泾渭分明。总有一个梳着长头发，指甲很干净的女孩很用力很专注地拍打机器，不时发出愤怒的叫喊，那就是当年的我。从来没觉得那有什么不好，游戏带来的乐趣、发泄至今那么难忘。年轻的时候，总想放任自己严惩别人。可是当看到电影里的孩子在杀人时，我忽然想到了那时的自己。电影里的凶手没有平安跨越最骚动最暴躁的青春期，没有像我这样回望的机会。

死亡在最后出现，却成了电影的基石。真实寒冷的东西劈头盖脸丢向观众，穿过悠长的镜头，越来越近。眼泪或者慨叹，都显得来不及。我有些傻了，像镜头一样无可奈何、欲哭无泪。

凶手为何如此疯狂？死者是否瞑目甘心？一共会有多少具尸体？没有结果，戛然而止，只是尽量细密地再现了过程。导演变成一个大夫，他不言不语沉着老练，把重症而亡的病人开膛破肚，所有病灶呈现在大家眼前。这里，那里，什么也不需说，被解剖的身体说明一切。他不作声，不分析，只把一堆线团丢给你。人情冷漠、枪支泛滥、同性相恋、纳粹主义抬头、网络暴力游戏，诸多线头纠缠在一起，负责任的人不敢轻易说出答案。我想起高中物理的力学知识，这该叫做合力。作用在物体上的各种力，不同大小，不同方向，结合在一起导致物体的运动。年轻人杀害年轻人是合力的结果，分解那些力，不是一朝一夕的事情。两双毫不犹豫扣动扳机的手还那么稚嫩，可以继续生长。以自己的命为代价取别人的命，不为自己和别人感到委屈，他们把死强加给别人的时候清楚什么是死吗？兽性无畏地制造灾难，以为自己可以摆平一切，一往无前吗？我看到残忍的事实，我不知道理由。

二、《关于莉莉周的一切》
——关于残酷青春的一部分

听说那电影里有很多被青春吃掉的人。于是，我想看一看。

一个冬天的午夜。我自己，坐在客厅的沙发上，从头到尾没掉一滴眼泪，却赶不走心里散乱的哀伤。电影从一片耀眼的绿色麦田开始，又在绿色麦田结束，两个多小时以后，那些单薄的孩子们像粘在蜘蛛网上的小虫，焦躁又绝望，死的死，伤的伤，只有麦田依旧绿如当初。

我不懂运用镜头的技术，只觉得画面有迫近感，镜头总是在摇晃，像一个走不稳的人，让我眼花缭乱。看的过程中，我一直紧张，生怕落下了哪一点，而不能明白这整个电影。最后，紧张地看完，发现自己并没完全看懂，只是心疼。几个十五岁的孩子，生活在离开我不算太久的青春期里——没有爱情，没有友情，缺乏快乐，缺乏沟通，杂草一样被人忽视，每个人都浸泡在别人不懂的痛苦中。从开始到结束，没有一个孩子攫住了幸福。

　　开头的麦田没有明快几分钟，电影里的孩子就头也不回地跑进了他们的残酷青春……星野和莲见都是那么普通又温和的好孩子，他们的笑容懵懂、干净。然而，命运安排他们去了一趟冲绳，从那以后，正是所谓鬼使神差，不知上帝把一颗怎样的钉子楔进了他们的未来里。一切都发生了逆转，陡然指向不寻常的地方。他们的世界大概可以分成两半——冲绳前和冲绳后。去冲绳前，即使他们为了旅费去偷CD、抢钱，天空依然可以是蓝的，而去冲绳后，即使他们坐在教室上课，世界也不再是原来的那个了。我始终不明白，为什么冲绳归来星野就变得那么野蛮粗暴。或许，孩子的想法原本就来路不明。

　　新学期开学，曾经文弱的星野忽然兽一样地爆发。他把椅子用力砸向平时作威作福的男孩，用刀割断那倒地男孩散乱的头发。施暴者和受害者的身份迅速发生了对调，暴力的星野和惊恐的男孩。这或许，可以算是一战成名吧。吃惊的同学和陌生的星野，从此，都不再同于从前。那把割男孩头发的刀，也决绝地割断了星野的过往和温情，他坏得极其确定。面对星野突如其来的变化，莲见表现出一种似乎早有预料的麻木和顺从，原来的一对好朋友就那么轻易地刹那转化成了主仆。那以后，星野开始疯狂地折磨莲见和他身边每一个人。这个曾经代表新生发言、曾经热爱剑道、曾经好学羞涩的文弱少年，一下子魔鬼附体般干出一切丑恶的事情。他没有遮挡地坏下去，他的爱好似乎就是摧残折磨身边的人。他拍下裸照逼迫津田去卖淫；他欺负莲见，甚至要求他当众自慰；他叫人强暴学校最受欢迎的女生。做这些的时候，他曾经干净的脸上露出狰狞的笑容，这些恶毒的事给他带来的快感直接而又痛快。

一个人变了。一群人也变了。每一个人都用自己的方式承受或者抗争着险象环生。

莲见甘愿地忍受所有的伤害，甚至在亲眼看见自己喜欢的久野在星野的指挥下被夺去贞洁时，他也只是哭，并不去阻止。他总是躲在莉莉周的音乐和BBS里，只有在那里他才不再沉默懦弱，才能找到一点快乐。

久野在奋力地抗争后依然被强暴了，美好在恶毒面前是多么脆弱又寡不敌众。第二天，倔强的久野剃光了自己的头发出现在课堂上，连星野也有些吃惊。可即使这个失水的鲜花不畏强权，她也依然不能改变被摧毁的事实。

津田看起来好像并不怎么痛苦。她的房间里摆着大大的毛绒玩具，手机上拴着大串花哨的装饰链，看起来不过是个爱幻想的小女孩。她似乎习惯了那种被迫的身体交易，平静地过着调皮的少女生活，偷爸爸的钱到外边吃饭依然有很好的胃口，拒绝自己不喜欢的男生。然后有一天，她忽然想飞，她不愿在这块土地上继续那种日子了。她就真的飞了，只是降落的姿势不够美。看着她年轻的头上淌出暗红色的血，我开始猜测她自杀的理由。按照中国人的逻辑，她在这个时候死是奇怪的。为什么不在被逼卖淫时就死呢？为什么那么没心没肺的女孩会舍得下生命呢？猜了一阵，我忽然明白，不自杀并不等于不绝望。很多时候选择死的，会是这种看起来漫不经心的人。就像生活里那么多忧心忡忡的人总会活着一样，愿意花时间为无趣的日子担忧才是真正的热爱生活。

这些孩子的肉体受着各种各样的伤害，而他们的精神以不为外人所知的方式如花朵盛放。每一个孩子都活在自己的世界里。作为导演的岩井俊二似乎也无从知晓他们的想法，所以他只能把这些行为拍摄下来，作为一种客观的呈现，而行为后边的内容让看电影的人自己揣测。想窥视这些孩子们的精神，或许莉莉周是仅有的窗口。唯一能分享他们快乐忧伤的人，是永远存在在远方圣坛上的歌者莉莉周。对身边可触摸世界的绝望，只能在莉莉周的BBS上释放，而对莉莉周迷狂的热爱又加剧了他们对现实的排斥和憎恨。

看着星野和莲见在现实里的样子和他们在网络上的留言，我开始怀疑哪一个才是更真实的他们。他们没心思去关注现实世界里的自己，是不是为了在网络上更真实地活着？星野的残暴和莲见的怯懦是不是都来自一种失望后的无所顾忌？他们这样极端地表达自己是不是因为想抛弃自己在真实世界的样子？对于这些，我不得而知。萦绕在我头脑里的，是星野和莲见最后一次见面：莉莉周的演唱会门口，莲见等待着和他一样喜欢莉莉周的"青猫"。他的心扉只对这个未曾谋面的人敞开，因为共同的偶像莉莉周，他们必然是最默契的盟友。演唱会门口聚集着很多年轻人，他们一贯漠然的脸焕发着一种不真实的热情。有人为了莉莉周打架，一个个执拗地坚持着自己的看法。这些对自己都冷漠的孩子，对莉莉周却带着宗教般的虔诚。

莲见经过忐忑的等待，竟然发现"青猫"就是星野，星野就是"青猫"。星野撕毁了他的门票，高高在上地嘲讽着他对莉莉周的情感。莲见的表情像每一次受辱时一样平静。这个十五岁少年的脸已经失去了鲜明的表情，他的脸可以不动声色地以同一种姿态承载任何一种情绪。但是这一次他没有忍受，他第一次反击了。他冷静地杀了星野，然后冷静地看着那把带血的刀。

骚乱的人群中，强横的星野倒下了，那一刻他变得那么弱小，没有一丝跋扈的气息……

星野死了，莲见依旧平静地生活。我猜测他肯定不会后悔杀了星野，因为他会觉得那是在捍卫自己对莉莉周的信仰。或许有人奇怪莲见如何会有这样执著的虔诚，而我对这样的坚持是深有理解的。几年以前，我也曾经这样虔诚地对待一个人，那时我十八岁，比莲见稍微大些。喜欢一个男孩，我的世界里充满了对他的痴迷。成绩一落千丈，老师、父母、朋友来劝解的时候，我都只是沉默地站着，玩自己的手指，没有任何反驳或者回答。但我不许任何人说他不好，我像捍卫信仰一样去捍卫那个男孩。现在回想，这样有些偏执的虔诚和莲见真的有些相像。只是莲见是为了莉莉周，而我是为了所谓爱情。如今，我已经可以从容地谈起那段往事，成年意味着对过去痴迷的淡忘。或许，只有十几岁的少年，才会有那种义无反顾、不计后果的执著吧。

电影结束时，已经接近第二天的黎明。

片尾那一片耀眼的绿刺激得我无法入睡。想起电影里人们愤怒的瞬间：莲见的妈妈知道他偷钱的时候，愤恨地打他，一下一下，用力又不肯停止；津田第一次卖淫归来使劲踩那些她用身体换来的钱，边哭边踩，边踩边哭；久野被强奸以后剃了秃头去上学，面对各式的假发，她平静地摇头，哪个也不戴；星野在旷野中奋力地吼叫，撕心裂肺，歇斯底里。忽然发现，大人们在愤怒时会迁怒于让他生气的人，比如莲见的妈妈打他。而孩子们表现愤怒的方式多半是自伤，踩自己的钱、剃自己的头发。仿佛在别人伤害过自己后，只有自己继续伤害自己才能找到一种平衡。孩子的做法总是不符合道理又自以为是，所以他们的青春也显得那么理屈词穷。这些脆弱又坚强的孩子们，都是受害者，可是在这场残酷的青春中，又找不到害他们的人。没有人有能力对受害者负责，只有时间——这从来没露出真身的岁月老人，逼迫孩子长大，逐渐遗忘那些曾经揪心的伤痛。

我忽然发现说绿色是生命力的象征是多么牵强，这种代表生长的颜色带着那么多破土而出的疼痛，是那么让人绝望，绿得揪心。

三、《青之炎》——彩色熊猫和
没有人知道的捷径

秀一是个安静、敏感、孤僻的少年。他同时是个杀人犯。在短暂的青春里，他抓紧时间杀了两个人。先是继父，后是知晓他杀人秘密的同学。

日子本是好端端的，男孩秀一和母亲、妹妹过着平凡安稳的生活，不速之客的到来破坏了原有的美好，他是已与母亲离异多年的继父。这男人暴躁潦倒，只会喝酒抢钱，肮脏的野兽般赖在家里不走。而母亲却一味退让忍耐甚至被迫与其发生关系，只为保住妹妹的抚养权。貌似平静的秀一悄悄下定了决心，在他咨询律师得到失望的回答之后，他要杀掉他，取消他的生命，就能一劳永逸地止住这家里不和谐的声音。药物、注射器、各种道具、试验，秀一章法严谨地筹划着别人的死亡。用药物逐渐迷醉他的意志，再伺机电死他。一切有序地进行，他把自己关在房间里，反复计划演练，甚至拿一只速冻鸡做实验。那堂美术课，他按照计划回家杀了那个男人。望着那人因电击而痉挛扭曲的脸，秀一大睁着眼睛和嘴巴，止不住恐惧的汗水。他杀了他，他不知道那男人其实已是癌症晚期，处心积虑的谋害只是将已然确定的死亡提前了一点。

我看这类电影经常提前心神不宁，总在一波未平时惦记着到底是哪一波又起，于是神经质般看得很仔细。在秀一骑车回去执行杀人计划时，我竟然注意到了拐角处有摩托车的跟随。警察判定继父死于心脏病，秀一躲在房间里大笑，我却已未卜先知地预感到有枝节要横生。果然，已旷课多日的同学尾随了秀一，偷偷藏起了他作案的工具，并且勒索重金。秀一不得不再次行动，以洗涤灰尘掩盖阴影。他设计了巧妙的计谋，杀掉了同学。这个长相无辜的小孩，遇神杀神遇鬼杀鬼，似乎轻松掌握了杀人的绝招，悄然置对手于死地，自己却毫发无损笑傲江湖。

他用最彻底的方式赶走了讨厌的人，短暂的紧张过后，马上表现出一种很不健康的冷静果敢。所谓青春，竟然是这样老道的东西！但我还是喜欢秀一，因为他干净的面容，因为他杀掉的人都是丑陋的。我为他凶残的动作找到适合的逻辑：为了保护家人，为了保护自己。虽然我清楚地知道，没有谁死不足惜，没有谁有权杀掉谁。

再专注缜密恐怕也会有盲点，短时间内连续两次报案还是有些蹊跷，在这满是蓄谋和意外的青春，孤军奋战的秀一终究留下了没擦净的脚印，颇有几分在劫难逃的意味。同学为他做了伪证，但几个人却彼此矛盾；彼此心意相通的女孩洞悉了一切，还依然与他惺惺相惜。先是沉着对付，后是颓然认命，秀一在罪与罚的折磨中走向毁灭。指证他的证据趋向确凿，否定的方式就必须很绝对。无意义的逃避挽救都被节约掉了，秀一总是斩钉截铁指向大结局，对两个死者是这样，对自己也没有含糊。他像往日一样出门，脸上浮着浅淡的笑意，没有像样的告别，他结束了兵荒马乱的一个人的战争，迎着卡车疾驰而去。十七岁生命的最后一天，就这样惨烈地过去，他杀掉了自己，代价是这一天的主题。

秀一是不让人省心的孩子，通情达理的外表下，内心极强大也极孤独。这个喜欢蜷缩在鱼缸里的男孩，瞳孔明亮少言寡语，像溺水的鱼。他太草率太鲁莽了，他不知道让讨厌的人都消失是青春的妄想。他不该行动力那么强，要是等一等，等自己长大一点，对生活有了无奈的敬畏，等继父被癌症索命，后边的事就可以都不发生。

没有太残酷的画面，电影浸在一片蓝色中，好似隔着海水观看。秀一毛茸茸的青春冷飕飕地结束在角落。

"我喜欢的东西，我的公路赛车，骑车时迎面而来的世界，妈妈煮的菜，遥香生气的脸，大门差劲的画，笈川的笑话，纪子的裸体素描，说梦话的狗，波本威士忌哈伯101，唱中文歌的王菲，齐达内的控球，库斯杜力夫的电影，汤姆威兹的歌声，烤得焦焦的培根，没有洞的甜甜圈，吃了不会头痛的刨冰，海龟下蛋，知了静静地歌唱，彩色的熊猫，没有底的口袋，无痛的针头，彻底空掉的牙膏管，永远不会变红的绿灯，没有人知道的捷径，永远不会来的考试。"在留给心仪女孩的录音带里，秀一这样说。

我忽然也很想说一说我喜欢的东西有什么，"我喜欢粉红色玫瑰花，J的信，看着有点脏的皮影，甘蔗汁，爸爸帮我刷卡的姿势，永远活着的小白兔，尼古拉斯·凯奇的脸，三岛由纪夫的小说，戴小熊耳朵的帽子，戏曲里婉转的水袖，快乐或忧伤的青春电影，小茜送的项圈，杨枝甘露，狐狸嫁女的太阳雨，不掉色的指甲油，在家乡的江桥上吹泡泡，北京的春天不刮风，看不清时间的表，一些不打算去的远方，彩色的熊猫，没有人知道的捷径。"虽然好像有人把冰放在了我胃里，一阵寒冷的伤感，却还是不小心想出了这么多我喜欢的东西。借用了秀一的彩色熊猫和没有人知道的捷径，我是突然开始喜欢的，它们真动人。一定还遗忘了什么，因为这对秀一是最后的话，而我只是随便想想。

悔过也是一种捷径

——比尸骨稍微胖一点的东西是什么？

——超级瘦的人。

这是我看过《机械师》后编出的一道拙劣的脑筋急转弯。可能无厘头又缺乏智慧，可这的确是我的第一反应。我的头脑喜欢自作聪明地联想到一些风马牛不相及的事情。

老实说，我不是十分喜欢《机械师》，可不得不承认那个瘦得骇人的男主人公给我留下太深刻的印象。一个优秀的演员，沉稳地表现了一种慌张。

他像一块被风化多年的化石，带着非人的锋利。他有骨和皮，却缺乏最基本的肉，枯瘦的身体让通常意义上的嶙峋都显得丰满。特写的镜头里，每一节突起的骨头都令人毛骨悚然地诉说着瘦所能达到的极限。我非常想伸手摸一下他，以验证他是否像我想象的一样扎手。

故事围绕着这样的男人进行，一切笼罩在难解的诡异之中。开始，以为这只是个关于失眠者的故事，繁复絮叨，混乱神秘，森森然地故弄玄虚。到最后十分钟，一切被推翻，才明白先前的情节都源自那消瘦男子内心的挣扎。而这所有挣扎都因为他曾经在一起交通事故后逃逸。良心的谴责带来痛苦的幻象，灵魂在自己编织的噩梦中走投无路，最终回归现实的救赎。

于他，短暂的逃避，不是缓冲而是折磨，无法逍遥反被束缚。痛苦悄无声息，消瘦却势不可挡。他仿佛在用失眠悼念那个丧生在他车轮下的男孩。死者意外地长眠，肇事者永远地失眠。死人不知是否在天堂，活人却确定是在地狱。

想要忘却，却偏偏记得，于是成了为了忘却的纪念。记忆要做减法，执行的过程中，却被良心改成了加法。人类的机能竟是如此的复杂。

不是飞车逃脱就一了百了，甚至那仅仅是一个开始，一段无处诉说无法平静的生活就此开始。正常的睡眠、丰满的身躯、清醒的意志，这些曾经再寻常不过的事情与他逃跑的方向背道而驰。从那一刻起，时间停留在肇事的时刻，心灵在反复变换的情节中受着难以逃脱的拷问，身体泅渡在焦虑的潮水中无法上岸，他中了自己良心的诅咒。没有睡眠，彻夜刷地，深陷的眼眶中嵌着一对不安的眼珠。隐喻的字条、渗血的冰箱、还有一个别人都认为不存在的工友，日子在不休息的世界里朝着恐怖的方向恍惚。不想继续却又无法停止，痛苦的记忆要与他同生共死。内心的激战不见金戈铁马的对垒，却是最残忍的厮杀。那成了一场不可撤销的官司，原告被告都是自己，矛盾的交锋中，肉体与精神一起溃不成军，良心与私心两败俱伤，道义与贪恋在边锋游走。

想起中国一句老话：不做亏心事，不怕鬼叫门。主人公的行为是这老话的反向延长线。他的表现是，做了亏心事，怕鬼叫门，进而臆想出叫门鬼的模样。以为自己足够冷血，所以在恐慌中逃逸。高估了自己的心理承受力，无法摆脱可怕的记忆。逃逸带来的不是轻松，不安和惶恐却如影随形。不愿在监狱睡觉，却并不知在卧室已无法安眠。很多时候，惩罚的房间才是良心安眠的摇篮。人类自以为是的恶毒，常常被无知无觉的反省瞬间击垮。头脑的变坏总是比心灵彻底，多么肮脏无耻凶险的想法都可以在那里产生。可心灵不行，它天生软弱，隐藏在里边的哪怕一点点善的气息也会兴风作浪，招致自我的反思与忏悔。我猜测悬崖勒马、立地成佛、迷途知返这些词便是由心力而生。

电影的后半段，这个就要瘦没了的主人公已接近疯狂。寻找、回忆、承认的过程中，多层次的线索次第而出，连他自己在也迷惑中等待真相。恐慌地注视着渗血的冰箱；飞速追赶着幻想中的工友；甚至不惜故意去撞车，把自己弄得伤痕累累。后半段的癫狂一扫前边的阴冷迟疑，以豁然开朗的干脆方式揭穿了所有的迷局。主人公的失控承载了导演良好的控制，蓄谋已久的结局打破了观众俗套的想象，前边高明的误导给了观众一个重新思考的机会。

如此简单而已：无辜的失眠者原来受折磨于一次逃逸，先前的无辜经历原来仅仅用内疚便可以解释。恍然大悟中，一切都不再可怕，只有良心露出得逞的笑容。

原来悔过也是一种捷径，因为承受不了良心的折磨，回头是岸，才能结束水中的煎熬。这世间，不是谁都有做坏人的心理素质，提得起放不下的人太多太多。明明长着颗负疚自省的心，却偏自不量力地逃避责罚。对迷途的坚持，简直成了一种任性的逃避，比直接认错，肯定要付出更多的代价。知道迷途不好走，最聪明的选择恐怕还真是回头。

疯子是这样炼成的

故事是这样的：麦克默菲为了躲避监狱里的强制劳动，装疯卖傻躲进了疯人院。他在窒闷死寂的疯人院大闹天宫，胡闹中跟一群患者建立起了深厚情感，最终因为难以控制被医院切除脑叶，彻底变成了名副其实的疯人。

这样看来，麦克默菲似乎成了故事里唯一的人物。可以套用那句很常用的"独木不成林"来说明这个故事里除了这个很闪亮的主角，其他演员也不是吃素的，整个电影处处繁荣。比如目光冷峻脸色铁青的护士长拉奇德；比如个子高大目光迟滞的伪聋哑人酋长；比如一会儿畏缩一会儿疯狂的中年病人切斯威克；比如对女孩憧憬渴望又畏惧怯懦的磕巴青年比利。他们像扑克牌上独特的图案，鲜明地扮演着各自的角色。

业余疯子来到专业疯子的地盘，有点鱼目混珠的意思。不仅如此，他这一枝独秀还喧宾夺主脱颖而出，成了病人们的精神领袖。跟一堆神志不正常的人聊天有时候难度相当于证明歌德巴赫猜想。但是麦克默菲发现，疯子原来不难相处，难以沟通的是那些看着正常的管理者。森然的医院里，他们像一块块饼干，故作端方面无表情。不吃药不行，把音量巨大的音乐关小不行，看球赛不行……几乎一切都是不行。医院里没有消费者协会和法院，只要被拒绝就无法维权上诉。护士长拉奇德就是法，就是天，就是上帝，就是判官，不需任何解释就所向披靡。她没有眼泪也鲜有笑容，干涩凌厉如一块盐碱地，眼里满载着不知疲惫的刁难，表情似乎总是起着"丑话说在前头"的警示作用。每次她那张不苟言笑的脸一出现，都让我想到商店打折时某些猖狂品牌贴着"恕不参加本次活动"的标志，傲慢，毋庸置疑。乖巧的病人们常年扮演惊弓之鸟的角色，在体制下安分守己，没有抱怨也不敢声张，木乃伊般安然沉静。

只有麦克默菲不是省油的灯，总是一副要你好看的愤青表情。他对那些循规蹈矩的病人，怀着当年鲁迅先生对国人的心情——哀其不幸，怒其不争。这位另类的正常人的行动能力还很强，轻轻张罗几下就把一潭死水鼓捣出动感的波澜。他教疯子们打牌赌钱，偷开医院的客车带他们坐船钓鱼，组织篮球赛，甚至在将要出逃的晚上叫来女人和酒为自己饯行。他总是一脸油滑满不在乎，像一株要强的植物，在没有阳光的地方大摇大摆地光合作用。

那一天，他带着一车疯子去接自己的女友凯蒂。凯蒂上车对着他们问："你们是疯子?"一车疯子微笑地点头。那是多么温暖的时刻，疯或者不疯，同样快乐。他们在空旷的大海上钓到巨大的鱼，没有药，没有病床，没有噪音，没有忧虑，也没有海鸥——他们就是海鸥，疯了的海鸥自由而张扬。

养虎为患虎大伤人，害群之马麦克默菲在带领疯子集体游玩之后成了被警惕的危险人物。没有人知道他还要干什么，所有人都感觉到他的蠢蠢欲动。他组织大家打篮球，在和院工的比赛上，他艰难却不辞劳苦地向疯子解释比赛的规则。矮小的、高大的、各自为战的，他的队员群魔乱舞，甚至那个木头般什么也听不到什么也说不了的大个子印第安酋长也走动在两队的篮筐下，投篮，然后阻止对方。得胜的欢呼中，麦克默菲得意地叫喊："多好的俱乐部啊！"原来，疯子也想赢，疯子也是人，没有人愿意永远蜷缩没有胜利。

　　危险，井然秩序被打破。气氛越来越活跃，原本老实听话的疯子正经历着自我意识的觉醒。不再安然接受摆布，喜欢小小的反抗。一次次针锋相对闹作一团后，拉奇德的权威受到重创，麦克默菲也被送进了电疗的房间。不知道拉奇德到底是怎么想的，她端庄平静惺惺作态，把伪善打扮得很像仁慈。总是处变不惊无动于衷，总是不容置疑不可侵犯，一个人成为一群人的枷锁。她像一颗永不燃放的鞭炮，待在那儿，就足以震慑四方。敬业、理智、尽职尽责，大概是她的自我评价。这个干冷的女人让我想起《悲惨世界》里的沙威和《蝴蝶梦》里的管家丹尼尔。坚韧、深沉、坏技精湛，作为资深坏蛋，他们的个性是如此共通。我知道她不会放过麦克默菲，这种人坏得醒目，坏得一根筋，坏得不动摇，坏得目空一切，坏得成竹在胸，坏得货真价实。

电疗房门口，麦克默菲递给大个子酋长一块口香糖。——"谢谢。是果味的。"低沉而清晰的声音来自酋长。包子有肉不在褶上，会不会说话也不在嘴上。错愕中，我和麦克默菲一起发现：原来，他不聋不哑，只是以外表的痴傻来保护自己，在逐步的亲近中终于开口说话。

严酷的医院里，麦克默菲步履蹒跚。逃走，离开这个貌似人道的坟墓。不靠谱的愤青麦克默菲抓住时机拨通了凯蒂的电话。里应外合的筹谋，逃走轻而易举。然而，似乎有些恋恋不舍，总得有个像样的告别，该心惊肉跳的逃跑时刻却又开起了笑语欢歌的晚会。酒、舞蹈、年轻的女人、打破作息的欢娱、亢奋的夜晚，被嘲笑、被欺侮、被扭曲、被践踏的疯子手舞足蹈兴会淋漓笑傲江湖。他们像小兔、小猴、小驴，像一切单纯憨傻活泼热闹的动物，以简单的头脑对付复杂的世界。不是先生小姐，他们不需要这些庄严而整齐的称呼，他们被阻隔在世界之外，自然也不需要道貌岸然的尊重。激昂的夜晚属于病态失常的人们，狂喜或者悲伤，铺天盖地。

依依惜别的深情，麦克默菲走向门边。可比利对凯蒂的渴慕让他留了下来。体恤比利对性的好奇和羞耻，于是做出荒唐的决定，让凯蒂陪比利过夜。危急时刻，还让自己的女人陪伴别的男人，大概只有他能做得出来。总是这样，善良冲动，不计后果，走一步看一步，缺乏前瞻。

此时的比利该是多么兴奋快慰，如果我是他一定会为这种天上掉馅饼的事情挠墙。凯蒂是我喜欢的那种女孩——短头发，连衣裙，不会很瘦，光脚穿高跟的鞋子，高兴时把鞋子提在手上，总是没有理由地笑着，看起来没头脑又很可爱，像冰淇淋，柔软甜美。比利迎来人生最幸福的时刻，终于可以赤条条地和女孩在一起。

不是不够老谋深算，简直滑稽得让人来气，等待凯蒂的麦克默菲竟然和大伙一起睡着了。拉奇德已经上班了，醉生梦死的疯子们竟然没有醒，他们横七竖八地睡着，与凌乱的物品共同构成满地狼藉。麦克默菲睁开双眼，发现自己昏睡中忘记了逃逸。

乐极生悲，欢快和眼泪的衔接如此突然。比利死了，在那个初尝性爱美好的早晨。他短暂地找回了自信克服了口吃的毛病，然而在拉奇德的威胁恐吓下他终究还是崩溃了。下流、罪恶、无法向母亲解释，那点可怜的障碍在比利眼中那么沉重，年轻的他被恐惧溺毙，无力回天。一只破碎的玻璃杯结束了他的青春期，从此他不是疯子而是亡魂。

忍无可忍，麦克默菲歇斯底里地扑向拉奇德，掐住她的喉咙，捏碎这个铁石心肠的女人。这一刻，行凶是这样伟大，孤胆英雄就要诞生。我忽然那么想冲进屏幕，把我的力量加在麦克默菲手上，掐死那个女人，血债血偿。恨她，不是因为她一直那么坏，而是因为那一刻她比平时更坏。枉然。千钧一发的时候，理性的力量总是略胜一筹。拉奇德被救下，麦克默菲被拖走，正常的程序被重新启动，几分钟内一切归于平静。麦克默菲像小小的病毒，在杀毒软件的吞噬下，寡不敌众迅速折戟。

打牌，吃药，听音乐，病人们拾起服从的外衣走入从前的呆板模式。一个普通的夜晚，白痴麦克默菲被拖回病房。活马当死马医，他们像剥开一张糖纸般轻易，打开他桀骜的头颅，只是稍作调整，取出了他的脑叶。劫数难逃，自负的麦克默菲陡转成傻子麦克默菲，精神被摧毁肉体却硬朗。他的思想被洗劫一空，与智慧老死不相往来，从成品退成半成品，失去一切只剩一条傻命。人性的庄严和滑稽没有界限。从此与思考一刀两断，周遭一切对于他，都是空白。花开了他不知道那种气味叫做香，花谢了他不知道那个季节叫做秋，见了棺材也不懂落泪，再也分不清青红皂白。无法感受也不需表达，只会茫然不懂仇恨，即使面对拉奇德也只能还是那副蠢货的就范神情。因为不好管理被切除了脑叶，因为太过活跃而被强制安静，不会再荒唐，不会再胡作非为，这个曾经喋喋不休的家伙不会再说只言片语了。拉奇德终于可以善罢甘休，她的治疗自然地宣告了永远的成功。她就这么有条不紊地赢了，胸有惊雷而面如平湖，甚至没有喜形于色一下，还是那副一切尽在掌握的表情。她像一只鹰，有猛禽的凶悍和冷静，似乎只用了吹灰之力，就把别人的生活撕成了碎片。世界是她的，也是他们的，但归根结底是她的。只看表面，她或许会得到世人的褒扬。麦克默菲就是最好的证据，一个单刀直入喜欢沾沾自喜的疯子，被她弄得如此驯顺，她是有魄力的能人！如果把她的事情拍成纪录片，她的知难而进，病人的敬畏服帖，一个普渡众生的护士楷模会轻

69

易诞生。背后的细节总是在背后。我们的眼前，不该宽恕的人有时也会拿到奖状。

闹剧的披风，悲剧的妆容。正常人麦克默菲不复存在。印第安酋长在那个悲愤的夜晚终于下定了决心。他闷死了麦克默菲，拿起了麦克默菲无论如何也没有举起的水槽，打破玻璃，消失在蓝天白云中。那张装满孤绝苦难的脸，第一次显示出动人的勇气。这个所谓的聋哑人，从不跃跃欲试，却一次成功。

死亡也是摆脱愚蠢的方法。麦克默菲死了，经历了生命最后的劫难。他死未见血，凶器是一个绵软的枕头。他的确是被闷死的，但行刑者不是酋长而是医院。尊严已被瓦解，灵魂沉睡不醒，酋长不过是掩埋他的肉身，了断他的痛苦，带他远离思想的麻醉和智力的贫瘠，截断他命不该绝或者命该如此的残生。玩闹着进来，终究没有出去。以为自己在避重就轻，逃避劳动来度过一段休闲时光，却是自寻死路自掘坟墓不小心把命都搭上。说什么都是多余，沉冤昭雪也多半与死者无关。活着时没有逢凶化吉，死了也不会在乎是否伸张正义。再说世人擅长的本就是落井投石，事已至此，人们只会象征性地惋惜一下，谁有心思去讨伐什么呢？一只被枪打死的出头鸟，一棵被狂风吹倒的大树，逞了匹夫之勇，得到切肤之痛，终于以惨烈的姿态被拉入正常的轨道，以最珍贵的一切换来格杀勿论的结局。

麦克默菲死了，酋长逃了。像是一种置换，似乎没有任何痕迹，正常人和疯子的阵营，总数没有变化。稚嫩的挑战者以自我的毁灭换来一点卑微的觉醒。麦克默菲领衔主演了一出悲剧，然后死了，疯人院又将变成从前的样子，书归正传。许多人说这个片子意味深长，反体制，反压迫，反秩序，个性解放。我懒得分析那些背后的意义，看完这电影的瞬间我对所谓理性思维有些不屑一顾，于是只把它当作个体的遭遇，只难过于个人的悲情。

　　江河海洋泪水汗水，会不会冲刷掉这个世界的无情。我们从生命源头赤裸而来，经历短暂的时光就变得那么不同，有的变成拉奇德，有的变成麦克默菲。一些人莫名其妙地死了，一些人理直气壮地活着。合法的杀人，像擦去一块污垢，碾碎一片药，干净利落简单粗暴，快得来不及悲悯一下。无法镇压就彻底消灭赶尽杀绝，杀掉胆大的，吓唬胆小的，恩威并施。我猜测世界各国的语言里都会有相应的句子对照中国的"杀鸡给猴看"。每一个角落的人们也都在地球的进化中越发不屑于单枪匹马以卵击石。城府是天真的晚年，服从是抗议的终点，明镜总是在迟到中高悬，想安乐就别露锋芒。弱势和强势在不断适应中巩固着彼此的关系。出一两个忤逆者没有关系，他们的声音不过是虫吟，会短暂幻灭，回放历史的时候没有人听到那细碎卑贱的叫喊，整齐划一的声音取代一切。

　　拉奇德别来无恙。

我是女生，我爱男生

1995年，我正上初中。一个很好的朋友喜欢高年级的男生，那男生身材细长身手敏捷，很擅长扮演懵懂少女的梦中情人。课间，她总是痴痴地看他打篮球的样子；放学，她拉着我装作若无其事地等在他必经的路上；所有的话题，也都围绕着这个她其实并不了解的男孩。几经周折，朋友终于打听到那男孩的名字，首字母的英文缩写是CD，于是朋友不再买磁带，疯狂买CD，还说有钱了就只穿Christian Dior的衣服。那种感觉，像坐在自己折叠的轻薄纸船上憧憬泰坦尼克号上的海誓山盟，远离红尘浊浪。自顾自的执著爱慕，任性又不聪明，是小小年纪独有的不计回报。

一晃十年过去，朋友已经留学海外，我们也已多年未见。那些曾经误以为的海枯石烂早已悄然远去，我们也早已失去了为无果的爱上天入地的心情。

偶然，看到《蓝色大门》。清新隽永的成长故事，让我一下子想起曾经暗恋得风生水起的朋友。她，像极了电影里的林月珍。

这是我看过的青春电影中，最温暖干净的一部。只有两个恍惚的成人形象，仿佛他们的出现只是为了填补荒凉，而真正的少年世界不需要已经成熟矫饰的身影。虽然涉及同性恋倾向，却依然散发着最柔软的气息，因为不湍急不跋扈，而保持着最让人疼惜的快乐和忧伤。轻轻巧巧、浅浅淡淡，并不边缘和极端，在抒情的叙事里讲述最平和甘醇的故事，像一个飘逸的梦。没有生离死别，没有恩怨情仇，教室里或者街道上都铺满了细碎的阳光，明亮轻快。未成年的世界，丝毫没沾染心计的烟雾和疲劳的尘土。女孩的白校服和男孩的花衬衫勾勒出青春的纯洁和绚烂，三个纯真简单的孩子，都长着填满无邪的眼睛。他们的青春，像一棵纤细却葱茏的树，连鸟儿在栖息之前都会有怕把树枝压弯的犹豫。

　　高中女生林月珍暗恋帅气的男生张士豪，她在默默的爱恋中关注他的一切。球鞋、泳镜、圆珠笔，甚至喝过的矿泉水瓶子，这些已与张士豪无关的废弃物成了她最珍视的细软，仿佛把玩它们就能和张士豪建立更密切的联系。孟克柔是林月珍最要好的朋友。这些单恋的秘密，林月珍都毫无保留地告诉了她，还要她从中牵线搭桥。于是傍晚无人的游泳馆，孟克柔冲着浸在水中的张士豪大喊："张士豪，你有没有女朋友？有人想认识你！"羞怯的林月珍却偷偷离去，失去了这个相识的机会。不甘心却又畏惧的她冒用孟克柔的名字给张士豪写了情书，情书又在阴差阳错中被公布于众……
　　张士豪竟喜欢上了孟克柔，她那种无所顾忌粗枝大叶的直白性格对他是新鲜的诱惑。一段三角恋就此展开，他们三个人在纠缠的关系中体会着青春之爱的恬淡和不安。原来，羞怯胆小的林月珍不是故事的主角，终究无法走到一起的孟克柔和张士豪才是这电影真正的主人。在这几乎没有成人形象的电影中，三个年少的主人公，带着各自的执拗和困惑互相搀扶着逐渐走出青春的困境。

人物的对白在简单中渗透着张力。张士豪和孟克柔都有反复的台词。"你到底什么意思？""我们算分手了吗？""你想不想吻我？"都不止一次地从主人公嘴里说出。而每每此时，对方总是沉默着拒绝回答。于是一方反复发问，一方坚持沉默。较劲的镜头，轻易地展现出两颗单纯直接又张狂执拗的心。

张士豪喜欢孟克柔，于是他总是自负地说："我叫张士豪，天蝎座，O型，游泳队，吉他社。"而孟克柔却总是不置可否地和他保持着朋友的关系。只是有一次她忽然问他："你想不想吻我？"这个短头发，腿有点弯的女孩有着让他琢磨不透的性格。这让自信好胜的他有了更多的兴趣。于是，他跟踪她回家，每天在她妈妈开的水饺摊吃夜宵。而孟克柔依然丝毫不被打动，直到有一天，她告诉他，其实，她好像是喜欢女孩的。

那是一个逆转方向的对话。轻描淡写的几句，透露出孟克柔一直的困惑。她，竟然喜欢林月珍。取向上的异常是她掩藏的烦恼。从影片的开端，她就总是在运动场的墙壁上写字，直到这里，谜底揭开，才发现她反复写的是：我是女生，我爱男生。她用这种自我压迫的心理暗示纠正着自己，可效果是无济于事。她想撤离爱慕同性的现场，却似乎无法打败冥冥中主宰自己的力量。她想，或许吻了男生就可以爱男生了。可在张士豪吻她的时候，她的心却像清风吹不动的厚重窗帘，沉而硬。要用身体先行的方式逃避灵魂的宿求，却依然无法得逞。她对男性的喜欢，像一堆灰烬，不知是否有被点燃的可能，而此时的张士豪是失败的火种。

原来，他们真的是不合适的。孟克柔和张士豪竟是根本上的一类人，他们站在同一个岸边，喜欢对岸的性别。不同的性别允许他们合法的结婚，可特殊的取向却阻止他们正常的相爱。理的可能和情的阻碍诱导着分散的结局。

孟克柔也渴望正常，她希望可以正常地爱一个男生，过着和大多数人一样的日子。如果世界上只有一个人，那么是王子或贫儿就不再重要。可是只要有三个人就总会有多数和少数的区别。和多数人不同是可怕的事情，异类总是要遭受更多不公和冷遇。多数人富裕时独自贫穷容易受歧视，多数人贫穷时富裕容易受算计。童年的我总是为自己穿黑色的鞋子而自卑，因为其他女孩穿的都是精巧的红鞋。靠拢大多数，是最基本的自我保护方式。喜欢同性当然是不符合多数人取向的事情，于众人眼里，这是多么怪异、悚然，必将导致惊讶、疏远。

幼儿园的时候，我就更容易接纳和原谅男生，异性相吸于我是无师自通的本能。多年以来我一直对为何有人会喜欢同性而感到万分惊诧，我很难想象一个女人做我的恋人会带来怎样的感受。而一个和我同样正常的朋友J，却为自己的正常感到痛苦。男孩J喜欢女孩，可他却希望自己能喜欢男孩。他总是劝我写些关于同性恋的小说，还总是认为爱上同性是件高尚美妙的事情。原以为这种说法是闲来无事的故作姿态，却慢慢发现，J真的为自己喜欢女孩而痛心疾首。他说异性相恋被认可的理由就是传宗接代，而同性的爱情才是毫无功利的真正感情。多年来，他一直没有恋爱，遇到喜欢的女孩也丝毫不表示好感。他常常苦恼的问题是，为什么自己还不够心理变态。

我曾经觉得J的问题，比孟克柔要严重得多，想变同性恋当然比想变异性恋挠头。想出走总是比想回来可怕。而当我看完电影，忽然又觉得还是孟克柔的麻烦要大一些，因为本能上的异常或许不那么容易更改，遇到了张士豪那样的阳光男孩也依然无法摆脱对林月珍的喜欢。

无法相爱，便只能做朋友。孟克柔和张士豪成了特殊的朋友，男孩对女孩的喜欢变成怜惜，女孩因说出了心底的秘密而不再紧张。台湾阳光温和的夏天，一对情窦初开的少男少女，在纯净的情感中，等待着长大成人。那些刚刚发芽的情感还那么慌张，岁月和沧桑会悄悄到来抚去不安和羞涩，蓝色大门下的未来，等待在温柔的远方。

爱到死，爱不死

○、题记

"我们太相爱了，早就打幸福的身边走过去了。"这是《春之雪》原著里清显吐出的句子。这可能是个道理。

一、《春之雪》——花事了

让我哭出热泪急出冷汗，是个很疼的故事。

松枝清显像一件被剥落的浴袍，松软无力地趴在月修寺前冰冷的台阶上，他面色苍白，嘴角是咳出的一片殷红；绫仓聪子待在咫尺之间的寺里，为兑现永不相见的诺言，为了爱人的前途名誉，剃光了头发远离了红尘，只剩不止息的哭泣。他们是一对隐秘的恋人，怀揣着不可告人的恋情。草长莺飞的季节，清显十九岁，聪子二十一岁，是一九一二年大正时期的年轻男女。

青梅竹马，上流社会，没有衣食的烦恼，没有门第的差异，简直毫无阻碍顺理成章。可是年轻气盛养尊处优的清显不知为何总是抵触的样子，明知聪子的爱意，却一脸冷漠不屑。聪子问："你是怎么看我的?""没什么特别!"清显回答。"那你知道我是怎么看你的么?"聪子又问。"天晓得。"清显似乎毫无兴趣。"你真的不知道么?"她急于表白，他悄然回绝。问啥不答啥，指哪儿不打哪儿。这还不够，他还写信给她，编造自己召妓的情节；将她介绍给朋友，并试图撮合二人。仿佛她是个廉价的偶人，任由他推来搡去。但他又绝不从她眼前消失，以践踏、折磨、伤害、冷落她的傲慢姿态频频出现。他寄生在她的爱里，欲擒故纵百般捉弄，吸吮、享受她的迷恋，爱得乍暖还寒，有些自闭、浅薄。这样的时刻，聪子总是温润、沉默的，平和的眼睛里装满闺秀应有的教养和对爱人无底线的疼爱纵容，任由他把无端的怨气撒在自己身上。一个自以为是故作清高，一个隐忍痴情低眉顺眼。没有人看见他们内心的较量，一段暗涌的情感悄然蔓延。

逆反、矫情得有些过分了，当父亲问他是否喜欢聪子，是否可以将聪子许配给官家王子时，清显表现出比冰还冷的无动于衷。每当有人说哪个女子与他有关，他都显出仿佛被侮辱的愤怒，恶狠狠地急于撇清。陶醉在暧昧的绝境中，自负、自卑、任性又有些虚弱的清显得意于自己的冷酷。明明知道天皇即将赐婚，却并不出面阻拦。他拒接聪子的电话，撕掉烧掉她的来信，兴致勃勃地给她屈辱，在十万火急的时刻促使聪子做了绝望的允诺。赐婚了，聪子的照片和王子一起，出现在报纸上醒目的位置。

喧哗的终于沙哑，自欺欺人的嚣张在睡梦中瓦解，当梦境里盛装的聪子无可挽回的远离，清显才体会到错过的苦痛愧负，放下假惺惺的厌烦。以无赖要挟的方式争取见面，不容置疑地压向她的身体，当她已然是别人的未婚妻，他的爱才不再影影绰绰。他似一粒山竹，深紫坚硬的外壳里是粉嫩洁净的果肉，那么表里不一。她不恨，即使是苦苦等待又屡屡落空，在煎熬中订婚之后，她依然委曲求全地被他统治，好像在说，不管怎么样绫仓聪子都是松枝清显的女人。

滂沱的大雨中，聪子顺从地解下衣襟，疏离的恋人奋不顾身地交融在一起。镜头像偷窥的眼睛，无声息地看着，两个压抑许久的身体历尽伤害刺探合二为一。迅疾的雨里，肉体的欢愉带着淡淡哀伤，没有一点不洁。不可回避的痛苦中，终于冲破隔阂的爱人魂魄与共如醉如仙。

频繁幽会不断痴缠，纯粹的爱种下一个孩子。注定无法延续的禁忌欢晤终被发现，聪子独自承担一切黯然前往堕胎，清显眼悬悲泪追至离别的车站。聪子将童年时相约分别保存的字牌递与清显，"急流遭岩石阻挠，一分为二，无论阻隔多远，迟早会再重逢"。童年时一起诵读的俳句，明明是说相会，却暗示着离别。这是他们最后的见面，此后便是清显扶病寻去古寺，终不得见，抱病而亡。

曲终人散，满地遗憾，万籁俱寂，可惜流年。

他用死回答聪子的提问："如果有一天，我突然消失，你会怎么样呢?"

"为什么问这种怪问题。"当时他不以为然。如今，他以生命决绝做答——亲爱的，我会死。

听起来有点咎由自取，后知后觉的爱情毁了所爱之人一生，幼稚的一念之差葬送了浓稠的缘分。似乎有人格缺陷，给他的他不要，偏要不给了再去抢夺。他把爱设置成一道关卡，逮住了自己，拦住了聪子，从轻巧、懵懂到勇敢、悔恨，直到覆水难收才想起痴狂的挣扎。而聪子，忘我地爱上这个心智不成熟的男子，看着他就得到单向的满足，被他占领了整个生命。娴静的举止下是一颗执著坚定的心，知道要毁灭知道是绝路，却还是牵起爱人的手，愉快地牺牲掉自己，丹心一片。凄美啊，如梦似幻的场景，死生契阔的情事，最烫的灼热和最冰的冷却，精致无瑕的和服下仿若缭绕着神异的气息，缓慢又动人。人去物华消尽，有对恋人，含辛茹苦，多少爱，多少恨。

爱弥深，缘已尽。我等俗人，想为这悲愁的风花雪月唱挽歌，却还是忍不住试图问一声何苦，将死伤避免。爱人，你是否知道自己在做什么？要给深爱的人带来不幸么？内心笃定，请行动也别犹豫。故作蔑视，请在眼角多泄露一点痴迷。不然我怕来不及，春之雪是迟到的，也是惘然的。

二、《离开拉斯维加斯》——致命的恋人

应该是万念俱灰吧。失意编剧本烧毁了与过往的一切联系，手拿酒瓶前往拉斯维加斯。价值、审美、信仰，一切都

随着那火被付之一炬，没有一点留恋，不想再经历任何沉浮。他决意醉死，不是醉生梦死，是干脆没过河就拆掉桥，以最后的时光经营死，喝以待毙。花光所有的钱，耗尽剩余的命，自生自灭丢人现眼，心灰意冷得大张旗鼓不留退路，他的脸死意盎然。

众人皆醒他独醉，灯红酒绿的拉斯维加斯，本难以自持地沉浸在不能掉头的自甘堕落中。只是求死，忙着作茧自缚，却意外获得最后的礼物——一个爱人。爱情的普及总是让人心惊，深渊中的本还是遭遇了妓女莎拉。醉鬼配流莺，一个总是眼冒金星，一个整日搔首弄姿，真是谁也别嫌谁的低级组合。怀着哪说哪的心情开始却鬼使神差地无法忘怀，分享痛苦的一锤子买卖滋生出同病相怜的情感，这对没有尊严没有脸面的人不由自主地爱上了对方。他送她一副耳环，她给他一个酒壶，投其所好的礼物显露出他们绝望中的互不干涉。他继续喝酒，她继续接客，爱情与原有的腐烂生活仿佛并不相干。他们积聚最后的力量感受生命的无力，带着一种无所畏惧的默契。爱了，温情、取暖、慰藉，但是仍无法阻挡随心所欲的放纵沉沦。

世界与他们毫不相干，流光溢彩照耀不了他们心底的灰暗。奢靡的拉斯维加斯，他们的绝望繁花似锦恣意生长。他们是华美辞藻中两个扎眼的错别字，以自身的存在证明着世界的不可信任。相依为命却并不热爱生命，相爱却懒得去承认感情。对自己狠毒，便也没了体恤别人的心思，伤害不经意地以最残酷过激的方式进行。莎拉去赚钱的夜晚，本心生醋意，他报复般地把一个妓女带到莎拉床上。本终于被莎拉驱逐了，最后一个爱他的人也受够了他的麻木。

还是喝，继续与死神合作谋害自己，这个作践自己的急先锋如愿成了行尸走肉，看不出内心的波动。大局已定箭无回头的性命吞没了爱情的小小涟漪，本已经在恍惚中听到了地狱的呼唤。忽然想起黑泽明某个电影里说"等死不算活着"。这话对本十分适用。只是这个从容的满不在乎的自暴自弃的不介意生死存亡的笨蛋，否定了全部自己也还是没舍得否定爱情。跟命运抬杠，对自己撒野，把求死当作最后的消遣，却还是无法走得毫无挂碍。

所有的坚强变成最后的柔软，在弥留时刻，本拨通了莎拉的电话。爱人的声音传来，她正遭受着身心的苦难——被三个年轻人轮奸毒打，又被房东勒令离开。浮华的拉斯维加斯，她只剩下他一个温暖的旮旯。贫民区不堪的房间里，躺着不堪的本，他用毁灭前的残余力气等待爱人的到来。

没有道歉解释，直接和解。奄奄一息，唯一一次性爱，垂危的身体和垂危的爱情在性的高潮中渐渐熄灭。一对没有前生来世的恋人萍水相逢，他们站在宿命的会合点上，爱上对方的一片荒凉。不会有欢喜的结果，无望是他们爱的底色。他按计划死了，一切变成一场空，她还活着，怀着深沉通达的爱追念那个总是醉醺醺的男人。这是一段过把瘾就死的致命爱情，也是穿着褴褛外衣的深情童话。

三、《胭脂扣》——何日君再来

五十多年，她一直发着七七四十九度高烧。这个叫如花的女子被爱点燃，死了半个世纪还在等待，生命离开了她的身体，爱情却还是留了下来。她在奈何桥边等着当初一起殉情的男人，牵肠挂肚地猜测各种原因推断所有可能，不知他们是为何错过没有重逢。

她本是青楼女子，与富家子十二少一见倾心。那宿命般的邂逅，电光石火摄人心魄——青衣小帽的如花和眉目如画的十二少，惊艳！风情万种的梅艳芳带着几分英武霸气，风流俊逸的张国荣透着几分温婉清秀，此二人花容月貌天造地设风华绝代，活脱脱一对璧人。可惜，还是不能完满顺利地结合。体面人家的门槛不容妓女踏入，为了爱情十二少只得与家庭决裂，卸下纨绔子弟的行头捡起跑龙套的差使，如花也只能继续混迹风月。大床上的喁喁私语抵不过生活的劳碌艰辛，活色生香的日子稍纵即逝，他们很快就被逼入最困窘的角落，肩不能挑手不能提的十二少根本过不了无援的日子。他们想到了死，具体说应该是如花想到了死。这份爱情里她更果决热烈勇往直前不假思索走火入魔。

"料今生璧合无期珠还无日，但只愿泉下追随伴玉容。"不能缠绵悱恻地活，干脆就缱绻动人地死吧，毁灭后的重生必有更好的风景，苦命恋人求泉台下地久天长。商量好殉情的夜晚，她骗他喝了有安眠药的酒，又与他一同吃了鸦片。她要做到万无一失，她怕他忽然犹豫贪恋尘世。她要用死亡固定爱情，容不得出现一点差池。

而天意总要弄人，决然死去的如花却如何也未等到十二少的到来。苦苦地熬过了几十年，恋人杳如黄鹤，思念绵绵不绝，恨如芳草，她决意重回人间弄个清楚明白。预支下一世七年的阳寿，换七天重返人间的光阴，穿越时空和生死，如花踏上了寻找爱人的旅程。冰冷的手攥着爱情这最后一点寄托，单薄而难舍。

换了人间的世界，如花凄然找寻不知所措，穿着旧时装坚守着旧时约定，百折不回，不到黄河不死心。焦灼、困惑、孤独，还有隐隐的渴盼和恐惧。却未曾想，怀着鸳梦重温的信念，换来支离破碎的结局。

"红尘多可笑，痴情最无聊"，却原来十二少没有死，抢救之下，他没有勇气再去赴阴间的约会。于他，爱情可以打折，更难舍难分的是命。娶妻生子潦倒度日，苟延残喘活到了老态龙钟。半世纪后，风流早已被雨打风吹去，翩翩少年垂垂老矣。他的生，是毁节求生，是残生。再相见，誓言散落一地，她是幽怨妖艳的妙龄女鬼，他是面容猥琐的残年老人。人鬼殊途，面目全非，唯有怨女，不见痴男。他无言以对只剩一句尴尬的抱歉，她心灰意冷错付了五十年的思念。当年的鸾凤和鸣恍然在眼前，竟也显得虚无缥缈，有几分草率荒唐。这份爱真是虎头蛇尾，终点，原来是冰点。

重回首，往事堪嗟。以为殉情是新起点，却怎奈孤魂野鬼几十年。如花带着对爱情的偏执守候,看到惨淡的真相。她不会悲痛欲绝,她已经绝了五十年,她不会失魂落魄,她早就抛弃了魂魄。月缺月圆日起日落,以鬼的身份望眼欲穿五十年,换来的只是个巨大的枉然,怎知良缘是孽缘。好似费劲心力地踢了一场,却被告知是友谊赛;如同跋山涉水杀入敌营,却发现早已是一座空城。她是一棵纤细的白桦,长满欲哭无泪的眼睛。这个为爱成了鬼的人,爱得如此血肉充盈,简直让对方难堪。

不过如此。人间不如黄泉。偷生竟然是唯一事实,如花不过是活人十二少回避不提的前尘旧梦过眼云烟。她是卸磨杀驴的驴,过河拆桥的桥,只在当年珍贵过。还能怎么样呢?尘缘已尽,能做的只是离开这熙攘却寂寞的人间。她归还珍爱多年的信物胭脂扣,了结了至死不渝的眷恋,孤绝转向来路,留下清冷苍凉背影和十二少怯懦窘迫的解释。

疼。冷。一往情深一如当初一场情殇一笔勾销。

桥归桥,路归路。奈何桥,人间路。

她终于找到了失散的人,却再也找不到爱那人的理由。

四、《爱有天意》——爱的轮回

她的女儿和他的儿子最终走到了一起,像他们当年一样也有好看的萤火虫做伴。这是2003年让我掉下最多眼泪的故事。

电影的前二十分钟,坐在我前面的女孩不停地吃薯片,咀嚼出很大的声音。二十分钟后，她哭得肝肠寸断。

一个一见钟情又被命运分隔的故事，每一次重逢都意味着更久远的离散。直到失明的俊河骗珠希说他已结婚，那一次，既是生离，也是死别。

> 俊河：对不起，差一点就完美了，我还是没有成功。昨晚我还来这里练习。
>
> 珠希：你差一点就骗到我。你做得很好，我差点就相信了。
>
> ——这是失明的俊河跌倒后与珠希的对话。

即使他沉重的跌倒压扁了珠希所有的等待，即使爱人之间本不该有谎言，我还是抑制不住心中的感动。

他为了找回她送的链子，失去了再看她的机会，然后，他说他和别人结婚了。那根绝望的紧绷着的爱情的弦，因为那句混着血泪的谎言，断了。

"连理枝暴雨摧残分左右，比翼鸟狂风吹散各西东。"绝望中，珠希与别人结婚了。她的爱与俊河的眼睛一起失去光明，陷入漆黑。结婚照上，珠希的眼里盈满幽怨的泪，这双眼睛所看到的世界也注定被泪水浸透。她的爱情幻想曝光过度，变成白花花一片模糊。

平行蒙太奇手法，讲述了两代人盘根错节的爱情。而那些琐碎温暖的细节，更是带来了一份触目伤怀的感动。

同一首情诗，被一对父子送给一对母女。纯洁又真挚的巧合，让人想起住着小人鱼的海洋。

鬼屋里俊河和珠希大声的尖叫，珠希房间外一明一灭的路灯，智慧与尚民雨中的奔跑……那些尚未显露伤感的小片段，让我仿佛看见自己那飘荡在回忆里的青春。

珠希与俊河，智慧和尚民，温暖又悲伤的细节，让人想起生命中许多相见和诀别，想起青春岁月琐碎的片段。初中时，心仪的男生把我叫到顶楼，递过来的却是一封别人托他转交的情书；高中的时候，和同路的男孩在雨天打一把伞回家，粉红色的伞下是比粉红更暧昧的气息；大学里，一个朋友用三百六十五支蜡烛拼出他前女友的名字，只为补偿他未曾给过她的浪漫。剧情在继续，我的泪水中常常浮现这些难以忘记的情景。从头到尾的山重水复，不曾柳暗花明，不见峰回路转，宿命般的悲辛交集。一生的苦恋，除了爱情，他们一无所有。但奇迹千呼万唤也不出来，他们最后的见证，不过是一堆泛黄的信，被装在一个小小盒子里。

又是悲剧。忽然发现，成就最美丽爱情的，常常是最悲凉的人生。

五、《深情日记》——怅然遥相望，知是故人来

"我能想到最浪漫的事，就是和一你起慢慢变老"，有歌这样唱——经时间的酿造，爱情越发醇厚，从青春岁月走到

人生的暮年，在彼此的目光中回忆慢慢老去，你中有我我中有你。《深情日记》讲述了这样的故事，却因命运的稍做手脚呈现出悲伤荒谬的基色：我正在和你一起慢慢变老，但你已不知我是谁。

疗养院，一个老头给痴呆的老太太讲着日记里的故事。老头耐心细致，老太太饶有兴致。日记里一对年轻的男女上演着非你不可的炽热爱情：富家女艾莉和穷小子诺亚相识在暑期的小镇，摩天轮上的大胆示爱、夜晚马路上的亲密拥吻、湖水中的纵情嬉闹，夏日恋情清新动人。接着俗套桥段登场，门第差异造成女方父母阻挠，战争爆发拉大空间的距离，他写了三百六十五封信却被她母亲扣压，她回到小镇寻他却失望而归。绝望中，她开始了新恋情，并与年轻军官订婚，而他则发疯地修建房子，按照她的梦想雕琢每一个细节。房子有了，爱人没了，俊朗的诺亚变得颓废抑郁满脸胡须。艾莉也一样，曾被诺亚拨动的心弦难以平复。好在，他们还是重逢了，梦想的房子立于眼前，怀抱只能为彼此敞开。于是有情人终成眷属，艾莉克服重重阻挠回到诺亚身边。

执子之手，与子偕老。然而，亲爱的亲爱永远不像誓言那般简单。艾莉患上了老年痴呆，记不起事情认不得人，活在"纵使相逢应不识"的混沌中。她的头脑总是刚刚被格式化，资料全部丢失。那个每日讲着故事的老头便是诺亚——他给懵懂的爱人讲着本该历历在目的往事。可对艾莉来说，故事总是新鲜出炉的，她无数次听到又无数次遗忘，不知那是自己流年不返的往昔。她无邪也无爱地盯着诺亚这个最熟悉的陌生人，好奇后边的发展，旁观自己的往事，露出无知的笑容掉下疏离的泪水。

日记那么清楚，记忆那么模糊。仿佛未雨绸缪，以文字的记录挽救头脑的遗忘。爱人近在咫尺却毫无感觉，子女前来看望也全然陌生。艾莉已毫无保留地忘了，过去、现在、未来都是一片空白，她仿佛立于时间之外。"草色遥看近却无"，真是不折不扣的春梦无痕。没有回忆的天空，清澈懵懂不解风情。没有来龙，不知去脉，记忆不在服务区，往事全部挥发掉，艾莉遗失了了解自己的密码。诺亚并不放弃，她成了他的婴孩。每天复述着甜蜜往事，期待着唤醒爱人的心智，艾莉记忆的沉船他打捞了一次又一次。他不懈得像一只缓慢的蜗牛，是的，他是一只蜗牛，走到哪儿都要背着家——她就是他的家。偶尔她也会想起他，满眼泪水地认出对面的老头就是至亲的爱人。可短暂的清醒过后又是突如其来的忘记，温馨背景又会变成一片荒芜。迅速地忘，是突然熄灭火焰，突然冻结流水，突然折断花茎，陡然、干脆、没有先兆。

只能这样么？永远的遗忘和零星的想起。他追随在她身后，做事倍功半的努力。讲他们午夜狂奔的酣畅，讲他们破镜重圆的欣喜，一直讲一直讲，换她刹那的铭记。他是她永远的归途，甚至在她迷路的时候，懂得做一条到处追随行者的路，风尘仆仆。从年轻的激烈到年老的实在，他情深意重，即使对方已无法回应，依旧爱得风雨无阻誓不罢休。

那一夜，他悄然走进她的房间。"诺亚……"一句熟悉的呼唤幽幽传来。

怅然遥相望，知是故人来。那一刻，她忽然朝花夕拾，与他深情相拥。我终于看到上帝的恩慈。

第二天清晨，艾莉和诺亚安详地躺在一张床上，十指紧扣。他们心有灵犀地死了，在心灵相通的瞬间。

爱是恒久忍耐，又有恩慈。爱是永无止息。据说，这是《圣经》里的句子。

六、《淤泥中的纯情》——风马牛也相及

思绪是从《绝唱》来的，脑子里一琢磨，不知怎么七拐八拐，就拐到了《淤泥中的纯情》。山口百惠和三浦友和，这对八十年代的金童玉女演绎了太多揪心伤悲的故事，稍微联系联系就都想起来了。

情节很简单，富家女爱上古惑仔，年少无知，飞蛾扑火，死得不明不白。山口百惠是外交官的女儿真美，三浦友和是黑帮小流氓次郎。她就那么不由分说地爱上他，不见丝毫理由的铺陈。

没有誓言，甚至并不温暖，有点荒唐。这风马牛不相及的一对，偏偏遭遇在青春的路口。次郎的粗俗愤懑成了说不清的吸引，勾起真美叛逆的躁动，他是她命中的魔星，让她浮想联翩。时间和万物消失一空，真美眼里只剩下他——那

个男孩——次郎。次郎震惊于真美无端的热恋，以黑社会特有的粗糙冷漠回复她的一往情深。怀着戒备和理智，他夸大自己的卑劣孤独，摆出老虎屁股摸不得的臭脸孔，冷淡不屑地提醒她别心血来潮。真美却在拒绝躲避中越挫越勇一腔纯情，铁了心恋着这个极不靠谱的流氓。她背弃父母，抛却了光亮的一切，一丝不苟高高兴兴地爱上这个暗淡的小子。

女孩的倔强诚挚和男孩的毫不领情。三浦友和一改往日的清俊儒雅，敛起光芒带上了顽世的邪气；山口百惠依旧纯美淡雅如早晨的阳光，少了腼腆多了坦率，还添了点愣头愣脑的清脆气息。这赏心悦目的一对，满身活力又不含杂质，血肉感十足，都是一副逻辑思维很差劲的样子。俗套的故事洗练而热气腾腾，没有俗套的煽情矫情。缺了琼瑶的梅花青草水云间，他们倒更显真诚，平静自然地爱到穷途末路万死不辞。真美绝不装模作样，迫不及待地掏空了自己的心，献给并不庄严的爱情。以最明朗的态度坚持，面对嘲弄恫吓，义无反顾走进一片猩红。次郎假装心不在焉，故作残酷老练，以貌似摆谱的自卑违心回绝着狂热的痴恋。他深知，此刻远离是一种保护，为把对方推出淤泥，他必须扬长而去。

他们死了，被黑社会的乱刀取了性命。垂死的次郎抱怨着对垂死的真美说："叫你不要跟着我，你看……"好像丑话早就说在了前头，意料之中地看了真美的笑话。这是最后的台词，临死前依旧是责怪迁怒没有疼惜恻隐，仿佛轻描淡写无动于衷。真美已然习惯，这个男孩她爱着，他的方式她便接受了。

看到这里，我哭了，我坚信自己听到了次郎并没有说的"我爱你"。我猜测这也是很让真美欣慰的收场，一起死，给不计后果的爱一个无法再计较的结局。依她那不管不顾的性格，次郎若是死了，她必是想都不想就跟着殉情。这样同时同地的死掉倒更干脆痛快，来路南辕北辙却殊途同归，可算是勉强的如愿以偿。她终于不必再费心追逐那个赶路的男孩，这一次，她和他步调一致，朝着坟走，朗情妹意，生死与共。

爱情终于圆满了，虽然人毁灭了。

一点也不沉重。爱了，死了，不后悔。一点也不，在这短暂的今世今生。

七、《英国病人》——拿什么拯救你，我的爱人

当时看了心里没有太大的波澜，觉得好，而已。N年后偶见海报，忽然很想哭天抢地。可能是某些细胞早已被打动，因为我反射弧太长，迟钝了几年才突然发作。

里边有两段爱情，让我很想号啕的，是那段出轨之恋。匈牙利历史学家艾马殊遇到了优雅女子嘉芙莲，并被她的睿智、胆识、风韵吸引。嘉芙莲已罗敷有夫，丈夫杰佛是个机师。背景是二战时罕有人烟的北非沙漠，相遇的契机是绘制地图的工作。

许是艰苦的沙漠抚去了世俗的烦琐累赘，蛮荒环境中，

人更容易返璞归真。情趣相投相见恨晚的艾马殊和嘉芙莲在渐多接触中难以压制爱的本能，那是久违了的怦然，不可抵挡的心动。没有都市的繁华声色，岩洞里、壁画前、被围困的汽车、圣诞宴会的角落，他们的控制适得其反，爱欲破茧而出，原始狂放无法阻挡。反省内疚中，他们几度摇摆，故作矜持，却还是割舍不下无法自拔。直到敏感的杰佛做了玉石俱焚的打算，他载着嘉芙莲撞向艾马殊，绝望地以自杀式袭击捍卫尊严，惩罚红杏出墙的她和横刀夺爱的他，捎带着决绝的自己。飞机像受伤的心轰然坠落——杰佛死亡，嘉芙莲重伤，艾马殊却安然无恙。

超越道德的爱无法超越生死，被诅咒的恋情举步维艰。艾马殊将奄奄一息的爱人隐于岩洞，孤身亡命寻找救援。好不容易走出沙漠却遭遇盟军的非难，因可疑的名字、身份和国籍被压上囚车。爱人命悬一线，来不及讨价还价，无奈之下，他以手中的地图换了德军的飞机。心急如焚地赶回，只得到心胆俱碎的结局。他甘冒不韪换来了飞机，却还是没能换来爱人的呼吸。火熄灭了，应急灯的电池耗尽了，她已经死了，他还是来晚了。在疼痛、无助、寒冷、黑暗和等待中，他的爱人已孤独离去。他怀着滚烫的忧伤抱着她冰凉的尸体，万箭穿心地登上飞机。

在劫难逃，飞机被击落，艾马殊身陷烈火，皮肤尽毁。脸、身体都受到严重伤害，他看起来像丑陋破败的废墟。德军靠着地图的帮助占据了罗马，嘉芙莲在等待中死去，不管不顾不计后果横冲直撞却只看见粉碎的结局。这是真正的倾城之恋，艾马殊对国家和爱人，都欠下了难以偿还的账单。

电影太不主旋律了，那《红岩》里江姐看到丈夫的人头悬挂城头，刚刚想恸哭一下，却猛然自责，负担着党的任务没有权利为个人情感悲痛。在我从小接受的教育里，爱不足以成为革命者的破绽。越王勾践亡国后整日卧薪尝胆，还把自己国家的美人当作毒药献给吴王，刻意营造一场爱做自己的武器。爱可以是刀是剑是戟。国家、疆土，所谓伟业面前爱情应该毫不犹豫地被舍弃，可这主人公竟然为了一个女人出卖军事机密，而且还是婚外恋情。但我却怎么也不忍在心里打一个表示谴责的叉，我想引用真田广之在《无级》里的名言：我被你感动了！我喜欢那个勇闯禁区的男子，喜欢他的不可理喻，他的一意孤行，他的嚣张，他的倔强，因这一切都是以爱的名义。争分夺秒的时刻，他无法三思而后行。就那么疯狂鲁莽了，他没法做到恋人、国家分头爱，没法丁是丁卯是卯，他不是英雄，只是为了爱逞了匹夫之勇，想做一次爱人的上帝。我甚至渴望有个这样的爱人，可以为我抛却一切，爱得水深火热一往无前。

这是主题复杂的电影，大气得不止爱情那么简单。而我等小女子却习惯把目光落在爱情上，唏嘘这价值连城的爱情，心疼爱遇到的一切窘境。爱情那么热，战争那么凉，爱被战争切割、吞噬，却始终没有毁灭。麻木的滚滚沙尘中，这场爱，鲜艳激烈如一朵奇葩。这是赴汤蹈火的爱咬紧牙关的爱山穷水尽的爱粉身碎骨的爱头破血流的爱，因为太浓太丰沛了，甚至总显得心有余而力不足。

八、《苦月亮》——情人看刀

大概是接着《英国病人》的思路吧，两部电影里都有我喜欢的克里斯汀·斯科特·托马斯。这个女子典雅矜持又带着几分刚毅，在好莱坞艳若桃李的美女中，显出几分敏感拔俗的气质。可惜她在这里只是中规中矩的女二号，唯有结尾处暧昧激越的舞蹈才焕发出一丝光彩。休·格兰特也委琐得像个豆包，全无魅力。他俩演一对平凡静默的夫妻，在索然的婚姻中索然地旅行，只是配角而已。真正的主角是一对奇特的夫妻，男人沧桑乖张言辞古怪靠轮椅行走，女人千娇百媚香艳迷人又有些喜怒无常。一碗过气的残汤和一颗诱惑的禁果，不登对组合悄然暗示着不寻常的故事。

那是一场眩晕的遭遇，他在96路公共汽车上见到她。超短布裙子、赤脚配球鞋，脸上缀满局促好奇和原初的清甜，似乎又有些危险。仿佛轻薄的刀片划过皮肤，隐隐约约的伤口和战战兢兢的疼痛，那感觉因为细小而强烈。他开始魂不守舍地找寻，那条线路、那个车站、那些街道，反复的等待终于换来再次相逢。奔放地尽情地天崩地裂地神魂颠倒地一拍即合地，他们爱了，一段恣意的爱开始了。

激情迅速点燃，二人须臾不离地纵欲交欢，屏幕里弥漫着颓靡的肉欲味道，风月无边。仿佛世界尽头冷酷仙境，他们惊世骇俗地花样翻新，萨德式的出位性爱看起来简直下流病态：让牛奶流遍全身，捆绑、抽打，扮演猪狗……爱情游戏扭曲上演，他们仿佛一定要找到不存在的地狱或者天堂。

然而情网张得快，收得也快，男人迸发的激情渐渐消退，厌倦了再无新意的肉体欢愉，而女人已爱得死心塌地九死不悔。他是海已枯，她却石未烂。冷落、驱赶、与别人寻欢，男人毫不在意女人的存在，好像把她当作一堆垃圾。透支过后，归于平淡。他只爱捕猎，无意驯养，喜欢惊涛拍岸，厌恶细水长流，擅长一锤子买卖，不愿长期合作。女人疼得难以忍受又心甘情愿，像个痴情的粉丝，任侮辱欺凌也要留在他身边。她不惜一切，跪在他脚下痛哭，睡在他门外的走廊，自尊、脸面统统丢掉，只为留住这个浪荡的男人。她把栏杆拍遍，卑微地乞求着回心转意。直到他骗她做掉孩子，把她丢在去往异乡的飞机上。那个叫做咪咪的女人褪去娇憨撩人，像一只孤独垂死的猫，绝望茫然地看着黑夜的天空。

醉醺醺，闹哄哄，他终于摆脱了纠缠和眼泪，重新扑回自由糜烂的生活。

光阴荏苒，两年。一场车祸，醉酒的归途中，他被撞伤了腿。睁开眼，咪咪明艳地站在床前，蜕变的美丽中羞怯早已不见，多添了几分剽悍。几句交谈后，她果断地将他拖到床下。本来只是骨折的腿彻底折断，一个崭新的残废诞生了。

卑鄙的、阴险的、损人不利己的、可怜的报复终于来临，她承担了照顾他的责任，在每一个细节上不遗余力地折磨他。兴奋地爱他，兴奋地折磨他，她在伤与自伤中体会着摧毁的快感。反败为胜了，平衡了，弱者和强者角色转换，她将受过的屈辱加倍返还，强迫他吃掉怨恨的碎片。我记得有次在《非常男女》中听到毛骨悚然的声音，一娇弱女生在回答"偶遇前度男友时想怎么样？"的问题时，冷静地说："想把他小弟弟剪掉！"女孩外表文静声音甜润，带着嗲嗲的台湾口音，没有一点迟疑。听者的哗然背后，定然是她被刺痛的心。没有谁想废掉一个毫无瓜葛的人。

她终于和他结婚了，爱得驴唇不对马嘴，却进了教堂戴了戒指。原来婚礼也可以有这样触目惊心的荒诞内涵，一对每日揭开旧伤彼此厮杀的男女许下冷笑般的誓言。可怕可恨，丑态百出难以自控，像无法医治的癫痫。面对流失的爱，他们做了最歇斯底里的抗争，而爱情还是彻底折断，无法黏合。爱，在他们眼里真是不折不扣的动词，意味着不停歇地做些什么，宁肯搭上自己也不言败。他们爱得虚空，恨得实在，较量到一息尚存，彼此囚禁又装作视而不见，喜欢拿对方榨汁，榨出血泪才觉痛快。简直是丧尽天良，爱情的邪力被放大，成了后坐力太大的枪，伤了爱人，也疼了自己。

肖克凡叔叔说，爱情的燃烧总是短暂的，我们都是靠灰烬活着。燃烧后，望着那堆属于两人的灰烬，亦可心满意足相伴终身。可是他们不行，他们爱得不稳不准却非常狠！蒙昧的碰上混账的，都任性狂躁一定要投入百分之一百二的热情，瞧不上灰烬，宁可要烈火中永生。

最后的航行中，男人举枪杀了女人又了结了自己，穿过疯狂的隧道走向死亡，怀恋着过去的美好时光，停止了这段在黑暗中疾走的沉沦爱情。

在激荡中幻灭，同归于尽万劫不复鱼死网破，这该死的爱终于结束。热情与毁灭让人无能为力，不小心地，竟有人爱得姹紫嫣红一片血，杀气腾腾成了灾难。

九、《在世界中心呼唤爱》——爱人，请你活着

某个午夜，曾经喜欢过也诅咒过我的男孩拨通了我的电话。他喝了酒，但坚持说自己没醉。他曾经发誓再不会与我来往，却偶尔在喝了酒的时候拨通我的号码。电话里，他说愿我长寿，有幸福的生活。我险些掉泪，一下子想起《泰坦尼克号》里杰克沉入海底前对露丝说的话。虽然我们从来不曾有过爱情，虽然我们或许以后也不会再见，但那一刻我听到了最美丽的祝福。

青春时喜欢过的人，一定要好好活着。沧海桑田后，追忆似水年华，在你偶尔想到他的时候，轻描淡写地说一句"初恋时我们不懂爱情"，感受到他的平稳幸福才会安心。

故事是倒叙的。在即将和未婚妻举行婚礼的前夕，一盒磁带与一场台风串通，勾起了成年男子朔的回忆。带子来自朔的十七岁，是他与初恋情人沟通情感的工具。那个健康漂亮活泼纯洁的女孩叫做亚纪，像一切故事里的初恋少女，以最鲜活的方式展示着完美。然而，天堂向左，他们却宿命地

向右，缘分没尽，命数却到了，女孩得了白血病。这种名字婉约玄妙折磨起人来却毫不客气的病症瞬间把她限制成一个孱弱垂死的人。不能辩护不能上诉，白血病是突然宣判却不能更改的死刑。未满二十岁，目睹爱人的生命点滴耗尽，恐怕连梦里都会渗出血来，是没有伤痕的残酷，是难以治疗的内伤。

传递磁带，隔着无菌玻璃接吻，紧握结婚申请书，拍结婚照，计划去澳大利亚旅行……说起来似乎老套煽情蹩脚恶俗形式大于内容，然而正是这种青春的煞有介事将我深深打动。这是被蒸馏的，仿佛有洁癖的，一尘不染得难以置信的爱情。没有花言巧语，没有海誓山盟，我看到两个天真的孩子痴人说梦般渴望今后的生活。看到年轻的爱情在疾病中挣扎，我第一次羡慕一个病人。如果有个人为我的死感到朔那样难以承受的痛苦，我愿永远活着。即使掉光了头发，即使忍受所有的疼痛和磨难，也要艰难地给他一个欢快的笑容。为爱人疼痛，为死亡战栗，为失去哭泣，这本就是人类最原初最真实的感情。只是在这个流行冷静、超脱、压抑、扭曲、背离、心口不一、故作深奥的时候，我们因为太多伪装竟惊恐地找不到简单的自己。当清脆的初恋年纪遭遇死亡的厚实主题，谁又能表现出生亦何欢死亦何苦的淡然呢？当她的大眼睛，她的长头发，她的红嘴唇，她的甜美笑声，她的忧伤抽泣永远灰飞烟灭，燃烧成细小的白色粉末，被装在一个冰冷陌生的盒子里；当你再也触不到爱人的皮肤，再也闻不到她特殊的气息，只能紧抱骨灰的时候；当你感觉她孤身一人在远处漂泊却怎么也找不到她的时候，你可以无动于衷继续露出没心没肺的笑容吗？如若真有这样的人，但愿我不要认识他。有些时候，坚强是可耻的。

多年过去，朔还是没办法坚强。他被磁带拖拽回到当年与亚纪相恋的地方，记忆像暴雨迅疾降落，他在惊悸怔忪中发现亚纪的死成了一把刀，插在他心头难以拔去。那种根深蒂固挥之不去的痛楚，经历时间亦无法消逝。亚纪死在台风来的时候，多年后又一场台风仿佛时间轮回中某种刻意的暗示，将朔的心病一下子剖开，露出血肉模糊的追念。他以为雪化了，却不知那是结了冰。寒天喝雪水，点滴在心头。那些自欺欺人的遗忘逃遁，其实是更深切的铭记。

生命法则最没原则，生老病死毫无合理的解释。在最鲜美的年纪，亚纪死了。死是无法轻巧的告别，是最彻底的离散，是跌宕起伏的钝重尾声，意味着再没有藕断丝连的可能。死去的爱人，死在爱情里的爱人，总是天下无双。

多年以后，朔终于得到了最后一盘磁带。遵循亚纪的遗愿，他把骨灰带到了他们一直要去又终究没有去成的澳大利亚。算是一种退而求其次的圆满吧，阴阳相隔，爱人死了，爱却活着。

十、《37度2》——不是我，而是疯

Betty是我人生中第一个英文名字，但我从不会对人说，这可以算是个轻易不说起的秘密。那是我小学的英文老师给起的，我觉得Betty听起来像个乏味的胖女孩，平庸、琐碎，好像还长着满脸的雀斑，很排斥这个名字。这种莫名其妙的形象思维不知从何而来却根深蒂固，从九岁到二十二岁，我宁肯说自己英文名是莱温斯基，也不承认叫过Betty。后来不再厌恶这个名字是因为看了《37度2》。二十二岁生日，朋友把这电影的碟片作为礼物送给我（后来此人把碟借去看并且忘了还回来，相当于收回了礼物）。

Betty是《37度2》的女主角，大眼睛、厚嘴唇、好身材、坏脾气。总睁着异想天开的眼睛，一惊一乍的折腾，那份性感天真乖张仿佛来自一只小兽，她的头上真应该长两只犄角。从始至终，她天不怕地不怕，想起一出是一出，总是为荒谬的想法歇斯底里。没有来由地忽然高兴突然悲伤，带着来路不明的神经质。她拎着行李走进工人Zorg的家，与他疯狂做爱并发现他可以成为一个作家。打印他的稿子，联系出版社，这之后她像个精力旺盛的秘书，为他作品的发表打了鸡血般地忙碌。Betty认为那是她看过最好的小说，她的男人本该是最伟大的作家，却一直在愚蠢地荒废着自己的才华。她被骤然点着，近乎蛮横地把汹涌的爱劈头盖脸砸向Zorg。

没有回音，等待折磨着她的判断，狂躁中她划伤了出版商的脸，只因对方小瞧了Zorg的作品。她以令人瞠目的速度疯狂下去，就那么果敢坚定星夜兼程地疯掉：为朋友的餐馆帮忙，却用叉子攻击挑剔的客人，还把垃圾偷放在客人盘中；住在朋友家里，却忽然想要阳光，心血来潮指挥Zorg拆掉房里一堵墙。小说出版的搁浅对她是幻灭，曾经明艳放松的Betty变得愁眉紧锁眼神怪异，显出无法压抑的蔑视和不耐烦，对所有人，包括她自己都不依不饶。她的思绪无法安顿，忘记了如何平静，只会用过激的态度对待一切。焦虑、极端、抑郁，非常态的神色钉在她脸上。她以为自己怀孕了，找到了新的寄托，却在验孕证实未孕后陷入了更深的绝望。她撕破Zorg买来的婴儿服装，剪乱了自己的头发，满脸脏乱地坐在那儿，痴傻邋遢像一只掉进泥坑的狗。归来的Zorg看着她和那一片狼藉，片刻的沉默后颓然抓起桌上的番茄酱，涂满脸颊，失声痛哭。那一刻，他大概明白了，Betty已无法抚慰，她的疯狂中已然不含一点指向正常的杂质。她被自己刮起的龙卷风卷走，完全迷失了心性。一对平凡幸福的恋人，忽然让人惨不忍睹。

Zorg在做最后的努力。他穿上艳红的紧身连衣裙，戴上金色的假发，装扮成高大冶艳的女子外出抢劫。他掏给她大把的钱，试图给她快乐的生活。可Betty已完全失控，她精神恍惚拐走陌生的孩子，我行我素游荡在臆想的世界。她浸在怪异的迷梦中，不理解外边的世界，简直需要一个翻译。她像个没脑子的野人，并不开心地做着无法承担的事情……她终于挖出了自己的眼睛，留下一墙血红的手印，在救护车的呼啸声中，剩下Zorg自己思忖到底怎样才能挽救爱人。

Betty终于安静下来，镇静剂的作用下她的表情和感触一片空白。不再有兴奋和盼望，她像一个墓碑，收起往日的吵闹，正式稳定下来。任Zorg千呼万唤，她再不会有任何反应，

Betty被封闭在癫狂和药物之间，不再是鲜活的生命。

那个夜晚Zorg再次穿起抢劫时的女装，风姿绰约地走进Betty的病房。他拿起枕头压向她的脸，亲手结果了她早已放弃的生命，不得已地与至爱的人永诀。Betty如一根挣断的琴弦，筋疲力尽，从这个世界全身而退。

摇晃的故事平稳下来……出版社终于有了回音，无数次退稿之后，事情悄然有了起色。Zorg独自坐在那里，继续写着，也许，他会成为一个作家。

这其实有点索然，没有谎言猜忌，没有误会怨恨，所有起伏都不过是女人对男人的期望和男人对女人的心疼。不是不爱，不能相守的理由原来那么多，比如太爱，比如死亡，比如王菲唱的"爱到飞蛾扑火，是种堕落"。

十一、《三更之回家》——只求一场爱情

电影不长，大约是高中一堂课的时间。一堂课一般都围绕一个问题，电影也是。关于爱，关于死，关于要颠覆生死的爱。

以为是恐怖片，心惊胆战地开始看，却渐渐摆脱悚然被温暖地感动着。陈可辛是狡猾的，他在恐怖的框架里自如地嵌进了自己熟稔的爱情元素。最怪诞的故事渗透出最悲凉的深情。杜可风也越发矫健，虽然我不喜欢他的长相，却不得

不佩服他营造氛围的能力，镜头的世界里他可以轻易呼风唤雨。同样沉闷阴霾的色彩却似乎承载了他的情绪，恰到好处地一会儿制造着恐怖一会儿煽动着泪水。

故事与《对她说》有几分像，但其实比《对她说》更接近爱情。

一个男人，守着一个死了三年的女人。给她洗澡、和她说话，仿佛那是再正常不过的事情，甚至细心地为她擦红色的蔻丹。他深信这是一种特殊的治疗，三年的坚持会换来皆大欢喜的结局。多么荒唐，用一具尸体做治疗的宾语；多么浪漫，因为至死不渝而笃信起死回生。这个看着古怪、阴郁、带着鬼气的男人原来如此单纯。他要偷偷做一次超人，以微薄的力量逆转爱人的生死。

她是一片凋落的叶子，早已失去了生命的养分。然而有他在，有爱情在，他不会看着她枯萎却袖手旁观。他以看似不可理喻的方式不离不弃，所以她的叶脉在三年之后依然充盈着水分，依然发出隐约的生命讯号。他们躲在与世隔绝的破落公寓，祈望在这被世界遗忘的角落修补阴阳的隔断。那些孤独守望的岁月即将过去，等待已近尾声，结局就要上演，三年的期限快要来到。

一个麻木的活人和一具新鲜的尸体，旁人看来，这种疯狂可怕的举动让人脊背发凉。然而这与旁人何干呢！

可是，旁人总是存在的。闯入者还是来了，一个警察带着正常人无可厚非的疑问走进了他们的生活。随着神秘小女孩的引领，为了寻找失踪的儿子，警察层层剥茧地揭开了这个灵异故事的面纱。

他当然懂得世人的不解，所以他软禁了警察。他要他等待三天，他说女人醒了就放他走。可是一个人来了，常常意味着一堆人也会来。计划终究会被变化打破。那些寻找警察的人鬼子进村一般的来了，他们人多势重地制服了他，把女人装进棺材。他坚信她就要活了，而所有人都确信她死了很久。他抓狂地追赶那拉棺材的车，她的手指在棺材里轻微颤动。那一刻，仿佛厄运尽头云开日朗，爱情又要温馨上演。可是命运只是眨了一下眼，下一个瞬间，他的狂奔被一声钝响打断，一辆飞奔而来的汽车忽然将他撞倒。死神的威力再次被证明，那些疯狂的愿望自然也不得不夭折。

是灰飞烟灭，不是大功告成。是岌岌可危，不是唾手可得。只要大家不相信，你就别想独自相信。三年坚持换来最绝望的相聚——死的没有重生，生的瞬间死去。一场期待的尘世重逢变成宿命的阴间团聚。这才是真正的团聚，男人、女人，甚至那个穿红衣的神秘小女孩也找到了自己的归宿——她是多年前他们不得不做掉的孩子。这个影片中唯一色彩亮丽的人竟然不能算是完整意义的人，她在出生前就已经死了。这些年，她作为无奈死去的爱情结晶，以最鲜艳的色彩等待着父母的到来。

一段录像被警察发现。那是女人录给男人的。原来，他也曾像她一样短暂地死了三年，是那种玄妙的方法让他又活了过来。他醒来，她却因为同样的癌症死了，于是他重复着她做过的事情。三年，他活了，又三年，他希望她活。可是一些事不能逆转，经历每人三年的独自守候，他们还是貌似阴差阳错地死了。一切变得像一场蓄谋已久的戏弄。

地没老天没荒，海未枯石未烂，只是人已不在。这些用来形容爱的词语其实总是麻木不仁，我们只能聊以自慰地说：死亡永恒的同时，爱也不朽。

十二、《破浪》——爱的罪与罚

拉斯·冯·提尔太刁了，他的故事好像在脏水里洗过，带着经过却决不沾染的干净。无论《白痴》《黑暗中的舞者》抑或《破浪》，那些令人心悸的简单情节，从不拐弯抹角，都是一下子抓住你不放。我来自一个很实际的民族，看这样的故事，总是先想着太怪了，后反应过来太好了。

《破浪》是能听见心跳声的作品，被损害的美好露出一片窘迫。

故事开头便是爱米莉·沃森诡异又圣洁的脸，她扮演的女孩贝丝生活在民风传统的偏僻小镇上，她天真纯洁感情充沛，虔诚地信仰上帝。贝丝孩子气地笑着，在自己热闹的婚礼上。歌声、舞蹈、白纱、啤酒，她的婚礼温暖而热闹。她掩饰不住兴奋喜悦，简直有些疯疯癫癫。她焦急地把丈夫扬拉进卫生间，在两人刚刚合法的时候，一刻也不能多等，急于把自己献给她。少女的血落在洁白的婚纱上，娇小的贝丝和魁梧的扬。

贝丝怀着稚嫩的好奇初尝性爱，在新婚里春心荡漾。蜜月过去，扬要回到海上工作，她先是要死要活不忍分离，后是魂不守舍不断祈祷，她的爱像喷射的水管，怎么按也按不住。没有扬的日子里，她满目迷恋地想他念他，祷告他可以早点归来。那种走火入魔的爱，有几分吓人，透着深情不寿的讯号。扬果然回来了，却是虚弱地躺在担架上。他在危险事故中为抢救战友被砸伤，高位截瘫。祈祷以恐怖的方式应验，爱人正经受巨大的痛苦。贝丝期期艾艾守在扬身边，边自责自己任性的思念，边疼惜着深爱的男人。然而扬的身体已没有任何余地，他被捆绑在麻木中动弹不得，是比阉割还来得猛烈的戕害。短暂的强言欢笑后，他知道要面对的是一生的折磨。万般意念皆成灰，他抛出那个骇人的请求，开始是怂恿，后来简直像命令——去和别的男人偷情。他说那是一种治疗，当贝丝把与别人的感受讲给他听，他会幻想那男人是自己，靠意淫得到满足。扬的想法我没有看懂，不知他是真的如此变态，还是怕贝丝压抑才伟大地编造这样的理由。

贝丝走上了不归路。她编造了与医生约会的情节，却被扬识破，只得硬着头皮去勾搭陌生的男人。含恨忍辱地执行着丈夫的命令，像士兵服从将军，完全不假思索。公车上、酒吧里，她衣着艳俗眼神无望怀着炽烈的爱迎向陌生的男人，厌恶忍受过后，她呕吐、流泪，再交作业般把事情复述给病床上的扬。扬也奇怪地在她一次次讲述后有好转的迹象，贝丝便坚信这种自虐可以救赎自己搭救爱人。他的残疾成了对她走出去的催促，她在折磨中找到了希望，把悲痛化成了力量，用生疼的出轨喂养着扬，以放纵完成忠贞。丈夫瘫痪在床，而她却每日花枝招展勾三搭四，旁人不齿的目光中，贝丝的不安分过于明目张胆。小镇的人刻板、保守，对爱也十分悭吝。母亲劝她进精神病院，拒绝她进家门；孩子们朝她叫嚷脏话扔沙子石块；教会也剥夺了她信仰的权利。这个单纯的、幼小的、并无承受能力的女人，没人安慰没人理解，独自啜饮苦酒，把绝望捏碎重新消化。

扬再次陷入危险期，贝丝一根筋地上了那艘有凶徒和手枪的大船，她曾经在那儿被殴打，却又再一次主动踏上了甲板。红短裙，黑丝袜，闪亮的脸配上风尘的装扮，这只羊以为，一定要入虎口才能救回爱人。她以为这是一剂猛药，唯有放逐自己才能拽回爱人。她的爱愚昧而坚定，爱他已经妨碍了她爱自己……

如我所料到的，泥菩萨过了河，贝丝死了。她伤痕累累奄奄一息被送进医院，却被告知扬已垂危。这个爱得狼狈辛苦的女子在迷茫崩溃中凋谢了。

然而他们并不是一起死了，贝丝的葬礼上，竟然站着拄双拐的扬！究竟是一种什么力量，让他得以生还，如果解释得清，那一定是来自贝丝的力量。爱与死的交锋中，她死了，换他回来。她进了爱情烈士陵园，在凌辱唾弃中迎战了无法绕行的不幸。

扬偷出贝丝的尸体，将其沉入大海。天空中忽然响起天堂的钟声。

我不知该哭一哭，还是笑一笑。

我忽然想到大学时一次朗诵会，听到了一个叫做《你肩上有蝴蝶么?》的小文章——男孩女孩是一对恋人，女孩在车祸后昏迷不醒。男孩的痴情感动了上帝，只要他化作蝴蝶三年就可让恋人醒来。女孩醒了，男孩幻化的蝴蝶每日飞在她周围，她却并不知晓。等不到男孩的到来，憔悴失望的女孩接受了照顾她的医生。男孩默默地看着这一切，他飞在她身旁，却什么也做不了。以三年生命换回的女孩就那样成了他昔日的恋人。三年过去了，他对上帝说："就让我做一辈子蝴蝶吧……"

十三、《邦妮和克莱德》——我俩没有明天

邦妮的睫毛没有泪水，克莱德的手心没有汗液。他们干燥、野蛮，是不折不扣的暴徒。

百无聊赖的邦妮遭遇无所顾忌的克莱德。本该是一场仇恨的起点，却匪夷所思地成了一场爱情的开端——那时，克莱德正在偷邦妮母亲的汽车。不仅仅是没有阻拦，邦妮惊喜地冲下楼去，跟定了这个男人。大萧条时期的美国，两个一无所有的年轻人成了彼此的奇迹。在精神物质一起贫乏的时

候，他们互相壮胆，热衷挑衅，无缘无故爱得死去活来。

他们抢劫，以极端的方式得到钱，证明自身价值。抢农庄，破落的农庄刚被银行没收；抢银行，银行也凑巧在三周前倒闭。就是这么黑色幽默，就是这么啼笑皆非。做坏蛋做得如此草率洒脱，逞英雄逞得这样缺乏认真，仿佛抽奖般随机，之前没有任何盘算，之后也不见什么规划。勇敢刻意地走上歧途，又懒得设计具体动作。他们像两只海星，张牙舞爪、漫无目的。

没受过一点恩惠，无处学习温柔。冰冷难以忍耐，只想以作恶来取暖。邦妮和克莱德无知又无畏地奔向浓重的腥膻。抢劫，杀人，为被通缉感到得意，甚至把做强盗的感受写成诗打算送到报社发表。没有阴谋，只要搏斗，不再祈祷，只是掠夺。该忏悔时，他们偏要满足。两个没有归属感的孩子，从顽皮到疯狂，盲目地穷凶极恶，以戏谑、出格的暴力对抗传统宣泄郁闷。痛快，他们是神最带劲的敌人！

他们在不断刷新恶人的纪录。不在意谋财害命的结果，痴迷于过程的起落。杀鸡取卵，与卵无关，只是为了引起鸡的注意。扎眼的抢劫，炽热的爱情，两个年轻的强盗亢奋轻狂地显示着自己的力量。他们不在乎钱，甚至蔑视钱，只是以它做发泄的工具。

在劫难逃。多行不义必自毙的报应通过暗算实现，他们被同伙出卖，遭到警察的伏击。早该知道人生就是一个大俗套，变成狼的羊终究要死在牧羊犬的利爪。

遗憾，死得有些糊涂，难以数清身上有多少个弹孔。慢镜头的射杀中，邦妮和克莱德在懵懂中毁灭，来不及说点什么就被打成蜂窝，比《刑场上的婚礼》少好多台词。

他朝她跑去，她笑容明媚地望他，像任何一对年轻明朗的恋人。枪声忽然响起，像他们的笑声一样没有禁忌。据说，射向他们的子弹有一百二十多发。这个显然有些浪费的数字似乎也证明着他们的实力。简直是致敬，免费的子弹毫不吝惜。太过强悍，无法生擒，紧张恐惧中必须一味地射击才能保证置他们于死地。血泊是最好的归宿。他们成功地制造了风起云涌，靠自己的血，得到最后的满足。

两个被击毙的罪人，一个趴在车外，一个倚在车里。不过如此，暴虐的生命轻易被乱枪了结，亡命徒的爱情死在血中。

总是记得邦妮尸体的样子，洁白的裙子被鲜血覆盖，仿佛雪地上陡然长出鲜红的嘴唇，有让人脊背发冷的美艳。或许是因为惨得太直接的结局，或者是渴望那种同生共死的爱情，我生出正义以外的同情。后来知道，电影在香港被翻译成《我俩没有明天》。是的，你们没有明天，你们的爱丧心病狂大摇大摆又天衣无缝。

十四、《泰坦尼克》——如果没有明天

娱乐节目里把2008年称为周迅年，因为她有好几部诸如《画皮》《女人不坏》之类的电影上映。那么套用这种其实很有溜须之嫌的说法，用全球化的观点高屋建瓴地看，

2008年其实是凯特·温丝莱特年，金球奖双料影后，奥斯卡收入囊中，数风流人物还看今朝，凯特赢得不在话下。

我喜欢凯特，纵使她在奥斯卡拿回最佳女主角时的发型整齐僵硬得像个柜子，眼角的皱纹条条清晰，我依然喜欢她。这个丰腴的大号英国妞三十几岁便五次获得奥斯卡提名，一次封后，在消瘦温软的好莱坞小妞中间尤其算朵奇葩。精力旺盛，头脑清楚，还有点愤世嫉俗，看似大大咧咧其实非常有谱。显然我和大部分人一样，是从《泰坦尼克号》认识她的。那是十几年前，年轻的凯特和莱昂纳多张开双臂飞翔在那艘华丽的油轮上，我尚在读初中。

《泰坦尼克号》几乎是我回忆起1997年的关键词，彼时街头巷尾、课堂内外人们足足热议了好一阵子泰坦尼克。电影席卷了世界票房，带着耀眼的光芒降落在了我们的城市。我记得平时一贯以影响学业为由坚决杜绝我看电视的爸妈，格外开恩批准我看了《泰坦尼克号》的VCD。我感恩戴德端坐在沙发上，一脸虔诚地等着据说帅呆了的男主角登场，终于随着情节的推进哭得稀里哗啦，急于恋爱的念头也随之疯长。

其实描述起来也没什么特别，无非是桎梏中的富家女遭逢青春飞扬的穷小子，生活的热情被重新点燃，昏迷的爱情被骤然唤醒，仿佛即将迎来春色满面眉飞色舞的新生，然而却终究在一场惨烈的灾难中失去爱人，铭记一生。是的，如此而已，简单得甚至有些俗套的情节，上流偶遇底层，爱情混合灾难。可是时隔多年我依然没有忘记这场不羁的恋情，虽然从未重温，却屡屡想起清晰的细节：即将崩溃的Rose奔向船舷，胸口起伏着压抑和厌倦，她想投海结束生命，却意外地被Jack救下；一往情深的Rose宽衣解带，双眼装满温柔和活力，戴上价值连城的"海洋之心"，让爱人Jack为自己作画；狼狈邋遢的Rose仓皇跃出救生艇，恋恋深情投入Jack的怀抱，放弃优先撤离的权利，执拗地生死与共；百岁的Rose怅然回首，青春的脸陡然盛满仿若刀削斧凿的皱纹，把"海洋之心"丢入海底，以珠宝和长寿祭奠深挚的爱情。

天下没有不散的筵席，可泰坦尼克号的筵席却散得举世皆惊。未到主菜就乐极生悲，朝彼岸驶去，却被倾覆劫持，第一次出发便成了诀别。南安普敦，纽约，乘风破浪，去远方。本该将两点连成一线的首航，在大西洋陡然出现了残酷的断点。令人叹为观止的大船在坚冰的碰触下毁灭，庞大、奢华登时灰飞烟灭，它虚弱、孤独地沉入了海底，变成寂寞的废铁。"永不沉没""工业时代的奇迹"、处女航，骄傲和绚烂化作一片唏嘘。

海水不动声色地吞没生命，甚至没有海浪。夜晚的天和海都是深邃的暗蓝色，仿若配合黯然的死亡，看不到一点希望。Jack和Rose并不知道，这促使他们相识、相恋的大船正风驰电掣向死路挺进。儿女情长嗖的一声被推向求生的高潮，从悱恻缠绵到血肉相连。绝望中他们步调一致的身影，一下子让人想起地老天荒。萍水相逢，草率地爱到了极点，没有犹豫计较，没有背景条件，他们被还原成最纯粹的男女，持续着最干净的头脑一热，爱之外，别无他求。

背水一战的仓皇逃生，终究只从死神手里抽出了Rose的生命。Jack扶着木板葬身在冰冷的水中，不遗余力救下恋人的性命，是残酷中闪烁的仁慈。他死了，咬紧牙关看到她生的希望，才安然沉入无情的冷水。她吹响获救的哨子，在那个凄寒决绝的夜晚，获得了新生。多年后，已是老妪的她梦回泰坦尼克，金碧辉煌的厅堂里，他露出俏皮的微笑……那个关于爱情的秘密，多甜美，多悲伤。

十五、《理发师的情》——我爱你，再见

　　曾经因为这部电影和我妈起了争执，我俩互不相让，都说是对方记忆出了问题，弄错了细节。那个引起争执的细节是：女主角雨夜跑出去投河前到底说自己去买什么。我记得她说去买黄油，我妈非说是去买酸奶。其实到底是黄油酸奶还是面包都无关痛痒，只是我和我妈乐于在一切琐事上证明对方错了而已。这很无聊，我们知道，但依旧乐此不疲。更无聊的是我为了得到胜利给一个朋友打电话求证，对方先是错愕我得了较真细节的强迫症，后是恍惚地回忆出自己并没看过这部电影，并且十分发散思维地推荐我看《罗丹的情人》，理由是都是情人，换一个得了。

　　我说事爱起根上讲的毛病又犯了，扯到乱麻般的平时生活了，还是要回来，说这电影里的爱情。

　　酸甜过后，是不是一定要经历苦辣，这是我与电影里的女子共同的疑问。她因为想不清楚这个刁钻的问题，并深深

恐惧苦与辣的如期而至，以死来阻挡了一切。生命了结在最美处，爱情亦停留在最浓时。她心情复杂地投河而死，她是安东尼的妻子——理发师玛蒂尔。

不知是否是神的指引，少年时的安东尼便拿定主意要娶一个理发师为妻，虽然他第一次这样说就挨了父亲愤怒的一巴掌。他迷恋丰腴的女理发师，喜欢看着她工作，喜欢女人的香水与洗发香波混合在一起的味道，即使目睹她的猝死，亦未能结束痴恋理发师的情结。光阴荏苒，人至中年，心中那团未熄的火被玛蒂尔点燃。阳光下，四目没有相对，便很不自在地发现，命里注定的那个人，就在彼此眼前。理发店里，三次见面：第一次彼此沉默；第二次男人求婚，女人没有说什么；第三次男人还没说什么，女人就答应了求婚。幸福就这样悄悄地来了，让人听不见它的敲门声。唱歌、喝酒、跳古怪的舞蹈、随意勾兑洗发水，他们纵情相爱形影不离。他们钻进爱情里，像地球上最后一对男女，热辣地爱，并且珍惜。

恍惚中，美妙的十年过去。可还是有一点焦虑，玛蒂尔看着一个常客背越来越驼，看着那对顾客为孩子争吵，不禁想到生活的庸常，时光的流逝。一切都要从鼎盛走向衰弱，日子像头发，总会长到你不满意的长度。他们结婚十年了，一切还是那么好，以后也可以么？对爱情前途的担忧有点杞人忧天的意思，但她依然不由自主。在安逸的梦里，便更怕一声棒喝，拍碎这难得的美丽。对不可知的未来，她耿耿于怀。如果不能一直新鲜，如果要腐朽，如果难以持续浓烈，如果会稀薄，如果要黯然到终点，不如，制造一个极点吧！她生怕这份爱不能占有他们全部的生命，于是果断地让一切戛然而止，在巅峰时刻，在没有一点厌倦之前。

加谬说："真正的哲学问题只有一个，你为什么不自杀。"在玛蒂尔的爱情里，她也只剩下这一个问题。风雨交加的夜晚，她与他最后一次缠绵，然后冲进雨中说出门买东西。再也没有后来，就在完美中谢幕。一如勃朗宁的诗："只要上帝允许/在死后我爱你将只会更加深情。"她带着爱人的温度，纵身跃入翻涌的河水，以最不含糊的方式纪念了爱的永恒。

葬礼过后，安东尼依然守在店里，他安静地坐在沙发上，接待来理发的客人，等待着出门买东西的玛蒂尔。偶尔放音乐，偶尔还跳那种怪异的舞蹈，痛不欲生得一派风雅，沉静的爱静水深流……

我忽然开始瞧不起自己一直鼓吹的"分手了还要做好朋友"，那份刻意的洒脱其实是迫于无奈。所谓婚姻不成仁义在，不过是大家为了不尴尬地活着，吞咽了无趣的结局。冷峻漠然的现实里，我们为了轻装前进，忘记了还有什么情丝难断。

十六、或许多余的尾巴

就到这里吧，忽然想停下来。爱与死的主题，在电影里，跟女人在世界上差不多，至少一半。如若不停地写下去，便会如滔滔江水连绵不绝。我还想写《魂断蓝桥》，还想写《情陷撒哈拉》，还想写《大话西游》，还想写《走出非洲》……这样的故事我总是记得，就像小时候读童话，忘了公主和王子是怎么幸福地生活在一起，却总是放不下小人鱼到底在哪片海里化成了泡沫。可是我不能再写了，这些难过的故事让我难过了。

爱情遇到死亡，是多么惊心动魄的事情，情感和生命同时无力回天。我怕看到这样的故事，因为结局的不圆满，过程的美好都成了一种伤。我想起唢呐声，那种好像随时要嘶哑的高亢，让人有一点紧张，纵使是喜庆的曲子也弥漫着隐约的凄恻，有种死里逃生的味道。

多亏这是电影，电影在无限的远方。

我要离开电影，去吸嗅现实刚健的气息。

我想起读大学的时候，同学甜甜弄到了六张话剧票，她鬼鬼祟祟把票给了邱、欣儿和我，说只有这几张让其他同学看见不好。我们三个都十分领情觉得占了便宜，带着当时各自的恋人相约前去看戏。剧场门口，有票贩子在叫嚣，三块一张，五块两张。那是非专业的学生们排的戏，想追求艺术也想盈利，但显然都失败了。话剧难以置信的无聊，欣儿的男友睡着了，并且打着不小的呼噜；邱的女朋友在包里找到一袋杏仁分给我们吃；前座不认识的姐姐忽然回头递给我们一把水果糖。那是我人生里最热闹的看戏经历，演员和观众各自为战……四年之后的如今，邱早与当时的女友分手，已买了房筹划与现女友结婚；欣儿毕业独自去英国深造刚刚海归，她那时的男友做过各种匪夷所思的职业后销声匿迹，听说被公安局多次传唤；我与邱当时的女友还在学校读书，偶尔相见已没有当年热络；我那时的男友工作稳定前途光明已混迹香港特别行政区，我们每年春节互发一次客套的祝福短信；我与邱、欣儿友谊弥坚，互相鼓励着奋勇生活。年华老去，事情在回忆里，细节已模糊。我们都受了点伤，又都迅速复原，继续意气风发斗志昂扬。爱情变淡，没有人死去，我们曾经真诚地相爱，现在分散在没有彼此的角落，迷茫地期待着另外的什么。真无趣，我们的生活缺一个浪漫的编剧。

仿佛一股缓却凉的风吹进了我的身体，思维乱了，我已经到了一句话也无法说的境地。原来我一直活在比电影惨淡的现实里。

其实不仅仅是暴力

你是一个生活在微软、星巴克、宜家当中的现代人。你按部就班地走着你的人生道路，职业、教养、穿着，一切看起来好极了，除了你失眠。在这个秩序井然的世界里，你的小日子过得也充满了秩序，你每天热衷于搜集各种高品质的家具，用它们填满你空旷的房间和你空洞的心，不管填充物是什么，拥挤充实总是让你感到安全。一个偶然的机会，你开始参加各种重症患者的安慰互助组织，睾丸癌、肺结核、皮肤癌……你竟然上瘾了。你靠和那些患者抱头痛哭来宣泄焦虑、解脱痛苦，这样之后你会安然地睡去。直到你遇到一个和你一样乐于参加这种组织的女人，当这样一个人在你身边时，你无法真实地哭出来，又开始失眠。莫名其妙地，你可能还对她有点兴趣。

然后你的房子离奇地着火了，你鬼使神差地打电话给一个刚刚在飞机上认识的人。你和他喝了酒，问他能不能到他那儿去住。他答应得很痛快，条件是你要狠狠地打他。

你搬进他那破落龌龊又似乎充满怪异力量的房子，你们成为好朋友，经常互相殴打。他会在夜间做电影放映员，放映的时候加入出格的镜头；会在名流出席的宴会上做服务员，乘机往汤里边撒尿；会用人类祛除的多余脂肪做肥皂再卖给商店；会经常穿一件印着咖啡杯子图案的脏脏睡衣在你面前晃来晃去。他知道许多炸药的制造方法，他深谙许多破坏之道。他身上张扬的破坏力，让你似乎有些崇拜地离不开他。你们在互相殴打、搏击中找到了快感。你经常被打个乌眼青，刷牙的时候会忽然掉下一颗牙齿，你在自己的各种伤口和血液中看到一种鲜活的人生。

怎么样？假如你遭遇了这些，你会觉得开心、难过还是别的什么？寂寞如死水的生活忽然遭遇到一个放浪形骸、恣意妄为、不按常理出牌的人，是不是紧张刺激又充满了残酷的诗意。你或许有些羡慕这种扑面而来的刺激感。可这不是你的故事，而是我看的电影。主人公叫做杰克，他遇到的那个人叫泰勒，电影的名字叫《搏击会》。

故事进行到这里的时候，我被这种有些荒诞的发展方式吸引了。我感到自己血液的澎湃，我甚至想找个人打我一顿。我像杰克一样对有序又重复的物质生活不满，想打破秩序又缺乏力量，我希望靠毁坏自己的身体来麻醉自己的精神。我想杀掉我的精神。我在想，我怎么不能遇到泰勒那样一个充满力量的人，他的乖张、不屑、我行我素正好可以帮我摆脱无休止的烦恼。

故事没停。泰勒和杰克的搏击方式被许多人接受，他们成立了地下的搏击会。很多每天在辛劳中变得麻木不仁，充满失落、绝望、空虚的人加入了。在一个昏暗的地下室，一群人狂热地出拳、搏斗。拳头打在身体上，皮开肉绽。鲜血黏稠地流出伤口，似乎也带走了人们的恐惧和焦虑。人们为了这种释放欢呼。不再需要花香扑鼻，不再喜欢阳光明媚，黑暗中没有禁忌的暴力足以让人开心得离谱。泰勒正是这一切的缔造者，他以领导人或者神的身份出现在大家面前，逐步在建立地下的秩序。

接着，泰勒和杰克中意的姑娘上了床。杰克有些不满，但没有表现出来。泰勒开始不满足于两个人的搏击，他带领着搏击会的成员开始四处破坏。摧残自己的肉体已经不能满足这些压抑已久的人们，他们要打击禁锢他们的社会，报复总是比自残更醋畅淋漓。他们砸汽车，炸商店，然后对着报道这些新闻的电视大笑。淤积已久的邪恶念头终于露骨地张显出来。

杰克突然发现他的房子是泰勒炸的，他的日子越发混乱。杰克感觉到自己越来越不了解泰勒，这个太疯狂的人让他摸不着头绪。他试图阻止，可没有人听他的。这些人甚至已经把生死置之度外，他们搞破坏的时候，是视死如归的。当人们为了金钱、生存等等现实的原因去做一件事时，会很容易找到劝阻的办法，可当人们做事的目的就是做这件事的时候，想劝阻的人总是无能为力。泰勒和搏击会的成员就这样，疯狂变态放纵地搞着破坏。理由早已遗忘，行动不可止息。

杰克在和泰勒的交锋中一次次败下阵来，直到他骇然地发现：现实的世界里根本没有泰勒这个人。泰勒是他臆想出的，真正做这一切的一直是他自己……

看到这里的时候，我觉得脊背发凉，软弱老实的杰克和锐利残暴的泰勒是一个人。故事的发展开始触目惊心。

我忽然开始害怕：一个人的精神到底可以分裂成多少个自我？为什么有时候走着走着会忽然想去踩一堆泥，然后回家又拼命地把鞋擦干净？为什么有时候忽然想把迎面走过来的陌生人揍一顿，一会儿又想对他笑一下？这些大概都是几个我在斗争的结果吧。想起我一个以温婉善良著称的朋友，有一天和她逛街，她看着前面一个三四岁的小孩忽然面目狰狞地问我："你说我踢他一脚，能不能把他踢飞？"她问完，我俩一起目瞪口呆。

恍然大悟的杰克开始补救。他到警察局投案，警察竟也是搏击会的成员。震惊的他穿着内裤丧心病狂地奔跑在街道上。此时他的会员已经遍布全国，他们像被洗过脑一样，把破坏当作唯一乐趣。他要阻止，阻止更大计划的实施。然而泰勒又出现了，他嘴里说着极端的理论，他要炸掉许多大楼。强大的泰勒几乎压垮了脆弱的杰克。杰克在和泰勒搏斗中被打得面目全非，他无法战胜泰勒，他的灵魂在经历一场两股力量的斗争。无奈之下，杰克把枪对准了自己的喉咙。终于，打死了泰勒。而毁灭的计划已无从挽回，一幢幢大楼在瞬间化成了废墟。

我忽然有很怪异的感觉。看着那些大楼的坍塌，我竟然觉得痛快，觉得这个搏击会的行为很有些悲壮。转过去再想，又有些毛骨悚然。如果真有这么个搏击会，身边某一个谨慎的公务员又或者某一个脆弱的癌症患者都可能在那里凶悍暴力起来。这个规整的世界随时都可能杂乱起来……

高中时第一次看这个电影，看过的朋友告诉我《搏击会》是暴力电影，情节残暴血腥，不适合女孩看。我为了看到布拉德·皮特还是看了。

出乎意料，从头到尾，我都没被所谓的暴力和血腥吓到，倒是为自己忽然生出的一些想法打了几个冷颤。大部分时间里，我兴奋得血脉偾张。这种弱化了劝诫和审判的反思，带给我激烈的享受和高速的思考。

电影里的人用暴力来对抗他们厌恶的世界，试图通过肉体的摧残打垮自己麻木的精神，他们以为这种破坏性的重建才能找到一个焕然一新的自我。背离道德、远离规范、打破囚禁、对抗社会，这听起来是多么刺激又新鲜。抛开卑微的精神，放纵躁动的暴力欲望，为了感知疼痛甚至不惜毁灭生命。我知道这些都和传统道德观念相去甚远，但我只是在某几个瞬间觉得他们恶心，而大部分时间则感慨他们的无奈。我相信这种变态的疯狂来自对世界的绝望。如果人已经成了物质的奴隶，怎么证明自己的力量呢？大概最简单可行的方式就是自我毁灭。

泰勒说："要失去一切才能不受约束。"这是多么有勇气的话。我们总是紧攥着拥有的一点点东西，活得盲目而疲劳，早已迷失了自我。其实有时候失去才是一种自由。我曾经买过一双昂贵又精致的高跟鞋。我强迫我的脚在华美的鞋里卑躬屈膝。我忘记了鞋不仅仅是为了穿着漂亮的，它首先应该是保护脚的。终于有一天，那骄横的鞋子磨破了我委屈的脚趾，我脱下它，赤脚走在温热的马路上。有人用同情的目光看我，也有人不屑，而我心里却带着革命后的洋洋自得。我终于打倒了那双鞋，我证明了我是它的主人，我可以决定它的命运而不是谄媚地去配合它。这种自由带给我一种从未有过的快乐，我甚至极端地想扔掉所有的鞋，从此赤脚走在所有的路上。

可是我还是没有，我的理智告诉我应该用鞋去走不同的路，而不仅仅是脚。就像泰勒没有一直疯狂下去一样，我再次被理智制服。

泰勒被杰克杀了，这个制造出他的人最终杀了他。人类的理智是强大的，许多癫狂的行为都会在千钧一发的时候被理智所阻断。理智总是蓄势待发，时刻准备着在最后关头拯救迷茫的人们，这种传统的主流的巨大力量以它强大的生命力奴役着人们。可人们不接受奴役又能怎样呢？没有一种其他的方式能让生活不动声色地进行。泰勒的，还有许多人的革命，最终又会建立另一种相似的秩序和换汤不换药的理智。或许，世界是按照自己的意志运行的，人怎样努力也逃不脱自我迷失的轨迹。我们能愚弄的只有别人和我们自己，而不是世界。无论一个人有多少个自我，最终都无法摆脱世界的控制。

　　写到这里的时候，我忽然怀疑，在写字的我是哪一个？它会在多久以后被我杀掉？哪一个其实也不重要，反正我的肉身还是这样地活着。

藕

那是1963年的夏天，年轻而贫穷的你们不需养家，只用糊口。从素不相识到相依为命，青春而健壮的你们悄悄翻越了传统的城墙。那一年的断背山"荒沟古水光如刀"，艰辛乏味的工作中，你们喝同一瓶酒，住同一个帐篷，享受同一份爱情。你们的指甲里总有泥土，你们的身体总带着汗臭，两个新鲜的男人，两个寂寞的体力劳动者。夜深人不静，山峦与心潮一同起伏，你们膨胀着爱欲的身体是两盏耀眼的灯，点亮着幽深的夜晚。

禁果真甜！吃粗劣的食物，用肮脏的勺子，在所有条件都令人不满的地方，你们有一份满意的爱情——白日放牧，夜里交欢，山长水阔中，自在，纯粹。可你们不能永远与世隔绝，你们总要下山。因为拥有同样的性别，你们选择分道扬镳。以为可以忘记，所以简单地道别。Jack开车离去，Ennis被一阵疼痛突袭。你们以为这是故事的结局，你们不知道，从此你们变成一只痛苦的藕，保持着牢不可破的丝丝相连。

一、爱人Ennis

第一次与Jack分别，你提到要回去结婚。你不苟言笑的脸上找不到一点忧伤的痕迹。他开车离去扬起一路尘土，后视镜内是你看似麻木的背影。你转弯，忍不住蹲在墙边，伴随着呕吐、疼痛、嘶吼、难以克制地哭泣。他的离开让你疼了，心理，生理，你的躯体似乎忽然缺少了什么，感到了脏器被剥离般的痛楚。

镜头一转你结婚了。粗糙的你穿着廉价的西装说着神圣的誓言。真恐怖！你稳重踏实的样子那么让人信任，新娘的笑容那么幸福甜蜜，你们都没意识到妻离子散的悲剧开头总是这么不动声色。你撒谎，你无法兑现你的承诺，除了Jack你的心无法接纳任何人。婚礼上庄重的誓言成了你自欺欺人的道具，你试图有一个正常的家，试图爱一个女人，你故作镇定地站在那儿，佯装忘记了你真正的爱人。你的婚姻如此仓促，是愚蠢的逃避。怕社会的压力，怕内心的认同，你像隐藏赃物一样，藏起对Jack的爱情。我猜你甚至后悔，后悔与Jack相遇。你不知道，你已经走火入魔，即使假装平静地过着贫贱夫妻百事哀的日子，你也休想逃脱。

于是，四年后他一出现你就疯狂地吻他，你无心听妻女的嘱托，你顾不上失业的危险，你神魂颠倒地去赴Jack的约会。

再次见面，你们已经都有了父亲的头衔。青春期早已挥手远去，激越的爱情却势如破竹。你们像任何一对热恋的情侣一样迫不及待深情款款。欢爱后的依偎，你靠在他身上，瞬间找回当年的感觉。爱没有减少，还生出了不少的利息。不需语言，没有犹豫，你们的心早已跳动着同样的频率。他说要在一起。你迟疑，而后退缩。你总是这样，习惯了藏掖躲闪，妄想用纸来包火。你与他相约每年短暂相距。破镜，重圆，再破，再重圆，如此残酷的循环办法亏你想得出来，每当思念汹涌到堤坝，你们才能再次相见。似乎在说，感冒不许吃药，等发展到肺炎才可以治疗。

小小的卡片邮递着苦苦的思念。你们通过卡片的信息确定着相聚的日期。谨小慎微的你无法抗拒那些轻薄的卡片。

你离婚了，他赶来，你却将他赶走。他要与你相守，你总是拒绝。这场爱情戏里，你扮演着更理智残忍的角色，责任感和罪恶感让你胆怯地摇摆在现实和梦想之间，为生活营役，为爱情神伤，自我折磨自我纠缠，坚决要把爱移植到角落里。

雷池已越无法回头，节制退却中，你走不出困境。你惦记着回头是岸，又舍不得爱的捆绑，你总是一副走投无路战战兢兢的样子，摇撼着自己搭建的樊篱。你时刻能感受到束缚，不愿背弃对家庭的责任又无法挣脱爱的吸引。你像一只蜗牛，一步三回头，终究没有迈出几步。

晴天霹雳，Jack突然去世，你能得到的遗物是两件衬衫。仿佛有人把你推下悬崖，你的爱情倏地逝去，只能睹物思人。望着那揪心的纪念，你忽然觉得欠了Jack很多，也忽然想问清楚你们到底欠了这世界什么。没有Jack，断背山不再有夏天。你的世界失去了宽度，你离群索居，躯壳里干瘪的心不再期盼什么。

年华老去，爱人不在。你的爱成了废弃的工厂再也无法复工。你忽然发现，在没有阳光的地方，那株爱情的树已经长得参天，它没有花也不结果，生得紧张不敢张扬，却一刻不停地疯长。

你要逃离爱情，却终于发现：原来，匆忙中，你只把爱情装入了行囊。

二、爱人Jack

分别第二年，你重回断背山寻找Ennis；分别第四年，你寄出第一张卡片；他离婚，你以为苦尽甘来兴冲冲前去会面；听到他把相聚的时间从八月推到十一月，你愤怒地大骂。你像是他的狂热信徒，一次次虔诚地驱车前往，你像太阳一样永远炽热。而你不是太阳，所以你终究冷了，因为你死了。死是无法再出现，是最彻底的消失。你妻子说你死于意外，Ennis眼前却闪现出你被殴打致死的场景。你死得突然又离奇。你到底是怎么死的？死亡的疼痛会冲淡思念吗？你的心愿到底没有实现，你应该是死不瞑目吧。

你听着欢快的曲子去找恢复单身的他，笑容像向日葵般灿烂。被拒绝后扫兴而归，你委屈地哭泣像一匹失意的马。你总是这样，看起来有些轻浮放肆的样子，兀自喜悦兀自忧伤，情绪显露得那么酣畅。你不满足于惦念，你要的是厮守，于是你总是那么简单直接多情主动。一次次得到失望的答案又一次次重新积攒热情。你像一个朝圣者，倔强甘愿地长征在义无反顾的情路上，带着看不见的行李，揣着不敢见人的梦想，你简直算得上坚忍不拔。

　　你也结了婚，有了儿子。可你并不把妻儿当作真正的家庭成员。体面的房子里，你忘不掉那个破旧的帐篷，你的心被遗落在断背山两个男人的欢乐中。对于你，家是驿站，只为再次踏上通往断背山的旅程。你并不给自己留什么余地，你不在意日光，只留恋那一点萤火。无论放弃还是坚持，你的爱总是简单又艰难。你把有没有Ennis当作衡量幸福的标准，你的身体里装满了对他的欲望，你无法压制那些鼓胀的想念，你琢磨各种他能接受的方式，你的爱永不妥协。只要有他，随便海角天涯。你爱得那么彻底那么疯狂，甚至带着报复心理去找牛郎，在失望中接受邻居男人的邀请。你是一个牛仔，对于世界，你有你的强悍你的蛮横，而转过身去，对Ennis，你只有柔软和等候。你是别人的野兽，他的羔羊。

　　婚姻对你是那么华而不实，你随时准备把它丢弃。Ennis是你灵魂深处无法洗去的刺青，事实上，你也从不曾尝试将他洗去，你陶醉于你们的血肉相连。爱，已经侵入你的血液，不由分说地参与着生命的循环。你总是眉飞色舞地憧憬着与他的未来，任何人也无法消解和替换。你看起来总是像个坏男孩，眉眼浓重笑容欢愉。你是个多好的爱人，那么毫无保留那么奋不顾身。你的勇气让人颤抖，可你最终两手空空悄然离去。你一去不返，没有等到十一月的再见。你用死，填满了你们之间的裂缝，完成了对爱的追逐，掀起了悲剧的高潮。你孤独地穿过死亡的隧道，怀着无人知晓的心绪，带着一脸血污。你躺在阴冷惨淡的坟墓中，了无声息。上帝给了你哪条道路，经过地狱，还是通往天堂？

三、男人Jack与男人Ennis

算是一生一世吧，男人Jack与男人Ennis。一个像断背山的草地，蓬勃着生命的张力，一个像断背山的天空，隐忍着深沉的忧郁。你们是天与地，注定无法相交，即使是遥望中的会合，也是视觉的假象。

硕大的爱携带着硕大的惆怅。

二十年前，你们的爱像在板子上钉了一颗钉。爱情与生活的摩擦中，有些事可以风吹云散，那颗钉却扎了根，最根本的事情早已经板上钉钉。你们像左手和右手，是命中注定的一对，又宿命地属于左右两个方向。"良辰美景奈何天，赏心乐事谁家院"，爱终究成了一种姿态，无法尽情实现。断背山，成了你们画地为牢的监狱，终生无法穿越无法逃离。你们从无辜的男孩长成痛苦的男人，在各种撕扯中紧捏着没有承诺没有誓言没有时间没有地点不伦不类的爱情，你们潜逃出壁垒森严的世俗戒律，挣扎出熊熊燃烧的内心之火，靠吸吮长久分离后的短暂欢聚，别易会难地坚持了二十年。鲜嫩如刚出襁褓，强劲如一阵狂风，最纯真又最沧桑，最可怜又最悲壮。断背山上泉水流淌，绿草芬芳，原始的自然中，你们释放原始的情感，你们小心翼翼地打开储存爱的瓶口，自由得像两只无法阻挡的鸟。风景如画，爱情如诗，生活的险恶凉薄被暂时遗忘。沿着玫瑰的细长的茎秆，你们一路向上，忍受每一根利刺的惩戒，你们渴望触摸丰润的花瓣，但是你们失败了，Jack甚至变成了一具尸体也没有看到花瓣的影子。路太长，风太冷，幸福太远，痛苦成了爱情最贵重的祭品。

你们第一次交合的夜晚，一只羊死了。清晨，它躺在草地上，内脏被掏空，似乎暗示和警告你们的下场。

多年之后，Jack死了，让我想起那只凄惨的羊。你们多像两只羊，先与羊群失散，又被爱情掏空。

物在人亡，衣柜里是两件男人的衬衫，宛如一张含义无穷的合影。它们亲密地挂在同一个衣架上，耳鬓厮磨两情缱绻。它们在Jack的衣柜里挂了二十年，又将在Ennis的柜子里挂下去。二十年前，你们穿着它们厮打、拥抱，汗水和血渍交融在一起。这是Jack的秘密，偷拿恋人的衬衣寄托难以释放的一往情深，最终也成了Ennis的秘密。你们谁都没有将它们清洗，袖口上深红的血迹已经深入到衣服的纹理。你们贪恋那种混合的气息——汗臭、血腥、烟草、酒精、断背山的青草白云、爱人的气息，那些粗糙细致灼热难以捕捉无法忘怀的气味混合在一起，像一句刺鼻的誓言，尴尬而小心地诉说着不切实际的地老天荒。你们分别把自己的衬衫包在对方的外边，仿佛一个温暖的拥抱，昭示着承担和抵挡。动荡过后，你们终于以这样的方式安定下来，你们都想包裹在爱人的外边，呵护对方，让白眼和尘埃只落在自己身上。

两天里，看了三次《断背山》。无厘头的字幕，考究的画面，沉默的爱情。很难说是不是喜欢这个电影。第一次看，我有些昏昏欲睡，或许是字幕太差造成的费解，或许是情节太慢带来的郁闷。于是较劲地看了第二遍，没有眼泪，感到苦涩。无意间找到一份准确的字幕，终于看了个清楚明白。这一次，似乎有些步步惊心，有极少的眼泪和巨大的悲伤。像品着功夫茶，我逐渐感受到了那种细致的味道。但是依然不能准确地说出我是否喜欢这个电影，只能说喜欢这个故事。李安一贯的温和沉着已经成了习惯。前戏似乎有些拖沓，风景铺陈得多，而人物情绪交代得少，不紧不慢的散文化叙事，有些让我着急，前二十分钟最喜欢的几个镜头基本都是羊的。让我想起很喜欢的《燃情岁月》和不喜欢的《大河恋》。最终打动我的是故事，爱情故事。那种爱是简朴的盛宴，菜式简单却丰美异常，但是没有人付得起那沉重的账单。

很忠于原著的故事，两个外形粗犷的男人，隐忍和爆发全无忸怩。不见煽情和渲染，可以大做文章的地方也总是点到为止，绵长的故事也并不跌宕。但我总在回味的时候掉下眼泪，甚至难以抑制那种复杂的哀伤。是的，我没有看韩剧时哭得厉害，那些励志、煽情、要死要活的东西，我即使心里不感冒也会不由自主被催出大把的眼泪。而这一次，似乎恰恰相反，眼泪不多，沉醉很久，像一场打击，一阵眩晕，一双伤痕累累的手，一只面带疤痕的猫，一块破碎的玻璃，一封没有寄出的信，一个没有炊烟的城市，一次劫后余生……浸染了血的浪漫，让人不敢追问。

　　并不十分喜欢王菲，却忽然想起那首《当时的月亮》。断背山的月亮闪着扑朔的光，偷偷见证了重聚和别离，它是那么狡猾那么寒冷，因为不为所动，所以永不褪色。没有告别的爱情，好像那句"谁能告诉我，要有多坚强，才敢念念不忘"。

旗袍的花样，怅然的年华

初次看《花样年华》是高中时某次考试后的半天假期，我与一个关系暧昧的男生相约前往。只是想看一场电影，并不在意看什么。《花样年华》上映得大张旗鼓，于是我们随波逐流地进去。出来时候，我们面面相觑，不明白为什么张曼玉和梁朝伟不怎么说话，却总是在走。记忆清晰的只是张曼玉那些惊艳的旗袍，梦魇般附着在她身上，包裹着欲望汹涌的身体。再看时已然成年，看清了二人纠缠挣扎的内心，却依然最难忘暗香浮动的旗袍身影。这简直就是一场别出心裁的旗袍秀，而穿着那些奇丽旗袍的张曼玉，则更像从发黄的旧画本或老绣像里直接走下来的妙人。

银幕散发出潮湿的、旧旧的气味。故事本是平凡故事——他的妻子和她的丈夫先有了不该发生的插曲，好奇和不甘促使他们凑到了一起。昏暗逼仄的小巷子里，他们礼貌又各怀心事地走在一起，像两个侦探，猜测着配偶出轨的细节。不知不觉中，他们惺惺相惜地走进了彼此的命运，深沉的爱恋席卷而来……重复的 Quizas 吟唱，重复的沉醉伤感，重复的犹豫脚步，重复的朦胧恍惚，他与她一步三回头，终于两个巴掌都没拍响。他们无奈地握碎了相见恨晚的幽怨，没有将黏稠的情绪落到实处。若即若离的爱情，凝固在离的瞬间，往后的时光，他们的爱，对方不在场。

闲时爱好胡思乱想，猜测这如若是个现代故事，没了晓风残月，不见幽暗路灯，张曼玉缠着粗布围巾穿着漏洞的牛仔裤，箭步如飞走在宽阔马路上，正欲言又止欲罢不能，旁边车水马龙呼啸留下尾气一片，她还是否有心思意乱情迷。故事大概唯有退守到狭窄琐碎的巷子里才有枝蔓纵横的空间，也唯有那紧得似乎都影响呼吸的旗袍才能滋生含蓄隐晦的情爱。

旗袍是那么合体，像是出生时便携带的外衣，却又那么突兀，仿佛对苍白生活的挑衅。花朵、格子、条纹，猩红、藏青、鲜绿，好像生怕遗落了什么，张曼玉瘦削却成熟的身体上悄然盛开着复杂大胆的忧伤，颓废恣意的浓艳。平静中伸张着被压迫的情欲，规范里释放着蚀骨的性感。她穿着绿格子旗袍抱住他痛哭，可惜这是他的想象，终究没有发生；她穿着暗蓝色旗袍拨通了他的电话，可惜听到他声音的瞬间，她怔怔地挂掉了；什么也不说，什么也不做，明明拒绝，却又想邀请，越是压制就越是汹涌。她像一个握紧的拳头，是收缩的姿态，却充满了力量，局促妖娆的背影泄露了她的紧张和渴望。

摇曳的旗袍放大了她的美，俯首低眉间，神秘、幽暗、温柔，风情万种，甚至好像散发出丝丝缕缕销魂的气味。如此女子，越是克制越是诱惑，仿若被囚禁于寂寞人间的弱小鬼魅，断断续续撩拨着人的心思，叫人刻骨铭心不知何去何从。

爱是丰腴的。爱低调地埋伏在谨小慎微适可而止的眼角眉梢中。

遗忘是不可能的。怯懦的分离要他们付出长久的惦念。彼此的脑海中，他们都像一道闪电，光亮而疼痛。

多年后，哀怨的她重新租住盛满回忆的房子，偷偷回想曾经似有似无的对视；孤独的他独自来到吴哥窟，对着石洞絮絮不止地倾诉了他秘密的爱情。——这是他们做的最率性最从容最轰轰烈烈的事情。没有诺言，没有相守。今生点到为止，仿佛确定必有来世。

细嚼慢咽却又吐了出来，他们退守回各自的位置。岁月流逝，浮世缤纷，她已换上淡雅的旗袍，他还是老式的西装。一些故事永不能忘，日子还是那么平常。

一九七八年的青春

一九七八年，对于我来说，是个模糊的概念。那时爸爸妈妈尚未恋爱，距离我出生当然有着一段不可逾越的时间。初中的作文常常提到这个年份，是因为这一年开了十一届三中全会。后来高考的时候，历史卷子里，我答到了这个会和这一年。而记忆，是断不会有来自那年的影像的，因为尚未出生，所以说什么都显得底气不足。

忽然有些关于一九七八的影像，是看了《马粥街残酷史》。

故事发生在一九七八年的韩国。男孩贤洙因为搬家转至马粥街一所臭名昭著的男校。这里有秩序化的暴力和压抑。恐怖的教育制度下，等级森严。老师、学生干部、高干子弟，按着潜在的规则分成交错的等级，他们都是普通学生的施暴者，而普通学生中也因为格斗水平分出若干层次。校长一声咳嗽都会穿过墙壁震动每个学生的耳膜，学生的千万声呻吟却不会引起嘲弄以外的任何反应。学生之间也冷漠、疏离，并没有同病相怜的体恤，似乎除了有相同的年纪，其余则毫不相干。

辽阔天空下，是逼仄的青春。为了安全度过，每个人都必须把身心收紧。这里的一切都从暴力开始又用暴力结束，课堂上的虐打，操场上的体罚，以及无端的惩治。这里的老师更热衷于教学以外的事情，他们是来颠覆青春的卧底。粗鲁专制的气氛中，施暴者沉溺在野蛮的管理中，受虐者识趣地躲到李小龙的电影里，自比幻想中的英雄。

曾经是模范生的贤洙，从不适应到适应，最终用暴力告别了这里的一切。他结识了强悍的朋友雨植，纯洁的女孩银珠，经历了小吃店老板娘的勾引，老师家长的严酷，最终在错失了友情、爱情之后，一战成名。

电影的名字很有些危言耸听。马粥街的故事，比起很多电影已经算得上舒缓了，这里的暴力也多了很多清爽的温柔。创伤最惨烈的残酷青春已经被大岛渚留在了一九六〇年的日本（电影《青春残酷物语》）。可那个从怯懦到生猛的贤洙还是让我喜欢，他的成长岁月里，带着淡然的疼痛。相比起那些狂野的残酷，这是更镇静的忧伤。

年少羞怯，孤身来到一所陌生的学校。在特殊秩序的同化中，逐渐成为怪异团体的主角。开始时，他还是班里唯一可以演算习题的学生，后来已经常常被残暴的老师打得鼻青脸肿，再后来，就干脆发起一场对打，血和伤口中，验证暴力的能量。

贤洙曾经是多么干净忍让，高大的个子却只有简单的心事。上学的公车上，暗恋纯情少女银珠，素不相识的时刻就已忘我沉溺。可惜雨植也喜欢上了银珠，这个偷偷观赏的女孩在自己的羞怯退让中成了朋友的女友。面对雨植的积极进攻，贤洙只会藏藏掖掖、故作潇洒地否认对银珠的感情。从开始到结束，一切只限于内心。他，没有纠缠的胆量，也缺乏拉锯的技巧。他的爱像一炷烟，起点明确，终点涣散。

很难忘的是，贤洙在雨中给银珠送伞的镜头。下雨的傍晚，贤洙拿了伞等在银珠学校门口。终于等到银珠出来，却失去了上前送伞的勇气，心里是比雨打地面更甚的慌乱。于是，尾随在银珠身后。女孩转头，他也转头，鬼鬼祟祟、优柔寡断。送雨伞弄得像求婚一样困难。多亏银珠发现了那背影是他，主动跑到他的伞下，否则他的这段情，连共伞的机会都终将没有。在那样一个暴力司空见惯的年代，如此的羞涩必将封死自己的爱情。银珠自然是无需选择地做了雨植的女朋友，因为在她眼里，追求她的只有雨植一个，贤洙始终只是个绵羊般的朋友。虽然最终银珠和雨植分手，可属于贤洙的那场雨也早已结束。

银珠跟了雨植，单恋的梦被搅得支离破碎；成绩一落千丈，后进生的身份，招致父亲的责打。情场的失意和考场的失败，挤干了青春最后的水分，全线的挫败，让胜利一次都显得那么奢侈。贤洙被困在了青春的失落里。

干燥的高中岁月，贤洙已经输得太多。总要赢点什么吧，不然不是一败涂地了吗？于是精心准备一场战斗，主见就此产生。苦练拳脚，以强壮自己。此时，身体成了他翻身的利器。贤洙的青春像一盏彻夜不眠的灯，看似澄澈明亮，实则疲惫不堪。在久忍的失落压抑后，能做的最后一点，也就是加点刺激的调料，痛快地送青春最后一程。要打，打死凶狠的对手，打没躁动的青春。打人或挨打多了，便也习惯了赠予或承受疼痛。身体的伤口会迅速愈合，比心灵的创伤更容易解脱。厌倦了做温顺的羊，拳脚的搏斗中，才能感受到如狼似虎的满足。不要优雅，不要矜持，只要痛快，只要酣畅。世界已经本末倒置，何必还迂腐地期待顺理成章。

　　一场决战如期产生。意志冲出皮肤，毫无顾忌地忽视肉体的疼。天台上，愤怒的贤洙以一敌八，那些曾经飞扬跋扈仗势欺人的家伙终于倒在他的拳头下。精进的拳脚功夫显示着卧薪尝胆的成果，血红的眼珠展览着百炼成钢的勇猛。这场面拍得实在成功，一身肌肉的贤洙打得粗暴干脆却并不漂亮。那粗糙的搏斗，像高中时我们班男生打架一样生猛、愚蠢，透着没有章法的血性。混乱的腿和手，笨拙的双截棍，带着青春的自以为是和血气方刚，不像许多电影中的生硬过招，完整华丽却不见情致。如此的场景，是沉重的豪情万丈。

　　终于打完的贤洙对着韩国教育体制大放厥词，他完成了这个自问自答的过程，满身是血地告别了伤痕累累的校园。

　　而这，并不是最后的结局。这是高潮的结果而已。

　　那不是悬崖上的纵身一跳，有一了百了的清脆暴烈；那是一次纵情的蹦极，一跟细绳会轻易拉住俯冲的身体，飞翔或者下坠过后，一切如常。沸腾过后，总要归于沉寂，荒唐过后，总要面对遗留的问题。当贤洙的父亲在伤者的病床前长跪不起，我和贤洙终于一起明白，对抗之后，得到的不过是徒劳的胜利。

　　贤洙被学校开除，走进了补习班的课堂，那性质应该跟成人高考类似。他开始在父亲的衰老中，体会到责任和成长。那双青涩太久的眼睛终于看到了压抑以外的风光。人只有在少年的时候，才目不斜视。懂得左顾右盼的贤洙，终于开始像一个大人了。

　　青春趋于平静，故事也接近尾声。贤洙在电影院门口遇到曾经的同桌"汉堡包"——一个委琐低下，以出售色情杂志为乐的胖子。两人模仿起李小龙的功夫，而影院的大海报上，正在宣传的是成龙的《醉拳》。功夫片的明星已经改朝换代，一如贤洙的青春即将散场。他的脸，已经露出平和的神色，身体里那把锋利的刀，也已在远离青春的时候，逐渐变成一只宽容的碗，盛装起人生的苦涩和甘甜，温暖又家常。

冷　眼

　　很多人觉得我是个缺乏耐心的人，包括我自己。我很讨厌坚持、等待、忍耐一类的词。很多事在我脆弱的耐力下半途而废，主要就是因为厌烦那种冗长反复的过程。我承认我是个容易气急败坏的人。

　　一般情况下，我也比较讨厌看节奏慢的电影。一个学导演的朋友说我根本不懂电影艺术，她就更乐于看那些缓慢的长镜头和难解的纠缠。我接受她的评价，因为我根本也没想懂电影艺术。我本就是一没品位、没文化的人，看电影就是为了消遣。对于那些调子太高的曲子，我甘愿做寡和者之一。当然，如果能自然地被感动或者震撼，我也是不排斥的。

　　上初中的时候，不怎么喜欢好莱坞电影。关键是讨厌那些猜得到的结局，看得多了总觉得千篇一律，有被愚弄的感觉。但我也是坚决不崇拜所谓的欧洲文艺片的，慢节奏、长镜头和性爱都是我不喜欢的。所以那时候，我总看香港片，难免粗俗，但从不故作姿态。

　　后来的一天，我看了《太保密码》，这实在是个气焰嚣张的电影。它的混乱、赤裸、恶狠狠、龇牙咧嘴让我耳目一新。那个猖狂极了的开头至今时常盘旋在我的脑海中央。

简单地说是一帮暴力义气的匪徒和一个阴险狠毒的警察较量的故事。这是一部阳光一样的电影，晃眼，洋溢着视觉的刺激，有着太飞扬的想象力。在这里，善与恶纠缠在一起，长成一对你中有我我中有你的连体姐妹，无法分离。我的心跟着那帮匪徒起伏，生怕他们哪里有闪失掉进那个恶棍警察手里。电影结束，我意犹未尽地盯着屏幕，仿佛一阵龙卷风过后，已不适应和风细雨的天气。过了一会儿，警醒地问自己，怎么就这样成了匪徒的支持者？

我从小接受着传统的教育，总是带着点滑稽的嫉恶如仇，每每看电视都坚决地站在好人的阵营，雷锋般的爱憎分明。可这一回，竟如此轻易地被"坏人"收编。我能找到的理由是：那是些太有感染力，太有魅力的"坏人"，而那警察也的确死有余辜。或者，我可以更深刻地说，好与坏，不是小时候想的那么简单，有着明晰的分野。也可以更庸俗地说，我喜欢那两个扮做"坏人"的主演。莫妮卡·贝鲁奇和文森特·卡索，一对美得不简单，酷得有张力的夫妻。男人演剽悍睿智的匪首，女人演他毫不逊色的妻。她演的是个哑女，冷艳的外表和缄默的唇。因着生理的缺陷没有了一般女人的啰嗦，永远不会说废话，神秘利落，带着月亮的清冷和暴雨的狂野。这一对混合着兽性和诗性的情侣，欢快地践踏着道德、法律，谁的账都不买。可是，他们还并没有那个追捕他们的警察冷血。他们以及其他匪徒偶尔表露出的善良义气竟是让我感动的：抢银行时，女人示意职员伏下以免伤及无辜；那个绰号叫牛头犬的家伙开枪时还要遮住老太太的眼睛；异装癖男人桑尼过生日，男人懂得又体恤地送上华贵的女式项链。就是这样一伙人，欢乐地开着兰博基尼跑车，残暴地用着超强的武器，在恶棍警察的无耻手段下踏入了天罗地网的埋伏。有死有伤，却最终还是弄死了那个警察。

这是个全无教育意义的故事，没有精神感召也没有灵魂的渗透，甚至颠倒混淆了太多事情，可它的确是个好故事，故事而已。看后思索不多，却不乏快感。它不是个伟大的电影，却是个出位的故事。它不是大师们费劲心机的艺术佳作，却是个有点混蛋的好东西。导演把寒冷的故事用最花哨、最不安分的方式讲述出来，自己却退到最遥远的地方，冷眼旁观。然后，在众目睽睽下，故事也跟着退到身后，颠覆、打破、毁灭与重建迅疾地冲到台前。在这个狂放自如的电影中，善与恶水乳交融，温暖和恐惧难解难分，一切已不再重要。这是一场没有核心的讨论，没有理由的狂欢，地心引力已经消失，每个人漂浮在杀机四伏的空中，神经紧绷。生与死都突兀干脆，道理、公正、人情世故和许多深刻的问题被映衬得琐碎单薄，没有先兆、铺垫的杀戮中，傻子才思考。那是个太理想或者太违背理想的世界，爱人、逃亡、死尸、子弹、暴力、时装、异装癖，这些刺激又有力量的词混在一起，非常态的世界就在眼前，秩序被摔得粉碎，鲜花长在毒汁里，人出生在坟墓中，匪夷所思却诱人深入。

它有着太独特的质地。在看过了《邦尼和克莱德》《发条橙》《低俗小说》之后，我仍然觉得这里的暴力眼花缭乱，这种大开杀戒残酷得性感。这不是第一部模糊了黑白的电影，但它的确是有风格的一部。它不像《天生杀人狂》那样坏到彻底让人瞠目结舌，也不像《英雄本色》那样诗化温情归入主流，它精明地融合了骨感和肉感的魅力，有最原始的新鲜。它是一场华丽的秀，借助了一切可借助的道具，表达了所有导演想表达的东西，像一场狂暴的电子游戏，像背离了井井有条的另一个世界，快却不慌乱，舒展又从容。

是这样。就是这样。自然就是这样。

因为生活里的人都太过正常，所以渴望在电影里看到些异常的东西。生活里，大部分问题都有着确定甚至唯一的答案，而电影的世界里，却可以找到更紊乱的逻辑。木已成舟的日子让人失望，所以渴望看到自由生长的树。于是，有人拍《太保密码》。于是，也有人看。这过火的电影里，装满了有障碍的人，他们简单直接、冲动自负，和世界充满着隔阂。这些怪异的亡命徒，夸大着正常人内心深处的邪念与怀疑，残酷到令人心惊，也奇特到让人害怕。其实他们并不难以琢磨，只是热衷忤逆，不过是一场雨中不愿意落地的那几滴而已。

骗你的

　　单提起谎言，我总是头脑一热麻利地攀上道德制高点，立刻将它与欺诈、心机、恶劣的品行联系到一起，坚决划清界限，深表不齿和痛恨，就好像我从来没撒过谎。其实不用太仔细地想，我就想起我昨天如何敷衍了我妈，今天怎么晃点了朋友，虽然不至于怀揣恶意，甚至常常汹涌着过分的善意，但在人堆里活到这么大，谎言就跟条件反射一样，常伴我左右。我骗人，我被骗，没什么大不了，我已经习惯了。谁也不是海尔的宣传词——真诚到永远。

　　电影里骗人的桥段就更多了，故事总要误会重重鸡飞狗跳才讲得下去，连个骗人的家伙都没有，岂不是刚开场就直扑真相。波谲云诡的光影世界与我们深处的现实一样，斑斓、富丽的谎言充斥四面八方。正是这山重水复、柳暗花明的欲盖弥彰，带给我们一个个惊心动魄的传奇。

命运就算曲折离奇

要想总结出《地下》里一共有多少大大小小的谎言，恐怕并不十分容易，因为三个主人公都酷爱撒谎，在各异的人物性格中，保有着信口雌黄的共同特点。要想简练而全面地总结《地下》的曲折情结，也稍有难度，因为它海纳百川包罗万象，靠几个欢蹦乱跳的人物关照了南斯拉夫几十年的历史，是一部毫无疑问的史诗。两个男主人公马高和黑仔都是无赖革命者，两人既是生死之交，又各怀鬼胎爱上同一个浪荡女子娜塔莉，于是三个生动得近乎猥琐的家伙，撒泼打滚撑起了一场又一场荒诞的革命。

马高先是冒死救出了身负重伤的黑仔，又将他与大批革命者家属一起安置在地窖藏身，然而终于躲过法西斯的搜捕，熬到二战胜利，马高却并不打算与黑仔一起分享和平的喜悦。他透过各种广播手段让地下的人们相信战争还在继续，他们需要持续地制造武器支持地面的战斗，而自己却和娜塔莉在上边风流快活，靠贩卖军火发了横财。另一边厢，能言善道的他在地面饱含深情地追忆着和黑仔并肩战斗的岁月，身居高位，道貌岸然享受着民众的景仰。甚至，他讲起黑仔牺牲的情形也仿佛历历在目，不仅为烈士黑仔立碑，还要筹拍两人共同抵御纳粹的英雄传记片。一时间，仿佛全世界都被这个恶棍玩弄于股掌之上，地下的人们是为他制造军火的奴隶，地上的人们是沉溺在对他的偶像崇拜中的粉丝。地上和地下两个庞大的存在，被他人为地割裂为两个世界，一半是海水一半是火焰，唯有他自由穿梭，为所欲为。二十年光阴荏苒，他易如反掌控制着一个弥天大谎。

直到黑仔的儿子在地下结婚，那个在地下出生的孩子在暗无天日中长大，根本分不清太阳和月亮。兴高采烈的婚礼中，一只误进坦克的大猩猩打通了地上与地下的割裂。黑仔带着儿子奔赴地上，决心与纳粹决一死战……故事在各种机缘巧合中朝越来越失控的方向发展。

一只猩猩不小心揭开了谎言的真相，也将地下的主人公送回地上的乱世，风起云涌的变革，让人物不断面对着时间与空间的断裂，一不留神就物是人非。导演库斯图里卡大胆的设置，揶揄的怀旧，让这荒诞透着诡异的真实。瑰丽泼辣的叙事风格，显得真诚、即兴，却又老谋深算。高大上的英雄被还原成轻浮、愚昧、背信弃义的样子，波澜壮阔的历史被搅和进热闹得简直变态的爱恨情仇里。三个混蛋的魔幻人生背后是一个民族的苦难史，他们如同三颗要强的贝壳，在时代的洪流中跌跌撞撞，却终被摔破。

电影的尾声已是上个世纪九十年代，历经劫难的南斯拉夫再次战火纷飞，黑仔又成了战争领袖，逃走的马高坐着轮椅依然投机倒卖着军火。两人在乖张命运的指引下，证明着人生何处不相逢的规律，领受着被杀和溺亡的惨烈结局。所有人都死掉了，被杀、自杀、意外死亡，他们仿佛永在风口浪尖的命在死亡中归于平静。在这个多舛的国家，赶上连滚带爬的时代，再鸡贼、再刚猛也注定收获悲剧的人生。南斯拉夫，这个国家从地球上消失了，它在各种激烈动荡后成为了过去的事情。地上地下终究不过一场空。这啼笑皆非的故事，是失去祖国的导演意味深长的怀想，它荒诞驳杂，千头万绪，狂野又忧伤，让人忍不住捧腹大笑，又想号啕大哭，是一曲癫狂而悠远的骊歌。

父亲的诺言

提起战争题材的电影，我们会不假思索地想到前线的尸横遍野、血肉横飞，后方的颠沛流离、家破人亡，宏大的背景下是一个个你死我活的竞技场。哀鸿遍野中，邪恶的侵犯和隐忍的复仇构成了一个个鲜明的英雄或者反英雄。《美丽人生》无疑是这类题材中的异数，它从鲜嫩、细微的视角出发，在惨无人道的集中营，展现出了温暖、纯真、奇思妙想、神采飞扬。

电影的前半段风格清新活泼，男女主角各种再见钟情，阴差阳错，离家私奔，欢喜闹腾地喜结连理，生活简直明媚得有些滑稽。一对平凡的小人物至此像公主和王子一样，情深意绵、生儿育女，住在了浪漫的爱情轻喜剧里。然而，法西斯的到来陡然打破了安逸。犹太血统的男主角圭多和儿子被抓进了集中营，一直有几分搞笑的他竟急中生智想出了哄骗孩子的妙计——这是在玩一场游戏，遵守游戏规则的人最终计分1000就能获得一辆真正的坦克回家。天真的孩子信以为真，在毒气、饥饿、肮脏和惊恐之中，怀揣对胜利的渴望，坚持恪守着游戏规则，直到纳粹慌乱撤离，直到父亲为掩护他而毙命。懵懂的童年在父爱的庇护下并不曾理解死亡的含义，他睁着好奇的眼睛看着父亲嬉皮笑脸迈着夸张的小丑步被带走，依然露出了心领神会的笑容。他以为自己正面临考验，这一切不过是惊险的游戏过程。

遵照约定，直到天亮儿子才从铁柜里爬出来，一辆真的坦克车向他驶来，盟军士兵将他抱进坦克，仿若老天有眼般地兑现了父亲的承诺。

壮美的爱和因爱生出的面对死亡的勇气，让父亲在阴霾之中给儿子撑起了一片蔚蓝的天，在地狱里营造了一个虚拟的天堂。他原本那么二那么不靠谱，却瞬间掩饰住自己的惊惶和无措，扮演起了保护神的角色。丈夫、父亲的身份要求他以一颗刚健、达观的心面对一切，保障儿子的安全，呵护稚嫩的童心。他知道战争终会过去，儿子会有漫长的人生，他不仅奋力为他争取未来，还要尽力将创伤降到最低。而最终，这近乎离谱的以卵击石，竟取得了笑中带泪的胜利，扭转了命运的轨道。虽然父亲没能幸免，却终究给了儿子生机盎然的集中营岁月和来日方长的美丽人生。

这娓娓道来的人间悲喜，围绕着一个单薄、易碎的谎。然而这谎言却不负众望，承载起了乐观与希望。父亲的谎言其实破绽百出，在儿子的单纯和信任里却又天衣无缝。

一场轰轰烈烈的战争摧毁的也许是国家、种族，然而最千疮百孔的其实是最最微观的家庭。一个风雨飘摇的普通犹太家庭，一个苦中作乐的可怜父亲，一个用心良苦的谎言，让我们在民族、历史等等宏大主题下，看到了生命的珍贵和灿烂，人性的高洁与光华。

爸爸去哪儿

即使不经常看电影的人，想来也不会对罗伯特·德尼罗感到陌生，他超一流的精湛演技和高产的作品数量，让这个美国影帝一早成为了中国观众的熟人。我们的观影印象里，他是喜怒不形于色的教父，是大开杀戒的出租车司机，是无所事事一屁股债的流氓，是愤怒的拳击手，是有情有义的强盗头子，是贪婪而疯狂的赌城大亨。

然而岁月的狡诈不动声色，它已水滴石穿地让德尼罗这个昔日型男渐渐显出倔强慈祥的模样。《天伦之旅》里的德尼罗变成一个挫败失落的老爸，反省着亲子关系中的爱与隔阂，你我才忽然慨叹，浮生流年，风霜终会上脸。

电影翻拍自1990年的意大利同名影片。讲述了一个退休又丧妻的老爸，穿越美国去看望他散落各地的两儿两女，却大跌眼镜发觉报喜不报忧的他们并不像自己想象的那么出色那么如意。

这部老爸公路片，缘起于一次未遂的家庭聚会。影片中的父亲弗兰克，为了迎接家庭聚会，又是打扫又是采购，从早到晚忙了个晕头转向。可惜一切准备停当，却陆续接到子女们不得不缺席的电话，被彻底放了鸽子。他们分别是乐团指挥、舞蹈演员、画家、广告业高管，一支傲人的精英团队，让英雄父亲的形象呼之欲出。如果在中国，这位老爸恐怕早已成了广告明星，分享教育经验，推广教辅材料，成为家长们趋之若鹜的楷模。

倍感遗憾的弗兰克整理行装，决定亲自去看望忙碌的子女，亲眼见证他们的春风得意，送上门去共享天伦。火车上，他津津乐道向邻座展示着孩子们的照片，颇有些炫耀地讲述着他靠包装电线涂层的辛苦工作换来子女们斐然的成绩。那份为人父母的得意，简直可爱得有几分浅薄。然而电影里的惊喜多半别有洞天，纽约的画家小儿子大卫行踪诡异，始终没有露面，父亲只能望着他的一幅作品聊以自慰；在广告业做得风生水起的大女儿艾米家庭气氛诡异，为了让老爸放心，极力掩饰着已分崩离析的婚姻；辗转来到丹佛看望指挥家儿子罗伯特，却在排练现场发觉儿子是个无足轻重的鼓手；最后一站拉斯维加斯，小女儿露茜的确是个出色的舞者，却已经未婚生子，还有着模糊的性取向。几个孩子并未对老爸的造访喜出望外，他们焦虑地彼此串供，顾此失彼掩盖着七零八落的失意和不幸，以虚构的美好敷衍着父亲的盛情，似乎谁都没为这次相见做好准备。

弗兰克像一位不速之客，被至亲的孩子们哄着骗着走向了幻灭的归途，他洞悉了他们的焦头烂额却假装迟钝没有说破。这位半生为养家奔波的老父亲，忽然百感交集，他以为他的孩子都是幸运儿、佼佼者，却恍然大悟地发觉他们个个心烦意乱，吃力地应付着命运的起承转合，一肚子委屈还不敢跟他说。多年来从妻子口中了解的原来都是经过美化的艺术照，而他眼见为实的才是生活照的清晰面目。

那一刻荧幕前的我们也感同身受，甚至会惊异地思忖，如同天下乌鸦一般黑，果然是可怜天下父母心。原来美国的爸妈也动辄盼着自家孩子拯救地球，傻呵呵为他们规划洁白、圆满的一生。这个意大利剧本改编的美国电影，竟然放之四海而皆准，这么符合中国"常回家看看"的国情。几乎不需本土化，这外冷内热，强势武断，正襟危坐，严肃而苛求的父亲形象，熟悉得让人头皮发麻。弗兰克像身边每一位平凡的父亲，呕心沥血创造财富，苦心孤诣望子成龙，用人生最好的岁月为家庭奋斗，同时以一意孤行的爱将孩子束缚，将各种高端大气上档次的梦想强加在子女身上。一生辛劳，换来的却是孩子的畏惧和疏远，理解却忍不住想逃脱。

惊喜之旅尴尬结束，弗兰克憔悴苍老了许多，干脆在忧心忡忡的归程中犯了心脏病。一场抢救过后，三个子女齐聚病榻，可是小儿子大卫却依然缺席。纸包不住的火的瞬间突然来袭——大卫死了，死于吸毒过量。他依照父亲的意愿成了艺术家，却从未感知过真正的快乐……

电影当然不会就此结束，美国圣诞档的家庭片通常需要一个合家欢乐的尾声。于是丧子之痛必须尽快合理地疏解，弗兰克迅速自省并在梦中与大卫释然告别。他看到童年的儿子安然离去，一对不同时空的父子，达成了前所未有的迟到的默契。继而他站在了妻子的墓地，他像她活着的时候一样，也像孩子们一样，拣好听的说，向逝去的亲人传递着温暖的消息。而后圣诞节，三个子女相继归来，给了老爸一个温情脉脉的小团圆。这个圣诞档的家庭片至此也交上了不需太高深，动人便是成功的答卷。

你幸福吗

《幸福时光》是张艺谋2000年的片子，它淹没在张导一系列名头响亮的影片中，票房惨淡口碑平平。如今再回看这部影片，难免让人感慨。赵本山已经是呼风唤雨的大咖，甚至成了国家级非物质文化遗产传承人；董洁亦是恋爱、结婚、生子、离异，与前夫互揭老底，迅速完成了从青春少女到单亲母亲的人生转变；董立范凭借霸气外漏的形象，在各路影视剧中扮演着泼辣、搞笑、恶俗的妇女；而傅彪斯人已逝，再看他平凡而讨喜的形象，空留唏嘘。

电影从一次相亲开始，赵本山扮演的退休工人老赵一副热脸贴着冷屁股的巴结相，简直无下限地迎合着董立范扮演的胖女人。纵使面对着五万块钱的婚礼费用，老赵依然迎难而上，拍着胸脯揽上身来。先咬牙应承，而后再想缓兵之计。在穷朋友中四处借钱未遂，徒弟小傅给他出了个主意，翻新改造厂区后面的一个旧公共汽车车厢，起名为"幸福时光小屋"，收费提供给恋爱的小情侣做约会场所，并且就此对胖女人亮出宾馆总经理的身份。于是没品位没脑子的虔诚结婚狂老赵，走进了打肿脸充胖子的恋爱生涯。胖女人与所谓赵经理的恋情一日千里，很快便将老赵带回家里吃饭，介绍给自己肥硕骄纵的儿子和前夫遗留下的孤苦盲女。胖女人和她的儿子不仅仅是毫无美感，简直丑陋破表，老赵却如获至宝满心欢喜，他唯唯诺诺迎合着胖女人和他的儿子，一副猥琐男的诌媚。那种上赶着不是买卖的互动，让观众怀疑十几年前的价值观果真丁点都不以貌取人，一个拖儿带女体重又超标不是一点半点的中年妇女，是否在婚恋市场上有如此挑肥拣瘦的话语权？

董洁饰演的盲女吴颖弱小、瘦削、倔强，寄人篱下的生活让她本已失明的目光更添阴霾，宽松而破旧的大汗衫下，那纸片般单薄的背影甫一出场就和胖女人母子对比鲜明。她与他们全无血缘，被父亲遗留在这里，谨小慎微地充当着累赘，心心念念等着父亲挣够钱回来，兑现带她治眼睛的承诺。老赵在的时候，胖女人仿若习以为常地递给她一盒哈根达斯冰淇淋，老赵告辞，她正揭开盒盖，胖女人立马凶悍地将冰淇淋抢回，"别以为来了客人了，你就能吃这个，你配吗你！"看不见，眼睛的另一个功能却依然正常，那就是哭。

在胖女人的撺掇、强迫下，拐着三道弯的预备役继父老赵，勉为其难地承诺在自己的旅馆给吴颖解决一份工作。可当他终于组织好谎话将吴颖带到破公车时，公车正被吊车拉进垃圾场。为了顺利攻陷胖女人，仓皇的老赵只得再接再厉地撒谎应付这火中取栗的差事，于是谎言成了滚动的雪球，不断吸纳着越来越多的共谋者。猥琐男老赵逐渐从追女的疯狂中缓解出来，从一开始咬牙帮胖女人分忧的贱男，变成一个动了恻隐之心的中国好人，开始真挚地关心起这个原本与他八竿子打不着的盲女吴颖。他在仓库里搭建起空中楼阁的按摩室，请老朋友们扮演顾客，如同一个拙劣的导演，带着一群蹩脚演员为吴颖制造着她可以自力更生的假象。从戒备、怀疑到信任、依赖，吴颖的脸终于绽放出了少女的笑容。当她第一次"赚了钱"，激动地要请老赵吃冰淇淋。老赵去哈根达斯一问，被昂贵的价格吓退，在街头给她买了根儿冰棍。熙来攘往的马路上，这样一对大叔和萝莉展演着底层普通人的善良与不幸，甜蜜和哀伤。

有人把这个电影称为山寨版的《城市之光》，善意的谎言和盲女确实很有些向卓别林致敬的意味。但是赵本山的表演与其说是喜剧，不如还是归类为小品，总有用力过猛的嫌疑。夸张的小品范儿深入骨髓，抢戏地换来了"《幸福时光》里看不到张艺谋，只能看到一个赵本山"之类的评价。不过比起他在《一代宗师》里"有多大屁股，穿多大裤衩"的爆笑亮相，《幸福时光》已经算是收着的了。对于任何悲喜剧，赵本山都显得太热闹了，那种浮光掠影的表演方式，那种特殊的格调，仿佛一种固定的模式，真里透着假，欠缺一点点真正的平实。

电影的尾声，老赵依然在困窘中应付着潦倒的鸡毛蒜皮，吴颖在他们啼笑皆非的忙乱谎言中激发出对生活的信心。当老赵穿着唯一过得去的那件战衣，手捧两块钱一堆的处理玫瑰花前往胖女人家时，却发现自己已被抛弃，她早有了买得起昂贵鲜花的真土豪下家。倒霉的老赵又被卡车撞倒，生命垂危，躺在了医院里。小傅等一干人在他身上找到沾着血的信，去找盲女。此时的老赵，已经自觉地扮演起保护神的角色，在各种打击中依然没忘为吴颖伪造一份她父亲的来信。这边厢，吴颖其实早已识破了大家善意的谎言，她在录音机里留下了感谢的话，一个人走上了未来的路。

这段笑中带泪的幸福时光，喧哗而短暂，辛酸的主人公重被命运抛入悲惨世界。鲁迅说，人生最大的痛苦就是梦醒之后无路可走。虽然孤身上路的盲女面容淡定，但谁也无法预知她绝望中反弹出的希望，会不会被更广阔而残忍的世界更不由分说地浇灭。看到最后，这部纷扰的喜剧，竟有了一种挥之不去的沉重，似乎是给善良和无邪的一曲挽歌。

因为爱，所以骗

《爱情骗局》是个提纲挈领的名字，简直有些简单粗暴地揭示了电影的核心——爱情与欺骗。

酒吧服务生大卫钟情于女大学生玛丽，沉浸在单恋的痴情与焦虑里。而玛丽对此浑然不觉，压根没收到任何讯息。偶然地，大卫在旧货市场淘来的桌子里发现了一部小说手稿，于是大卫灵光一闪谎称是自己的作品，拿去与玛丽交流。果不其然，哀婉的爱情故事让玛丽手不释卷。她泪水涟涟被情节感染，不仅刮目相看，还顺理成章芳心暗许，更是直接将书稿交给出版人，试图给大卫一个惊喜。迅雷不及掩耳，大卫一炮而红，成为炙手可热的畅销书作家。

原只是投机取巧博美人一笑，却把自己推向了难以预料的窘境。美丽的小谎言变成失控的大骗局，大卫只能狼狈地配合着签售、朗诵会，应对着始料未及的鲜花与掌声。手稿的原作者也循迹而至，大卫焦头烂额地道歉、补偿，阻止他揭穿真相。他不惧身败名裂，亦不贪恋金钱与荣耀，只是害怕失去心爱的姑娘。可是玛丽却为他的古怪行为而困惑，厌倦了两人间的迷雾重重，选择了离开，剩大卫自己苦苦挣扎在崩溃的边缘。绚丽的肥皂泡越飘越高，却当然无法恒久，终会骤然破碎。

大卫不是骗子，他只是一个殚精竭虑的单相思患者，被天上掉下的馅饼砸到，又差点被砸扁跌至万劫不复。好在，上苍眷顾，他没被谎言席卷，不仅心愿得偿，还顺道名利双收站在了人生之巅。

故事没有戛然而止，大卫也不是黯然回到原来的生活。纠缠的原作者意外死亡，临死前吐露了原作者早已去世，他也不过是李鬼的雷人真相。大卫竟奇迹般地化险为夷，并且在愧疚、自责中真的开始了文学创作，他把和玛丽的故事写成了情真意切的小说，再一次被读者追捧。幸运至此，当然还需要与玛丽的破镜重圆，方可为电影画上一个完美的句号。

爱情让人慌乱，让人自惭形秽无法正视不完美的自己。

我们希望自己美丽、体面、才华横溢，仿佛唯有囊括人间全部优点与美德方可迎接爱人的挑剔。于是，我们不由自主地将自己粉饰成更美好的样子，真诚得近乎愚蠢，渴望着不切实际的今非昔比。如同机灵的大卫，只是想无伤大雅扮个文学爱好者拉近与心上人的距离，却莫名其妙成了欺世盗名的剽窃者。简直如同你恶作剧踩了谁一脚，对方却口吐白沫昏迷倒地。若不是有如神助的峰回路转，恐怕他不仅要承受谎言对爱情的摧毁，还要独自吞咽名誉扫地的恶果。

我喜欢这吉人天相、皆大欢喜的温暖传奇，却也深知现实的世界里，谎言的雪球滚大了，收拾起来没那么容易。尤其之于爱情，以缥缈的谎为根基，再炽烈的情感也难逃折磨、犹疑和最后的别离。

我不能悲伤地坐在你身边

虽然充斥着巧合，涉及死亡，又是网恋，又是一见钟情，说的还是两兄弟爱上两姐妹的小概率事件。《初三大四我爱你》的情节还是太简单了，甚至好像剔除掉一两个刻意的阴差阳错，故事便彻底消失了。但是面对蓝天、白云、洁净的海，痴情倔强的少年、美丽可爱的姑娘，以及他们最初的爱情，似乎也没必要吹毛求疵要求更多。这狗血澎湃的青春爱情故事，是一部目标明确的商业片。它也顺利地完成了卖萌、养眼、催泪一干任务，交上了一张小清新的答卷。

兄弟俩生活在曼谷，姐妹俩居住在普吉，四人两两相对地年龄相仿，分别处在初三和大四的青春期。弟弟和妹妹通过MSN相恋，哥哥和姐姐在大街上一见钟情，原本毫无关系的四个年轻人在茫茫人海中遭遇了无巧不成书的缘分天注定。于是兄弟俩动不动就飞普吉，姐妹俩动不动就误会了。四小无猜欢笑吵闹乐此不疲，沉浸在美滋滋又颤巍巍的情窦初开里。风光旖旎的普吉岛，两对面目清秀的璧人，从风景到人都那么无忧无虑，一派懵懂纯真的偏偏喜欢你。

喜感强烈的欢喜冤家被妹妹的车祸死亡拽进突如其来的悲剧。哥哥欣喜地赶去普吉，却遭逢姐姐抱着妹妹遗像的悲伤画面。而弟弟正愉悦地守着电脑，等着妹妹上线的声音。于是，瓢泼的雨中，哥哥怔怔松地站立，姐姐却打开了妹妹的电脑代替她与弟弟交流。她无法接受自己毫发无损妹妹却无力回天的事实，用愧疚和悔恨把自己困在妹妹的身份里。屏幕那一端，姐姐短暂的欺骗延迟着弟弟的哀伤，弟弟笑容纯洁，正认真回复着爱人的语句，他不知道活泼开朗的妹妹已经浓缩成一张再也不能呼吸的遗像……

这泪奔的生离死别被几个青涩的少年演绎得缠绻而惆怅。虽然与严酷的现实相比，这电影显得那么单薄幼稚，简直透着掩耳盗铃的傻气。但结合着美女爱土豪，没房没车就没老婆的现实国情，这呆头呆脑的少年爱，提供了一种难能可贵的笨拙，让我们心头一紧地怀想起"郎骑竹马来，绕床弄青梅"的过去的愿望。

你不是机长

　　阿布拉德是个约旦老头，他白天在机场当清洁工，晚上对着亡妻的遗照自言自语，两点一线机械地穿梭在机场和贫民窟之间，读书是他晦暗生活中唯一的消遣。有一天，他在机场垃圾桶里捡到一顶旧的机长帽。于是，这个从机场班车上走下、戴着机长帽的老头被一个小孩想当然地当作机长。小朋友塔瑞不懂骑白马的不一定都是王子，也有可能是唐僧，他以帽子为重要依据，坚信自己面对着一个了不起的人物，他确定一定以及肯定阿布拉德是个机长。于是奔走相告的孩子们集体出现在他门前，在一双双大眼睛膜拜、好奇的注视下，老头半推半就戴着那顶神奇的帽子，应承了这个美丽的误会，变身为德高望重的风云人物阿布拉德机长。

　　孩子们期待着他的冒险故事，贫民窟里狭窄的童年因为隐藏着一个见多识广的机长，一下子宽阔起来。他们崇拜地盯着老阿布拉德，陶醉在他上天入地的离奇经历里。鳏居的老者也一下子找到了生活的乐趣，他将书上的内容改头换面，靠读万卷书冒充行万里路，蓝领假装金领，越说越逼真，仿佛他真的整日在全世界闯荡。每个傍晚，疲惫的清洁工摇身一变成了精神矍铄的机长，一句一句不间断描述着人间春色，一碗一碗不限量提供着心灵鸡汤。天真的孩子，睿智的老者，童年和晚年在对飞翔的共同渴望中对接，成为彼此生命中亦真亦幻最迷人的时光。

唯有邻居家的小男孩穆拉德不在其乐融融的氛围里，他警惕而审慎地观察着机长和他的粉丝，觉得这背后一定另有蹊跷。他精准而辛酸的逻辑便是：机长怎么可能住在这么穷酸的地方。穆拉德在酒鬼父亲的打骂中长大，每天面对母亲的眼泪和伤痕，小小年纪，便对生活怀有心如死灰的不屑。他不信那一直比邻而居的老头是个货真价实的机长，并在小伙伴的痴迷中把他们领到了所谓机长工作的地方。眼见为实，孩子们看到他们的机长的确在勤勉的工作——他身着蓝色制服坚守着自己本来的岗位，跪在地上卖力地清除着污渍。

那些环游世界的动人经历竟然是一个瑰丽的谎，他和他们一样，从未坐过飞机，何止不是机长，连乘客的滋味都不曾体尝。孩子们错愕失望地看着他们的偶像，他正疲惫地抬起头，尴尬地迎接他们的目光。

荣耀在真相前破碎，老头阿布拉德被还原成平凡模样。他和妻子年轻时被诊断为无法生育，几年后却奇迹般有了一个儿子，然而儿子竟然在朋友的婚礼上坠楼而亡，再后来妻子也生病去世，留他一人在这人生长恨水长东的寂寥人间。是那个机长的肥皂泡让他忽然又感受到了生命的悠扬，那些也许一生也走不出贫民窟的孩子，让他陡然开始思索远方。面对来日方长的鲜嫩稚子，他生出事在人为的执拗念想，帮助这些前途惨淡的孩子，便是对这世界最后的表白。这个被揭穿的冒牌机长，不屈不挠地关注孩子们的成长，爱你没商量。

他以德报怨把机长帽送给揭穿他的穆拉德，看见塔瑞辍学兜售饼干，果断全部买下。然而他毕竟只是一个老迈的清洁工，他的贫困身份和他们一样。当夜晚降临穆拉德家传来家暴和哭泣的响动，当塔瑞的爸爸让他尝试卖两盒饼干，当穆拉德的父亲怂恿他练习偷窃，当塔瑞的爸爸以为他具备推销的天赋干脆交给他一车饼干的任务，阿布拉德只能无能为力地失眠和叹息，他用尽全力亦不过是杯水车薪、以卵击石。

约旦平民的生存状态以严酷的方式呈现，泾渭分明的贫富差异让年幼的孩子承受着厚实的绝望。比起未来和梦想，他们首先面临的是艰难的日常。以后的日子似乎毫无悬念，无非苟延残喘，挣扎在穷街陋巷。阿布拉德大抵也是如此长大的，连滚带爬，庸庸碌碌，独自承受连续的不幸。他一直住在这里，却忽然不能熟视无睹，不忍眼睁睁看着孩子们被推搡进父辈的人生轨迹。或许那顶机长的帽子果真有神力，一个老头就这么英雄附体。他挺身而出将穆拉德母子三人转移到富贵的朋友处，独自留下面对醉醺醺的恶棍，在一片殴打声中成为救赎的殉难者。

最后的最后，镜头闪回机场，开篇时伫立在那儿的年轻飞行员竟然被称为穆拉德机长。他远眺窗外，回望童年，他一生的转折就是遇到了一个自称是机长的骗子老头，不然，他如今大抵会是一个酗酒的小偷。

《阿布拉德机长》是三十二岁的约旦裔美籍导演阿明·

麦塔尔卡的长片处女作，也是约旦首部出口世界的电影作品。获得了圣丹斯世界电影观众奖，西雅图国际电影节最佳导演奖，南非德班电影节最佳处女作奖。

一个饱经风霜的老人，在约旦这样一片历经沧桑的土地，这个关于勇气和希望的故事，别有一番动人心魄的美。然而多少有些让人诟病的，是这个《故事会》风格的狗血结尾。阿布拉德的死，让故事跌进好人一定要死得其所的献身俗套，煽情的机长升级为敢死队长。送人玫瑰手有余香，但完全不必非要到舍生忘死的地步，送完玫瑰立马倒地而亡。一部作品的好坏也不必靠结尾的泪奔来衡量。还是让我们缓一缓，假设阿布拉德没有死吧，他依然淡定地更换着垃圾桶里的黑塑料袋，也依然是穆拉德心中最了不起的机长。

如果高洁，终会归于安详

《再见，列宁》是一个谎言故事。它从慌乱的哄骗出发，竟生长成磅礴瑰丽的模样。

女共产党员克里斯蒂娜的丈夫叛逃西德，杳无音讯，只得含辛茹苦拉扯一对儿女，把对生活的全部热望寄托在党的事业上。1989年秋天，克里斯蒂娜眼见儿子亚历山大因示威游行被警察带走，当即心脏病发，昏厥在大街上。儿子虽被放了出来，母亲却人事不省昏迷了八个月。简直是天上一日，世上千年。区区八个月弹指一挥间，可恰恰是历史的转折点——柏林墙已经墙倒众人推，东德早已成了故国，在不堪回首月明中。只觉得自己睡了一觉的克里斯蒂娜，醒来时已深处一个恍若隔世的未来世界，她疯狂热爱的民主德国面目全非与西德拥抱，退出了历史的舞台。

医生说，她的心脏已不能再受任何惊吓，于是亚历山大运筹帷幄，打算复制一个过去的世界呈现在母亲面前。

他和姐姐在自己公寓里围追堵截着各种暗示社会变迁的细节，七十几平米的小世界仿若一个抵制时光的独立空间，逝去的民主德国在里边蓬勃地绵延。旧时的衣裳，旧时的语言方式，旧时的价值观，八个月是不久前的往昔，却早已是飘散的云烟。母亲想吃黄瓜罐头，这民主德国时期最日常的食品早就被更眼花缭乱的选择挤出了市场。用亚历山大自己的话说便是灰蒙蒙的百货商店变成了金光闪闪的购物天堂。无奈地，他在琳琅满目的货架选择了荷兰产的黄瓜罐头，再把垃圾箱里翻出来的民主德国罐头瓶煮开消毒，偷梁换柱。同样的方法，红酒、蜂蜜、咖啡粉，所有新食品经过改造又变成了旧时包装，母亲的餐桌天衣无缝地保持原样。她吃着一桌子旧瓶新酒的DIY先进食物，提出了要看电视的要求。于是亚历山大赶鸭子上架，和怀揣导演梦的朋友开始炮制东德新闻。两个年轻人的想象力既奔放又缜密，简直让人拍案惊奇。在他们以假乱真的新闻中，天翻地覆的世界时光倒流般还原成从前的模样。母亲看到的新闻是为她一个人编纂的录像，屏幕中东德蒸蒸日上，繁荣得一塌糊涂。那些早已灰飞烟灭的信仰和理想在儿子的新闻中欣欣向荣有条不紊得以实现。

孝顺的儿子兵来将挡水来土掩延续着这个弥天大谎。母亲看到可口可乐的广告，他在新闻中告诉她那是和强大的德国国营厂合作的产物；母亲在街上看到西德小伙搬家带来艳粉色的落地灯和鲜明的宜家广告，他便在新闻中以西德社会分崩离析，难民被善意接纳打消她的疑问。甚至组织邻居在家里召开街道党小组会，花钱雇佣妈妈以前辅导过的少年队员，让他们和过去一样唱着昂扬的歌曲来探望她，在逃亡者遗留的房子里如获至宝寻到一瓶原产的黄瓜罐头，亚历山大的全部生活重心都是呵护住母亲的世界，母亲的信仰。他面面俱到竭尽全力勾勒出扎实的幻想，有宏大主题，有琐碎的细节，一个支离破碎的东德被一颗爱妈妈爱到上天入地的赤子之心天衣无缝地黏合在一起。

因为要持续上演哄骗母亲的荒诞剧，相比仓促割裂拥进新生活的人们，姐弟俩与过往的告别格外绵长而反复。生活节奏越来越快，好容易找到的东德钞票因为错过了兑换期限两天变成一堆废纸。亚历山大大喊大叫情绪失控被保安请出银行，只能在暗夜的天台上将母亲一生的积蓄洒向夜空。在汽车餐厅工作的姐姐灵敏地识别出了父亲的声音，那个她本以为永世不得相见的缺席的父亲，和时代一起冲破了柏林墙的隔绝。然而面对纵使相逢应不识又拖儿带女的他，她只说了一句话——"祝您胃口好，非常感谢您选择了汉堡王。"一个旧的时代戛然而止，纵使最渴望变革的年轻人，也依然摆脱不了惶恐、伤逝和难以言说的怅然若失。时代对人造成的创伤和变革时期人们情感的复杂微妙，以一种达观中略带伤感的方式悄然呈现。

这个谎撒得太大了，难道真可以凭一己之力遮蔽历史的变迁？却原来母亲也有小心守护的秘密——父亲并非为别的女人而叛逃，而是无法忍受政治迫害而借着去西德参加会议而流亡，母亲也不是不明就里的受害者，她原是丈夫的同谋。母亲原本计划追随父亲在西德汇合，然而她无法顺利拿下两个孩子的签证，也无法忍受母子分离才被迫留了下来。父亲也并非音讯全无，他的信被小心翼翼藏在碗橱后的夹层里。"同心而离居，忧伤以终老"，母亲先进昂扬的一生，其实是演技派的，怀揣着巨大的哀伤。在森严的体制下，内心畏惧的母亲把自己乔装得铜头铁臂，一个坚强隐忍立场坚定的党员，一个亢进的理想主义者，也不过是为了保护孩子，是用心良苦的舐犊情深。

吐露真相后，母亲如释重负，病情也迅速恶化。演技已炉火纯青的亚历山大决心以最有始有终的方式给予母亲最后的关怀。他找到了父亲，几经嘱咐才把他送到母亲面前。一对十年生死两茫茫的怨偶相顾无言，他们面对着面，却好像隔着万水千山。早已拥有豪华别墅已经第二次儿女双全的父亲，和担惊受怕搞了一辈子社会主义活动的母亲，这最后的会面，大抵只能相顾无言，执手相看泪眼，竟无语凝噎。

而在这相会之前，母亲已经从亚历山大女朋友劳拉嘴里得知了全部真相。那些罐头、那些红领巾、那些新闻，是儿子在这一骑绝尘的时代为她量身定做的逝去的乡愁。亚历山大还将制作最后一期新闻，他找来儿时的偶像，昔日的民主德国第一位航天英雄，在图书馆冒充新任国家领导人。新闻里，那一身戎装的所谓领袖，是新任的统一社会党中央委员会主席，他慷慨激昂对民主德国的民众发表着开放边境的演说。而如今现实的世界里，他已然成了一个寂寞的计程车司机。为母亲一个人拍摄的惊天谎言新闻仿若行为艺术，将儿子行动力超强的反哺推向滑稽而深情的高潮。早已得悉一切的母亲偷偷望着儿子的背影，她微笑接纳着惊涛骇浪，没有说破真相。

电影的最后，其实是被母亲骗了的亚历山大，把母亲的骨灰随礼花洒向风中。他欣慰地以为："这个国家，我的母亲与之永别的国家，她终身信仰，至死不渝；这个国家，我们让它一直幸存到我母亲弥留的最后一刻；这个国家，在现实中从未如此存在过；这个国家，只有当我回忆母亲的时候才会想起它。"

轻盈的情节浮现出苍劲的底色，美丽的谎言诉说着人间最朴素的母子情深和波澜壮阔的人事变迁，几乎可以称作一个家庭的史诗。生活本身比任何谎言都吊诡，这对母子卑微地镶嵌在地球的角落，随着国家、制度、阵营、意识形态而沉浮，因为强大的爱，显得那么与众不同。

《再见，列宁》常常给观众带来会心的微笑，幽默轻盈地推进着实则悲欣交集的故事，全篇几乎没有煽情的泪点。这原本可以让观众抱头痛哭的故事，始终克制，好像真实的人生，苦难，丰盛，纵使离奇、复杂，如果高洁，就终会归于安详。

那一夜，焰火绽放

我有个朋友，很长一段时间逢人就说一句话："你看过《小武》吗？"我对他这种复读机一样的语言很是厌烦，怀疑他是不是得了强迫症。直到我看了《新桥恋人》。我几乎见人就说："看过《新桥恋人》吗？一定要看，一定要看。"不说这句话，我就觉得嗓子难受，不足以表达我对《新桥恋人》的尊敬。

大一看的这电影，同一天看了两遍，两遍都在癫狂的忧伤中痛哭流涕。虽然它有着我不喜欢的牵强结局，但我还被它的速度和极端所震撼。它的急速推进甚至让我感到了压迫，但心灵却欲罢不能地期待更加彻底的压迫。后来看的电影多了，虽然意识到它并不是自己当初想象的那样空前绝后，但还是迷恋那里边癫狂的浪漫。

这是一部凌厉的电影，从导演、演员到音乐、剪辑，每一个环节都锋利而直接，没有那种人们谙熟于心的套路。它不像平常的法国文艺片那样缓慢平和，它的不安、扭曲、焦躁打破了令人厌倦的稳定。它用跳动、闪烁和速度展示了一段饱满夸张的爱情，在肮脏和真实中突显了一种与修饰无关的、焕发着无限爆发力的美。这种美，像裸体的少女，没有衣服的雕琢和禁锢，原始、自然、纯粹、跃跃欲试、咄咄逼人、充满着生命的张力。

一个是自我放逐的贵族小姐，一个是潦倒漠然的流浪汉。他们对自己的生活都抱着隔岸观火的麻木态度，活着似乎仅仅就是为了和生命叫劲。一个怀着被爱人抛弃的创伤，一个好像从生下来起就不懂得希望。这样两个肮脏颓靡的家伙纠缠在了一起，在绝望中肆无忌惮地相爱了。他们的爱奔放、夸张，又带着点让人羡慕的美艳。爱情，在没有玫瑰、钻石和哪怕最基本的一张床的地方拉开了大幕，也恰恰是因为没有那些华美又累赘的陪衬，这样的爱纯粹、深刻得让人窒息，像坟墓里的天堂。

除了爱情他们什么都不需要。他们住在废旧的桥上，吃偷来的不烹调的生鱼，穿肮脏的衣服，在河里洗澡，而且他们也什么都不缺，盘子、酒、浴巾，简单的生活用品破旧但足够。白天他们画画、游荡或者行骗，总之要做点什么，消灭他们不需要的时光，打发他们过剩的体力和精力。夜晚，他们喝了酒躺在桥上丧心病狂地大笑，那笑声毫不做作，甚至有些粗俗。这样两个活在食物链最底层的人，虽然浑浑噩噩却并不见什么挣扎的痕迹。尤其是男人，他简直是乐此不疲，他爱极了这种远离世俗杂乱无章的生活，他喜欢在残缺的角落里保护自己完整的爱情。他的眼里，安身立命这个词是那么多余，只要有她就有了一切。他讨厌希望和未来，他已经习惯绝望。为了保持这种日子，为了永远厮守，他拉着拐杖奔跑，只为了阻止女人和她的前男友相遇；他故意把骗来的钱放在桥头，让即将失明的女人失手打到河里；他不惜让女人失明，烧掉了所有寻找她的海报，甚至失手烧死了贴报人；可女人还是走了，有些事总是不可阻挡。他用子弹打穿了自己的手。然后，因为烧死贴报人，进了监狱。

这样看来，男人的爱大概有些自私。可这自私没有任何目的，也并非想要占有。他在她蓬头垢面的时候爱上她，可以赴汤蹈火地为她做一切，没有理由地把她当成自己生命的支柱。他一厢情愿地爱她，倔强地坚守自己偏执的温情。他甚至并不想主宰她，他只是心甘情愿地被征服着。他不择手段地想留下她，只是为了继续爱她。本打算自生自灭的他，执意要与她同生共死。

女人的做法则更胜一筹。她的冲动背后藏匿着冰冷的理智。她显然没有男人的投入和纯粹，她的摇摆和游移无法给男人对等的反馈。她对他，依赖和利用似乎多于爱。她在受挫出走的时候遇见他，被照顾，被亲吻。是他，让她在无望的痛楚中放声大笑。在她就要失明的时候，她对男人说："你就是我的手杖，我的带路犬，我的小丑。"但当她知道自己的眼睛有希望治好的时候，她灌醉了他，悄然地走了，留下一句："我从来没有爱过你，忘了我吧。"而男人在爱情的幻灭中用枪打穿自己的手，报复般地说："没有人可以叫我忘记。"

他总是这样，乐于残害自己的身体。他无端地把头往地上蹭，蹭出红色的血痕却毫无反应，好像那血与他无关；被疾驰而过的车碾断了脚，他一动不动，像失去痛感一样没有丝毫的挣扎；找不到女人的夜晚，他在自己的肚子上舞刀弄枪；最后他还打穿自己的手。他的身体简直成了他的对手，他喜欢无休止地对自己施暴，和自己的皮肉搏斗。他卑贱的身体上充斥着丑陋的伤口。当精神的痛苦已不可超越，肉体的痛仿佛能让人欣慰地印证自己对身体的主宰。不妥协不饶恕的态度，在身体上得到了最直接最雷厉风行的执行。

　　他从不怪女人，他只是折磨自己。他知道他们其实不是一种人。他本来就属于这种凌乱而肮脏的生活方式，没有过去没有未来。阳光下，他的日子灿烂但是沉沦。他没有什么可失去的，因为一无所有而无所畏惧。开始的时候，他对她的爱，如同一个非洲土著爱上美国政要，多少带着点好奇、探索的意味。可后来当他奋不顾身旁若无人地爱上女人时，他唯一的恐惧就是失去她。而她不一样，她背负着过往的恩怨和隐藏的希望。她像一个体验生活的演员，只是暂时地走进了这样一个癫狂的段落，她可以接纳他，和他相依为命一阵子，但她终将回归。

　　女人的出现把他变得热烈而执著了。自闭的他，开始渴望爱情。他在留给她的纸板上写了这样几句话："有人爱上你了，明天早上你醒来，如果有人对你说，天空是白色的，而你说，但云是黑色的，那他们就是爱上了。"他竟然还变得温顺而充满心事。落魄的女人在他眼里像女王，他无条件地执行她的命令。快要睡着的她叫他扔掉手枪，而他不想。为了表示对女人的服从，他不动声色地扔掉自己的鞋，让那只鞋接触河水的声音貌似一支枪的坠落。那以后，他穿着一只鞋走在他的路上。我不知道他为什么想留下那把枪，这又是否预示着他对未来的恐慌。我只是很感动地想，谁会为了我毫不犹豫地扔掉自己仅有的鞋？大部分人在有后路可走的时候也没有如此的不顾一切。我开始嫉妒那个女人，这个出走还不忘带上宠物猫的女人怎么能配得上什么都可以放弃的男人。他的爱像黑夜一样彻底浓郁，而她的却总像黄昏那样迟疑犹豫。但我还是希望他们能爱上，因为我简直太喜欢那男人了，我希望他能如愿。当我期待他们相爱的时候，竟然都带上了点自我牺牲的意味，好像那男人本来是属于我的一样。

　　他们终于爱上了。他们在巴黎狂欢夜按照自己的方式狂欢，男人驾着偷来的快艇拉着女人在塞纳河上滑水。天空绽放着姹紫嫣红的华美焰火，水面飞溅着喷涌的浪花，笑声回荡在这似乎只有他们两个人的城市。他们的脸不再阴霾麻木，开始露出青春应有的张扬和欢愉。这样的画面炫目得足以灼伤任何迷茫的双眼，颤动任何坚硬的心灵。我相信在那种流光溢彩中，玫瑰也会自惭形秽地低下高贵的头颅，钻石也会有自知之明，知道自己不过是一块石头，烛光晚餐、汽车别墅这些死气沉沉的东西都会一文不值，只有那片焰火才能证明爱情与生命的狂舞。那是一种王子和公主也未曾想象过的奢华。

　　可他们没有一直这样醉生梦死。仿佛忽然间，她离开，他入狱。他们终于主动或被动地向这个现实的世界缴械投降了。仿佛飞翔的鸟终将停留在地面，这段莫测拔俗的爱终于走向现实世俗的尾声。这场矛与盾的狂恋虽然般配，却带着宿命的破碎结局。从她到监狱去看他开始，是我不喜欢的部分。那平缓沉淀下来的结尾减慢了酣畅的速度，电影前部分那种让人紧绷的快感开始逐渐消失。不知为何导演把让人振奋颤栗的疾速奔跑转化成了稍显迟缓的竞走。一个如此冷艳的悲剧竟拖着一条童话般的尾巴。

女人或许还是爱男人的，虽然我始终觉得这种爱不足够让她彻底脱离掉自己的生活，和他去大西洋。她在被男人拉入水中后，打算抛开一切，和他开始新的旅程。那是一次太必要及时的落水，水中的女人，在导演的安排下，再次疯狂。

重新翻修的新桥已褪去了往日的破旧和浪漫，这个他们曾经的住所，变成了所有人此岸到彼岸的设施。他们站在桥头回想曾经恣意的浪漫。终于，他们一起坠入水中，跟着一艘破旧的船，一起去大西洋。

一次我和一个朋友说起对这结尾的不满，我希望电影能保持住那种心悸的速度，即使毁灭，也要热烈而痛快。她竟然要哭了一样地和我争执。她说，导演卡拉克斯和她一样相信爱和激情。我仔细想了想，终于有点明白。如果我是电影中的女人，我也会和那男人在一起。当你和一个人在一起，除了爱情什么都不用考虑，你可以撕掉所有的伪装，尽情地喊叫大笑，不必苦心经营，不必谨小慎微，他给你的爱充盈到你可以肆意挥霍，仿佛世界只有你们两个，即使在你最丑陋的时刻他依然天真坚决地爱你，你还想要求什么呢？

为了这样一个只属于你自己的男人，难道不能放弃那个属于所有人的世界吗？

人类继续繁忙，天使都回家乡

　　我一直相信生命中是有奇迹的，看了《黑暗中的舞者》，我开始怀疑。

　　这是一个关于爱、关于音乐舞蹈、关于信念，最终被死亡覆盖的故事。生命结束，一切猝然停止。只有观众被带入灰色的空间，听自己抽泣的声音。

　　情节简单，甚至有些经不起推敲，无外乎一个底层女人所遭受的不幸。悲天悯人得有些媚俗，可细腻质朴的表演却能让我相信那是真的悲剧，发生在我没有看见的地方而已。它有彩虹般的温柔光彩，却又残酷得像一阵沉闷的雷声。

　　一个叫做塞尔玛的捷克女人带着儿子来到美国。她即将失明，却几近奋不顾身地工作。为的是给儿子攒下一笔手术费，以治愈他和她一样来自家族遗传的眼疾。钱就要攒足，她的眼睛也将失去最后的影像。可一次险恶的偷窃和随之引发的死亡改变了事情既定的轨道。她不知道，这个有着发达医疗和更多工作机会的国度也有着更深的陷阱。她那笔数目不多的钱，随时可能成为对别人的诱惑。

塞尔玛成了吸引苦难的磁场，忍受悲伤成了她人生中唯一的规定动作。一句坦诚的交流把她带入了万劫不复的深渊。她因为捍卫本属于自己的钱，因为要成全软弱卑劣的朋友，扣动了那横亘在她命运里的扳机。预付完儿子的手术费，死亡的通道轻轻地向她敞开，塞尔玛被落井下石的社会送上了惩戒杀人犯的法庭。她像一只总是留下脚印的单纯狐狸，终于轻易地被猎人逮到。罪名之下，她执拗地遵循着自己的原则，为了挽救朋友的尊严，为了留下那笔属于儿子的手术费，从不申辩。她变成了一张无奈的白纸，任别人涂上各种污浊的色彩。体恤理解被看成居心叵测，纯真热忱被当作蓄意伪装。他人的目光中，她的美好因不能理解被扣上了丑恶的帽子。现实的世界不仅如此武断粗鲁，还不可逆转。这是一种不动声色的暴力。

　　幸福简单却遥不可及，痛苦繁琐却如影随形。时空巧合中碰撞出了全部的不幸，肩膀多么瘦弱也要宿命地承担。这个坚强的母亲，在被撕破了尊严后，被剥夺了生的权利。而她的甘愿，只是为了让儿子能亲眼见到他的孙子。还好，命运没有残酷到赶尽杀绝，单纯又质朴的愿望，终于以生命为代价而实现。

　　没有美国电影的峰回路转，迅猛的死亡板上钉钉。希望终究冲不出壁垒森严，慈悲蜗居在残忍身后。

　　走向绞刑架的时候，她也因为害怕而哭得面目扭曲，擅长舞蹈的双腿也瘫软无力。她是个自我牺牲的形象，可她也留恋生活，甚至格外留恋。命运的漫漫长夜中，她总是大睁着渴望天亮的双眼。拼命地赚钱以抗争疾病和贫穷，疯狂地歌唱来忘却社会的不公。她那双应该站在舞台上的脚，总是走在布满尖刀的路上，她佯装不疼，露出宽慰别人的微笑。她不想倒下去，像个不倒翁一样跌跌撞撞，不肯认命。

大权在握的命运终于棋逢对手，它受了挑衅般要考验她承受的极限，见她一直在笑，偏要不断加重苦难看她什么时候哭。命运在这场残暴的游戏中玩出了感觉玩出了刺激，失去光明还不够，含辛茹苦还不够，它要设一个圈套让她失去一切。于是她踉踉跄跄，最终走向了那不可动摇的绞刑架。于是，她死了。命运终于胜利，露出一抹狰狞的笑。

死亡就在眼前，生命即将走远。从最亲近的朋友口中听到儿子已经手术成功的消息，塞尔玛抛却恐惧再次高歌。难以辨别，那是世事洞明的安然，还是涉世未深的心慌；不知是心愿得偿看透生死的洒脱，还是对终有一个愿望得以实现、对命运高抬贵手的感念。她的声音从套紧了绳子的喉咙里飘然而出，曼妙动听，混合着绝望和希望。然后绳子忽然无情地发力，歌声突兀地戛然而止，像剧本上一句"歌声止"一样利落干脆。神奇变成腐朽，只需一刹那。

大音稀声，那时的安静来得惊心动魄。尚未唱出的音符与她一起被强行杀死，脆弱的脖子没有那根屡屡杀人的绳子结实。半支挽歌局促结束，那是她送给自己唯一也是最后的礼物。人类的世界不需要一个幼稚的天使，她被夺去体温，赶回天堂。她像一滴融入干裂土地的水，瞬间消失，无法回来。她将站在比天空更高的位置，第一次，把人间看清楚。

丹麦导演的作品，深而狠，一个爱生活却不被生活所爱的女子声泪俱下的故事。这个苦难的人，有小人鱼的韧性和悲壮。两个被丹麦人创造出的形象，都在用毁灭证明着什么。一个是海底尊贵的公主，一个是世间卑微的穷人，却都是鸡群里灵魂卓然的鹤。凛然的奉献和牺牲过后，无法逃脱悲剧的尾随，以自己的死承载着对上帝的疑问和对人类的绝望。她们的死，是上帝的疏忽还是人间太冷？

她们曾经是想融入人间的，为了子女或者爱人，她们祈望用自己的粉碎换别人的周全。然而作为人，她们并不健全。小人鱼的哑和塞尔玛的盲，以一种残缺暗示着她们的非常态。她们不懂得这世间一切都讲究恰到好处，包括爱和恨、善和恶，凡事都不过是差不多，爱一点，善一点，你好我好大家好。大爱和大善是通往大悲的路标，太崇高的目标总是与从容赴死有暧昧的联系。她们不得不在冰冷的世界寻找自欺欺人的温暖，比如小人鱼以尖刀上行走般疼痛的舞蹈换取王子的微笑，比如塞尔玛在幻想的世界里舞蹈高歌。虚拟的世界里，塞尔玛滞重的眼神会忽然显露出神性的光泽，灰暗的老绿色裙子也会骤然变成鲜艳的新绿。那种绿，绿得全力以赴，无法无天，仿佛生命的旗帜，是难以置信的茂盛葱茏，是不屈不挠的竭力伸张。歌舞成了她在苦涩世界中自制的甜美糖果，以微小的甘美调和着巨大的酸楚。奔放的歌者局促地活着，脚踏疲惫的土地，只能让歌声腾空。歌声穿过云朵，刺破冷漠的天空，舞蹈卷起空气，托举起沉重的身体。苦恼忧伤被暂时遗忘，虚拟的世界里鸟语花香。

整个影片中穿插了七次这样恣意的歌舞，光线浓烈明丽，歌舞鲜活灵动，短暂地遮蔽掉叙事的阴郁钝重。夜班车间里、铁轨旁、法庭上、行刑前，几乎每一个大悲在即的时刻，塞尔玛都要先躲到这样欢快的世界里藏匿一阵，以化解扑面而来的新悲伤。这些片段是我最喜欢这电影的地方，质朴、调皮、欢快，飞扬着生命的力量，是对现实压抑的自由反抗，让这个悲情无边的故事带着尖利深刻的锋芒，也给观众以喘息的机会。歌舞的欢愉与故事的沉重摩擦在一起，火花明亮炽烈，别出心裁又触目惊心。是对歌舞片的纪念致敬还是异化背离不得而知，心灵的赞美诗就此轻易产生。

欢快与忧愁交织，幻想与现实纠缠，哪个适合生存哪个通向死亡，一目了然。可适合生存的世界只存在于头脑，通向死亡的道路却踩在脚下，无从选择，无法逃遁。

如果塞尔玛真活在理想的世界多好，可以亲眼看见清晨第一颗露珠，可以裙裾飞扬中舞掉生之忧愁。可天不遂人愿是古老的公理，疲于奔命的人生没有载歌载舞的时间。她与这个世界始终是隔膜的，眼睛的疾病是显然的暗示。盲，昭示着她灵魂的光洁。单纯率真的她，因视力的缺陷看不到人类复杂的脸孔。她是那么无助，那么缺乏戒心，钱的秘密轻易出口，把周围的人都当作知心的朋友。是的，她周围的人的确不错，大都真心诚意地帮她。可坏人碰上一个就已经足够，即使那个最终动了歹心而殒命的家伙也不是天生邪恶，却在一闪念间毁了她的生活。她只懂得信守承诺，却不知道金钱饿极了的时候会毫不忧郁地吞噬感情。

我对这种见财起意的事情并不震惊，我只为塞尔玛的轻信揪心。喜欢这种电影，却又害怕看到被解构的残酷。我仅仅二十出头却已懂得了世间的险恶：没有密码的信用卡是不能随身携带的，朋友之间是不该涉及钱的。现实的安稳是攥紧自己的秘密，而不是被坑害了之后凄然歌唱。被升华了的痛苦依然是痛苦，通俗的幸福依然是幸福。可以实现的，大概也就是：人类继续繁忙，天使都回家乡。因为人间是人间，天堂是天堂。

仇恨比爱情彪悍

　　导演是霍建起，主演是陆毅和赵薇。一贯低成本运作的文艺片导演和红到发紫的偶像明星，奇妙的组合。

　　挺喜欢霍建起的电影，舒缓的节奏娓娓道来着耐看的故事，寻常的物件在他的镜头下也总是细腻美妙起来。我相信那种对唯美、干净的坚持，必然来自一颗清澈朴素的心灵。对陆毅和赵薇印象也不坏，即使总觉得他俩演技一般，但总是喜欢男孩女孩生着清透俊美的外型。如此导演演员的组合，将会是一个怎样的故事？

　　"放弃生命和放弃希望，哪一个更可怕？"一个爱情故事里能产生这样的疑问，这必然是一段忧伤而沉重的爱。

　　"罗密欧与朱丽叶是以死来殉情，我们是以彼此的孤独来殉情。"一个爱情故事里能有这样的无奈，这必然是一段痛苦而坚贞的爱。

　　这的确是一段不快乐的爱，爱得越深，折磨得便越重。悲伤的过程和团聚的结局，我的心在这份纯粹的爱中起伏翻涌。虽然觉得后半段不够流畅，但依然会被它整体的唯美淡然打动。

　　一个简单的故事，青梅竹马的一对男女，因为上一辈人的仇恨无法结合，他父亲的死与她父亲有关。爱情的主角，只有两个，侯嘉的屈然和屈然的侯嘉。可故事的主角却有很多，侯嘉的家人和屈然的家人，不管死人活人，都在其实只属于他们俩的爱情里起着各种重要的作用。一对恋人，不能放弃家庭也不能放弃爱情，在爱情与仇恨的对峙中，耗近了彼此的青春，熬到了迟到的幸福。电影简单动人、平缓流畅，从头到尾没有一点大张旗鼓的轰轰烈烈，却在平和中诉说了一个忧伤美好的故事。没有哭坟、没有殉情，也没化蝶，甚至连哭都只是长久的饮泣而不是歇斯底里。一对苦命的恋人只是默默地承受着仇恨的阻隔和爱的煎熬。冰冷的世界里，他们选择忍受，不做无谓的哭天抢地。行动中体现出的坚持与对抗远比哭喊来得直指人心。

　　他们要爱，而父母不让，于是他们偷着爱，父母发现了还是不让。仇恨光明正大，爱情却要东躲西藏。家长们理所应当地坚持着自己的仇恨，两个人目之所及的范围内充斥着千沟万壑，于是他们去了那个破旧的小旅馆。一对深爱的人在那个简陋的地方完成彼此的第一次，然后他们决定死，像罗密欧与朱丽叶那样殉情。屈然把大把的安眠药吞进嘴里，绝望得要以死来祭奠爱。可侯嘉没有，或许是他残疾的母亲无人照顾，或许是他更相信可以活着相爱，他打掉了屈然手里的水杯……玻璃杯的碎片和屈然吐出的药片散落一地，痛苦的恋人相拥哭泣。爱人，从那个晚上彼此分离。

侯嘉去美国读书了，不知是逃避还是抗议。他们甚至没来得及尝到恋爱中的斗气争吵，就被迫开始天各一方，成为只能穿梭于对方心底的人。他们只是靠频繁的信了解对方的近况。镜头里所能看见的只有屈然了。侯嘉去开始一段没有爱人却崭新的生活，而她还是留在残忍分离的原地，每天看见那些拆散他们的人，独自疗伤。

她从一个快乐的女孩变成了一个不快乐的女人，不恋爱，不相亲，只是每天看一眼美国的天气预报。哥哥结婚了，哥哥的孩子好几岁了，别人的日子都突飞猛进的幸福时，她依然停留在自己的苦涩里。

随意挽起的长发，颜色暗淡的风衣，那个裙裾飞扬的活泼少女，已经在爱的期许中变得倔强又沉默了。没有等到爱人，就已经等到了第一根早生的白发。侯嘉的妈妈递给她一张照片，上边是学业有成的侯嘉和一个笑容灿烂的女子（比较不理解这个细节，直到影片结束，也不明白侯嘉为什么要寄一张这样的照片回来）。她发狂地想打电话问侯嘉，却最终放弃了。强劲的风中，她脚步凌乱，心事一定也被吹得七零八落了。她不再写信给他，却还是坚持看美国的天气。爱和等待已经成了一种习惯。她一直站在被强行分离的地方，等待爱人勇敢的转身。她活着就是为了守着微茫的希望。在误以为爱人或许已变心的时候，她依然没有能力转移自己的爱，只能一如往昔的守望属于她自己的地老天荒。

为了侯嘉，她低下高昂的头，抱歉地问："如果我的爸妈做了对不起你们家的事，我能代他们向你道歉么？"为了侯嘉，也为了知道仇恨的真相，她固执地不肯与父亲同桌吃饭。她已经几乎与家庭决裂，她不由自主的变得痛苦又乖张。别人的团聚中，她只能形单影只地看自己年华老去。她爱得多么疲惫而艰辛！这种爱，简直成了对两家仇恨的偿还。她又怎么能突然不爱呢，那是一棵种在她心里的树，树被拔掉了，她的心也就碎了。

终于，侯嘉还是回来了。屈然的父亲也因对女儿的歉疚而抑郁成疾，临死前他向侯嘉的母亲解释了事情的真相。两家原本不共戴天的仇恨因为又一次死亡而烟消云散。

熬到仇恨消失，爱才能低眉顺眼地登场。缘分，兜兜转转了多年，才终于尽职尽责地回到他们身边。多年以后，他们可以投进十八岁就已经找到的爱情归宿了，孤独了多年的他们破镜重圆了。可即使镜子不是他俩打破的，即使多年来他俩一直紧紧攥着各自手里残缺的半块，时间却已默默送走了他们与爱情最般配的年华。相爱已经这么久，相处的日子才刚刚开始。最美好的时光已在等待中流逝。曾经那么活泼的屈然，脸上留下了抹不去的幽怨。侯嘉可以用全部的爱补偿她，却永远找不回那段自行车上一起吃冰棍的时光，永远不知道她何时长出了第一根白发。

经历了岁月的变迁和时空的间隔，他们终于可以有情人终成眷属地拍一张结婚照了。曾经只能在意念中亲吻抚摩的两个人，终于近在咫尺地出现在彼此旁边。他们穿着结婚礼服站在那晚了十几年的照相机前。屈然大大的眼睛中涌满了透明的泪水，嘴角却努力地想呈现出一丝笑容。眼睛与嘴的矛盾把这十几年的期许和苦涩触目惊心地摊了出来。我在这个长镜头中开始佩服赵薇表演的实力。银幕上时空交错，十八岁的青春飞扬与三十岁的历尽沧桑。沉闷揪心的音乐中闪烁着他们过去的两小无猜和现在的苦尽甘来。当年的游乐场，少年不识愁滋味的他们，正在高空飞旋的游戏中奋力地抓彼此的手，光洁的面庞上是不知前路艰辛的眼睛和肆无忌惮咧开的嘴角，那曾经稚嫩的毛茸茸的爱随着镜头涌上我心头。两只曾经在高空紧握的手落到地面就必然要撒开，而这一撒，就撒了十几年。分离的岁月过后，能聚拢的不过是看尽了沧桑的眼睛和不再彻底的笑容。

多么艰辛执著的爱，又是多么剽悍滑稽的仇恨。因为他父亲的死不能相爱，又因为她父亲的死可以结合。禁止和解禁来自两场死亡，他们的爱在这中间被折磨得早已满目疮痍。一份爱上背负着一份仇恨，两个无辜的少年，不得不被迫承担。

忽然发现，爱是多么孤独的事情，最多只能容纳两个人。一旦出现了第三个、第四个，麻烦也就随之而来，哪怕是父母、朋友，也时常成为故意不故意的破坏者。而仇恨不同，仇恨比爱更能包容，它可以接纳所有想仇恨的人，两个家庭、两代人，甚至两个国家。只要你愿意信奉它，便可以尽情地仇恨一生，永不反悔。

你认识冉妮娅吗？

我一直觉得一出好戏或者好电影，是需要精心设计的。精妙的东西，会让观众觉得看着值。场面要设计得直接又富于冲突，而要表现的主题最好隐藏在场面当中，欲说还休，别浅得非让主人公说出来，也别深得让观众想不出来。

《这里的黎明静悄悄》给我的印象就很精妙，无论是话剧、电影还是小说。主人公都英勇地死在了战场上，而傻子都能看出来传达的主题却是反战的。如果把五个女战士换成男的，或许就变成了一个赞扬英雄主义的平庸之作。而因为这五个女人与战争的矛盾，整个作品一下子圣洁起来，战争对美的摧折也更加让我们撕心裂肺。五个饮弹而亡的姑娘，纯洁浪漫，像落地的雪花，没来得及融化就被敌人残忍地碾碎。最最让人难过的是，这五个姑娘中，有一个是冉妮娅。

上小学的时候，和爸爸妈妈一起看的这电影。儿童的心里，总是没有明晰的善恶好坏，只是对美有种本真的喜爱，所以只有冉妮娅给我留下了印象。这个在怒放中凋零的漂亮姑娘，像卡通片里的人物，有一种通透的、无法掩饰的真性情。在年幼的我眼里，其他四个女战士的死虽然也令人悲伤，却不像冉妮娅那样让人心疼。有些愚蠢的丽扎，胆小又爱撒谎的嘉丽娅，这些姑娘的死似乎更像是把作品推向高潮，让观众为了冉妮娅的牺牲而更加难过。

大一的时候，看了国家话剧院的话剧。从此对冉妮娅有了更深的喜欢。

冉妮娅是凯丽演的，起初我很怀疑这个中国人心中永远的刘慧芳能否胜任热情奔放甚至有些玩世不恭的冉妮娅。我一直不喜欢刘慧芳这样好过了头的角色，这样的贤妻良母仿佛生下来就是为了做别人的妻子、母亲，从来就没有过自我。你怎么欺负凌辱她，她都对你微笑，时刻准备着以德报怨，平静地等待你再一次伤害她。这种有些自虐的好女人，不介意把别人的幸福建立在自己的痛苦上。看了演出，我开始佩服演员塑造角色的能力，逆来顺受被动承受的好人刘慧芳真的变成了奋勇生活主动热情的战士冉妮娅。凯丽赋予冉妮娅的张力，虽不是登峰造极，但至少也算是妥帖到位的。而任何一个普通的女人，想演活冉妮娅都绝不是件容易的事情。这个经历悲惨、个性独特的姑娘有着太复杂的色彩。她不是一个普通的十九岁女孩。她张扬的外表下有一颗屡受创伤却依然勇敢的内心，她恣意的生存方式背后是战争带给她深重的苦难。她的光彩已渗透了她每一寸肌肤，她的快乐来自沉淀下的忧伤。知道无可依赖，所以她无奈地坚强。这个在死亡边缘依然能放声歌唱的姑娘，仿佛对死有种先知先觉的淡定，所以她毫不节制地透支青春、挥霍爱情，脸上带着不遗余力的笑容。

美好的事物多半是脆弱的，比如花期短暂的白玫瑰；坚韧的东西则多半丑陋，比如顽强不屈的仙人掌。而这世上，偶尔也有美好又坚韧的生命——冉妮娅。一切了然于心，外表是始终如一的豪迈奔放。我始终觉得夏娃应该也是这样。

战争之前，冉妮娅会骑马、打靶，还在舞会上大跳吉卜赛舞，和那些好酒贪杯的尉官们调情。那些中尉们不是送来一个个水桶那么大的花束，就是在窗户底下唱小夜曲，再不就是一札又一札的情诗。然而战争夺走了她的亲人，改变了她的生活，她的世界开始举目无亲。她只身穿过封锁线，来到军队里。她爱上有妻室的军官。因为她的爱太执著热烈，组织为了隔离她和那军官，把她调到这支队伍。

这样一个被战争毁掉一切的女孩，依旧没有丢掉自己的泼辣和生动，活得如此舒展和勇敢，本身就是一个悲凉的童话。她的行军背囊里总是装着丝绸的衬衫，扔下什么她也不舍得扔下它们。这种小女孩般可爱的恋物癖，像一朵悬崖上的野花，脆弱地摇曳着她最后的浪漫。最后的战斗中，这个没有什么战斗经验的姑娘，镇静自若。她死得最为惨烈、最为大义凛然。为了掩护战友，她没有怯懦，没有躲藏。面对着侵略者，她以藐视的目光打完了自己最后一发子弹。她不堪一击的肉体就那样无力地倒下，但她强悍的精神将始终与残害她的暴力对峙，直到对方投降。像她的生如盛放的一场花期一样，她的死也壮丽得像一道焰火。

前阵子，一个学校的表演系把《这里的黎明静悄悄》作为期末汇报演的剧本。初听起来，小小的惊喜了一下。那个一贯喜欢搞笑逗趣的表演班竟然也一下子崇高起来。公演那天，我便早早去了，坐在一切尚未开始的舞台下等待那些活在白桦林深处的姑娘。

两个小时之后，我开始愤恨。我不知道是怎样一种力量让我在这样的话剧面前竟然有宣战的欲望。我很想扑上台去掐住那个扮演冉妮娅的小太妹，让她不要再继续不知深浅地玷污下去。她如果一定要做演员，可以去演《古惑仔》或者别的什么，但无论如何，她不该打冉妮娅的主意。她夸大了冉妮娅表面的放荡多情，却无视内心的崇高坚忍，摆出一副"卖艺又卖身"的架势。那种毫无理由的过分潇洒更像来自一个没有信仰的人，让这个生动美丽的角色竟带上了流氓的气息。左摇右摆的肢体，遮住右眼的头发，沙哑的嗓子，时不时吹响的口哨，从头到脚都在卖弄风骚，那种轻薄暧昧，更像在塑造一个看破红尘的风流寡妇。

我坐在观众席中难过地哭了，几滴眼泪缓缓流下来，我觉得好像有人伤害我亲人一样的愤怒和难过。这么多年来，冉妮娅成了一朵开在我心中的花，我时常在独自一人的时候体味她的艳丽和芬芳。对我来说，她不是当年战场上一具布满枪眼的骸骨，也不是墓园里供人凭吊尊敬的墓碑，她是活生生的、富有生命力的，我灵魂深处的姐妹。

生之疼痛

在网上看到李恩珠自杀的消息，陌生的名字，只觉得是个无法面对生活的韩国小演员，并没有注意。浏览了一大圈谁发新唱片谁要结婚谁要离婚谁走光的八卦消息后，才又意犹未尽地点击了这个关于明星自杀的消息。网页打开，赫然一张她的照片。我目瞪口呆。原来，她就是李恩珠。照片里明亮又深邃的瞳仁，如今已因死亡而消散了。

只看过她两部电影，《向左走，向右爱》和《太极旗飘扬》，至于那据说是导致了她死亡的《红字》，连听说都没有听说过。一直没注意过她的名字，只是对作品里的人有强烈的好感。

看《太极旗飘扬》是2004年的末尾，韩国电影展后，对整个韩国的电影都充满了兴趣。朋友苹果说想看，我疯狂点头表示同意，于是买了碟片，在冬天的中午一起看。可能是不喜欢太沉重的东西，整个过程中，我一会儿打开一袋薯片，一会儿闭目养神，对这部评价很高的电影显示出拒绝的态度。偶然发现里边有李恩珠，戏份不多，却从里往外地散发着韩国传统妇女的贤惠坚韧。一下子想起，这个恬淡优雅的少妇就是《向左走，向右爱》里天真烂漫的少女。

《向左走，向右爱》是几年前朋友林子推荐的。彼时，林子刚和一个韩国男人结束热恋，韩国人回国，林子还在中国。《向左走，向右爱》的碟片，是韩国男人留给她为数不多的感情信物。分手时，林子依然是爱韩国男人的，所以对信物怀着睹物思人的病态感情。若不是因为碟片太好看，带点炫耀意味地和大家分享，林子决不会舍得让它多进一次DVD机的机仓。隆重介绍着影片的时候，林子说，电影里有句话："恋爱很痛苦，但我想要继续痛苦下去。"是那韩国男人对她说过的。我们对韩国男人说过什么并无兴趣，只是急切地想知道那片子讲的是什么。于是，扒拉开沉浸在爱情回忆中的林子，雷厉风行地按下PLAY键。

故事一如DVD的封套，一个男孩的外衣，为两个女孩挡雨。典型的韩国电影，轻轻柔柔的温暖，密密麻麻的思念，层层叠叠的哀伤和隐隐约约的希望。导演精雕细琢的一段朴实动人的爱，交织着青春、爱情、友情、死亡，似曾相识的俗套桥段，却因为清纯的表达深深打动着我。特别是两个女孩交换名字的那一幕，我看到了郁金香与百合的情谊。

我一直觉得，韩国爱情片的特点就是不放过任何一个观众，甭管你多不相信爱情，都得跟着主人公的爱情恍恍惚惚地纯情缠绵一下。对这电影久久难忘的原因，不是娴静温柔的孙艺珍，而是俏丽洒脱的李恩珠。一个从小和绝症纠缠在一起的角色，梳着活泼的短发，有着灿烂的性格。这个被白血病侵蚀的生命，并不苍白，而且散发着鲜活洒脱的馥郁，一如一现的昙花，因生之短暂而突显出超脱的美艳。残酷的结局摆在面前，所以她洒脱地享受仓促的过程，像一只蜷缩的刺猬，用生长在自己身体的刺撑满生命的空间，是认命也是抗争。

一直武断又肤浅地觉得，李恩珠该也是那样一个开朗率真的人吧，那么淋漓尽致地塑造出调皮活泼的少女，应该不会是沉郁内敛的。如今，她自杀了，我才从结果推导原因地觉得，自己的想法简单又荒唐。

很多人猜测她离开的真正原因，为情所困、裸戏的压力，抑或是抑郁症，说来说去无非是围绕着三种猜测。没有人知道她是否在恋爱，接受采访时她说愿意为艺术突破尺度，而抑郁症似乎也没有医院的证明。到底为什么死，就如此成了一个谜。无论为何，都验证了那句很庸常的话：人的忍耐是有限度的。这难解的死亡，必然是关联着压抑太久的忍耐。

这个演戏传神自如的女人，很少向外界透露自己真实的想法。去年岁末的韩国电影展，她来到中国，却是唯一不接受采访的艺人。那份看似高傲的神秘，其实不过是保护着自己而已，深究起来，都已经带着可怜的意味。演员不过是职业，虽然风光热闹，却要忍受着私生活遭受侵蚀，家事被肆意议论的无奈。无论是银幕上还是银幕下，一旦是演员，就总会被关注的主角。这适合那些表现欲强，不被关注就难受的人。很多不甘寂寞的老女人，在成为明日黄花之后，还不遗余力地自曝一些别人早已淡忘的陈年往事。如此看来，李恩珠怕是入错了行，即使她是个演戏的天才，却或许并不适合做个当红的艺人。

回望她演绎的那些角色，大多因各种原因而死去，总是用凄艳的死来反衬忧伤的生。不知这些死亡是否在她身上留下了太多痕迹，因着太多的积累而堆积出一个必然。她那短暂的生，似乎只是为了附着在那些死去的角色上，痴缠过后，不分彼此地一起从容赴死。没人知道真正的理由，留下的遗书也只是模糊的只言片语。有板有眼地演了所有的戏，背了所有的台词，自己的遗书终于可以任性地潦草随意一回了。死意已决，何苦还非要给活人的世界一个清楚的交代。活的时候，总被好奇的目光吞噬，死就执意地扑朔迷离一回吧。

想起张国荣，想起费雯·丽，也是在戏剧的天空里美丽而执著，也是在日子的土地上忧伤而失望。想起川端康成，想起海子，也是在艺术的天堂里自如驰骋，也是在生活的炼狱里举步维艰。还有三毛，还有梵高，这些目光纯净而犀利的人，过早地洞穿了生活的破绽，厌倦了人间那些味道过于浓重的烟霭。这些轻松制造艺术的人，在岁月的冰冷怀抱里，或死或疯。不是用肉体做了精神的祭品，就是精神逃离肉体不知所终。艺术的光环遮蔽不了生活的伤口，痛苦的他们只能用花圈的花团锦簇淡化活着的残酷与忍受。原来每一年都是流年。

曾经一度，我是很想少年成名的。相信张爱玲那句"出名要趁早"。如今，看到了李恩珠的死，我竟庆幸自己有如此平凡的人生。这个只比我大两岁的女孩，已经尝到了成功背后的苦涩与重压，而我依然因为不想起床而拒绝工作，每天盘算着不劳而获。或许，不长进不容易抵达成功，但是更容易触摸到平凡的快乐。

其实我在写的这东西，可能是与李恩珠无关的，我只是在慨叹有那么一种死。

据说，她死的时候，是先割腕，后悬梁。我想她可能是害怕割腕的疼痛，像每一个年轻的姑娘一样，她怕疼。眼泪、疼痛、挣扎或许也阻止过她告别的脚步，但是，死意终究还是被坚定了。即使害怕割腕的疼，也依然要死。看来，于她，生之疼痛，远远大于死之疼痛。

亲爱的，你要来中国

三月份，有法国电影回顾展，会演许多法国电影，三十元的票价。想去看，但总是嫌路途遥远，价钱也贵了一点。决定只去看一场，三月三十号，最贵的一场。抓起电话订票，听筒里冷漠机械的声音回答我，三十号的票，已经没了。

放下电话，气极。一定是爱他的人实在太多。

三月三十号，这一场六十块钱，只一个电影，《波拉X》。贵却又爆满，只有一个理由，卡拉克斯将会出现。电影过后，是他与观众的见面。六十块钱，是盗版影碟价钱的十倍，演的还是我并不喜欢的《波拉X》。执意想去看，只想亲眼看一下卡拉克斯的样子。

朋友说我花痴，总是自作多情地喜欢把许多根本不认识我的男人叫做"亲爱的"，比如尼古拉斯·凯奇，比如文森特·卡索，尤其是卡拉克斯。我容易被来自异域的英俊男人打动，总是乐于把漂亮男演员称做"亲爱的"。有点望梅止渴，也有点自欺欺人，像在无人喝彩的舞台上自娱自乐，好像我这么一叫，这些人就真的在我身边一样。但一般这种喜欢仅限于外表，我素来对长相不够好的所谓性格演员兴趣寡淡，例外情况只有一个——卡拉克斯。这个外表不够出众的导演，不仅不帅，还不是演员，硬是凭着一部电影被我加入到"亲爱的"行列中了，这么说来，倒有几分破格录取的意思。我承认我是够厚脸皮的，好像这些明星都争先恐后地做我"亲爱的"一样。

不管卡拉克斯同不同意，他就是我亲爱的。我偏要如此蛮横。他要是实在不同意，可以来找我理论。

看《新桥恋人》的感觉，如同经历一场未遂的死亡，回到人世后，看一切的眼光都有了微妙的变化。那是个争论不休褒贬不一的电影，而在我眼里却神话成了一根让我热血沸腾的魔棒。我觉得那是我看过的第一部电影，那之前关于电影的记忆都被它的光芒融化掉，自动消失。我开始丢掉曾经喜欢过的东西，并且很极端地称那些为垃圾，好像第一次吃米的人，再也不愿意吃糠。卡拉克斯把我的胃口弄得很刁钻，味道不独特不刺激的东西已经不能满足我挑剔的味蕾。

流浪汉与富家女的爱情，在伤害与自伤中放肆地爱着。没有房子、没有华服，一无所有中边爱边挑衅着世界。那是冬日里一场盛大的春风，那是封闭里一次任性的舒展。

不喜欢那个太温暖的结局，背离了开始，但那种极端的摄人心魄的浪漫，带给我太多的狂喜。那巴黎狂欢夜的焰火，影响了一堆人的爱情理想。我周围忽然多了很多把在焰火背景下划水当作毕生追求的姑娘。这幼稚的摹仿是挺可笑，可面对那绽放在天空中的花朵和飞溅在水里的细浪，哪个姑娘能无动于衷呢!

那时候我觉得,一辈子能拍出《新桥恋人》这样的电影,就可以退休了。超越对于早慧的天才有时是个难题,轻松点的选择是自在地躺在家里,回想起曾经的作品,没事偷着乐一回。然后的多年,卡拉克斯的确没有作品。以为他就此销声匿迹,却最终还是看到了《波拉X》。说实话,我对《波拉X》的所谓救赎不能理解,但依然钟情于卡拉克斯。只是眼光稍微放低了些,不像从前那样把头抬得很高很高的仰视。

我习惯了朱丽叶·比诺什和德尼·拉旺的组合,不论《新桥恋人》《坏血》,还是《男孩遇到女孩》,这样的两张脸出现在卡拉克斯的电影里,已经成了一种天经地义。不明朗的讲述,极简单的爱情,两张漫不经心的面孔,奔跑在卡拉克斯铺就的沙石满地的迷途上。然后,血从脚底溢出来,有最鲜红的色彩,比任何火都炽热,比任何冰都寒冷,温暖又凄凉。

多么动人,神圣的绝望从天而降。

二十多年,四部电影,出来看一看外边的天气就又蛰伏到家里歇息。少年成名,作品稀少。隔几年哼唱一部冰凉的诗,仿佛信手拈来,又仿佛处心积虑。那些电影总是一根筋的,每个人都抓着一棵救命或者索命的稻草,疾速奔跑在吉凶未卜的路上,沉默,而且不回头。然后他们会突然爱上,让爱情毫无铺垫地爆炸,在惨淡中躁动。很难忘那些奔跑的场景,充满节奏地前行。双脚并未离地,灵魂早已飞翔。两条灵活的腿，证明躯体没有完全腐败。太阳下，暗夜里，卡拉克斯让演员奔跑在电影的跑道上。不知道为何落到这部分田地，也不知道前途还有多少阻挡奔跑的泥潭，跌跌撞撞，眼神游离，有饮鸩止渴的洒脱和悲壮。

我太喜欢那些奔跑了。懒惰的我，看到来自生命深处的可怕力量。那冷漠轻快的姿势可以打开心灵的缺口，释放压抑已久的歌唱。

或许是没有了奔跑吧，我不喜欢《波拉X》。

癫狂得有点失控的《波拉X》已经离他的过去有太远的距离。凯瑟琳·德纳芙的优雅得体和适可而止与卡拉克斯不相配，卡拉克斯更适合不休止的疯狂。来自光天化日的女演员，和来自夜色混沌的导演，合作出一个不伦不类的东西，这不出乎意料。

然后，卡拉克斯再次将自己隐藏。不知下一次出现是何时，不知有没有久违了的奔跑？

感觉中，他应该有雪一样清澈寒冷的眼睛，还有消瘦的身材。这是与那些电影相匹配的符号。见过几张照片，还真符合我的想象。一头乱发，像他凌乱的剪辑风格；个子矮小，似乎像懒得多拍片一样懒得生长，神情有一点点像拉旺。

一直想亲眼看看他的长相，可是票已经售空，没有了机会。下次吧，下次亲爱的再来中国吧。

戴珍珠耳环的少女

　　我曾经把妈妈的珍珠项链戴在自己脖子上，我毫不怀疑我的脖子比妈妈的更光滑更漂亮。可当珍珠项链依附在脖子上的瞬间，我看到一种拿刀叉吃中国菜的不搭调。珍珠下边，我的脖子显得滑稽、苍白。忽然明白，珍珠并不适合没有心事的少女。那是来自蚌的饰物，丑陋宽大的外衣里边才是夺目的它。它有不同于一般饰物的独特出身，所以也挑选那些佩戴它的人，有时锦上添花，有时雪上加霜。那种圆润高贵的白，厚实却不剔透，是经得起磨砺的光滑。少女的单薄脆弱不称它，与它更相配的是看尽一切依然坚强纯洁的女人，仿佛与珍珠灵魂相通，也将光华掩藏在坚硬的外表下，看不出疼还是不疼。

　　电影里的女孩与那珍珠耳环是相配的，虽然她那么年轻。那本不属于她的耳环，在她的耳垂散发出了清冷的光泽，像天鹅遇到了最幽静的湖水。外表沉静内心汹涌的少女，凝固泪滴般的珍珠耳环，彼此相融成神秘的永恒。女孩是斯嘉丽·约翰逊演的，她瘦削的脸和鲜艳丰满的唇，蕴涵着寂寞和反叛。以前看《马语者》的时候，她还只是个圆鼻头的孩子。如今，她已成功幻化成十七世纪的忍耐与执著了。

这是个美妙的电影。布景、音乐，甚至一个小小的物件，都透露着奢侈静谧的情调，桌布、银器、烛台，甚至作为交通工具的船都带着那个时代的精致和繁琐。那简直是一种即使行将就木也依然迷人的繁华。每一个场景都带着清冷或炽烈的色彩，仿佛把许多油画串联起来，再放出来，是奢侈的目不暇接。

这还是个沉静内敛的电影，台词稀少，故事简单，所有的纠葛都通过画面、动作来呈现。男女主人公都沉默着节省自己的语言，在寂静中诠释情感。人物的激情和愿望被隐匿在淡然的表情和情节下，直到最后也好像什么都没发生，除了那幅画。一对能彼此点染的男女，不过是合作画了一幅画。她做模特，他来画。这竟然就是他们所做的极限。然后一切结束，她回到她贫穷的家，他继续扮演自己妻子的丈夫。

她是葛丽叶，他是维梅尔。

仿佛彼此较劲般，谁都不越雷池一步，又仿佛是达成了某种默契，在每一个该表达的时候沉默。葛丽叶只是把所有的爱都融入到了为他调色的过程中，她专心地调着，享受地调着，满意地看自己手上斑斓的色彩，好像那是她画上去的，好像如此他们就有了某种亲密的联系。维梅尔也只是在角落里用眼睛默默追随着她，贪婪的眼睛和退缩的心，偶然的语言，也从不关乎感情，只是有关画。仅此而已，从头到尾的仅此而已，明明是一发不可收拾，却偏要不遗余力地收拾，而最终竟真的收住了。葛丽叶依然是出身贫贱的女仆，维梅尔还是不得志的画家。

这样的两个人，缺乏沟通，但并不缺乏理解。惊心动魄的是沉默中的理解。那是一种无须言传就轻松意会的感觉，一根手指的移动，都能看出对方内心的翻涌。

没有行动，并不意味着身体的放松，它反而需要时刻紧绷时刻压抑行动的欲望；太多意会，超过了内心的负荷，总是要在越发的默契中感受出更多的情绪。

于是，身心俱疲。

疲惫的并不仅仅他们两个。还有那些被称做配角，却起着重要作用的人。维梅尔疑神疑鬼歇斯底里的妻，头脑冷静又掌握权力的岳母，乖张险恶与葛丽叶为敌的孩子，这些人都在以自己的存在阻碍着他们的爱。她们要把维梅尔留在这个缺乏生趣的家里，把葛丽叶禁锢在她原来的世界里。他们的相遇，成了她们不喜欢的事情。她们不惜把自己弄得疲惫，也一定要葛丽叶伤悲。在这个长满眼睛和手的家里，葛丽叶不得不小心翼翼，一不留神就会被那些眼睛看透，或者被那些手抓住。她知道自己毫无发言权，所以沉默地穿梭在她们中间，尽一个女仆的本分。华丽的餐桌旁，一家人各怀心事地吃饭，而她表情平静地伺候着，恪守着游戏规则。

但葛丽叶只是内敛，并不忍受，出身卑贱的生命里依然张扬着不可践踏的尊严。当维梅尔的女儿故意用泥巴弄脏她刚洗好的床单时，她毫不犹豫地把一巴掌留在她脸上；当女主人和女儿一起诬赖她偷了梳子时，她坚定地看着维梅尔说

"帮帮我"，她认定维梅尔是相信她的；当女主人看到维梅尔给她画的画时，哭叫着让她滚出这个家，她也并没有像许多故事中的人那样掩面狂奔着出去，她只是表情复杂地走出去，因为没有过错而不肯低头。这大概可以算做勇敢吧。可爱情中，一个人勇敢总是不够的。维梅尔终究不会离开那个让他灵感枯竭的家，在一个懂他的女人对面，他依然无法摆脱自己的谨慎和压抑。葛丽叶离开的时候，他只是表情痛苦地站在画室里，没有勇气推开门再看她一眼。我甚至怀疑这个怯懦的男人是不是带有些解脱的心情。

葛丽叶回家了，结束了她其实并未开始过的爱。维梅尔的管家送来那副她戴过的珍珠耳环，画里的东西归了她。

一段爱，以这样一份信物为标志彻底结束。女孩和耳环，两个作画的道具终究凑到了一起。维梅尔对她的感情，大概就像他对这耳环一样，因为能激发他创作的灵感，能成为作画的道具，所以他爱惜。而最终，画已完成，道具便不再有意义。这个任凭他处置对他言听计从的葛丽叶，可以回到她原来的地方了。女人爱上软弱的男人，总是这样不值得的结局。

葛丽叶是多么唯命是从，她回答维梅尔的时候常常是羞涩又缺乏自我的。维梅尔指着天空，问她云彩的颜色。开始她说是白色，然后又说不是，是黄、灰、蓝，是好多颜色。那时，她大概就爱上他，或许仅仅因为他让她发现了云彩的颜色。然后她开始疯狂地为他做事，打扫、调颜色，这些无趣的劳动都因为他而具有了意义，在画室里，做着这些会觉得自己是这里的女主人。但内心深处她也明白自己无法侵入他的生活，于是她和屠夫的儿子谈恋爱，这种门当户对的情感没有飞翔的快感却有行走的踏实，没有吸引力却有安全感。作画的时候，维梅尔让她微微张开她丰满的嘴，再一次次把它舔湿。她羞怯又听话地做着，一次次把下嘴唇含进嘴里，湿润着，眼神里带着甘愿的成全。然后她急切地去寻找屠夫的儿子，去释放自己在维梅尔那儿险些克制不住的爱欲。她用力地搂住屠夫的儿子，亲他，拥抱他，动作粗鲁而焦急，一反在维梅尔面前的含蓄，好像用生命在爱着屠夫的儿子。而实际上，那只是一种转移了目标的释放，对维梅尔收缩了的欲望在屠夫儿子这里铺展开，淤积拥堵了太久的情感像休眠火山的忽然爆发，带着积蓄的力量。用一个自己不爱的躯体满足难以平复的欲望，或者是一种自私的宣泄，或者只是为了告诫自己回到现实，不要痴心妄想。好像彻夜工作的人们用凉水来洗脸，或者受了委屈的孩子疯狂击打自己的娃娃，屠夫的儿子在葛丽叶心里不过是一捧让她清醒的凉水或者让她发泄的娃娃而已。亲热过后，她依然会义无反顾地回到维梅尔身边做沉默的仆人。

葛丽叶是贫穷的，没有耳环，也没有用来戴耳环的耳洞。维梅尔是敏感的，他知道一枚珍珠耳环能契合葛丽叶的气质，所以他要她穿耳环。葛丽叶顺从地把烧热的针递到维梅尔手里。他扎进她的耳垂，两人的表情平静淡然，耳朵刹那的疼痛不被葛丽叶重视，也不被维梅尔心疼。那一扎，竟成了他们最亲密的接触，一切就这样波澜不惊，最终好像什么也没发生，唯一的证据是葛丽叶的耳朵从此留下两个缺口。

　　一幅画，就这样诞生。沉黑的背景中是回眸少女的孤影。谜一样的眼神中，带着迷茫、审视、忧伤和许多不知名的情绪；鲜艳饱满的唇，徘徊在说与不说之间，节制着含在嘴里的语言；耳垂上挂着一枚泪滴形状的珍珠耳环，圆润的耳环下是咄咄逼人的感伤，充溢着胆怯的高贵和甘愿的绝望。

　　《戴珍珠耳环的少女》，十七世纪的一幅名画。看这电影之前，我是不知道的。看了电影，开始揣测这画的后边，是不是会有比电影更悲辛的故事，是不是有一段这样悬浮的爱情。那画中永远转着身的女孩，当时到底是怎样的心情？

耽美，狼与羊

　　我读研一的那年冬天，街边所有的音像店里都传来不约而同的声音："狼爱上羊啊爱得疯狂，谁让他们真爱了一场；狼爱上羊啊并不荒唐，他们说有爱就有方向；狼爱上羊啊爱得风光，他们穿破世俗的城墙；狼爱上羊啊爱得疯狂，他们相互搀扶去远方……"以至于我现在回想起那个冬天，竟想不到什么其他侵略性强制性如此剽悍的符号，只记得自己在狼和羊相爱的街头被逼无奈千万次地听着这个故作深情的俗烂故事。时过境迁，贫乏的想象力又召唤出这首我并不中意的歌曲，因为看了《翡翠森林》。

　　动物版《断背山》、动物版《梁祝》、动物版《笑傲江湖》……如许评价越发模糊了我对《翡翠森林》的判断，一部给小孩看的动画片，竟具备多种狗血元素，生离死别爱恨情仇样样俱全？怎么可能？带着狐疑的心，我竟被感动到泪奔，觉得动物版《断背山》更贴合。抽泣过后又怀疑自己是不是思想太复杂了，怎么生生在动画片里看出了浓厚的耽美意味呢？

　　那是一个风雨交加的夜晚，小羊绵绵和小狼卡普为避雨躲进了同一所房子。黑暗中两个瑟缩的小动物感知着彼此的存在，却并不知晓对方的身份。它们有一搭无一搭地聊着天，谈起居住的绵绵山和咬咬谷，友好而热络，不知不觉萌生了友谊。像活泼的年轻人一样，它们不一会儿便相见恨晚，约好第二天碰面共进午餐，将黑暗中的友谊带入光天化日。

风雨过去，风和日丽。绵绵和卡普带着各自的便当按时出现在了相约的地点，却同时在错愕中发现了对方身份的特殊。绵绵绒毛洁白面庞粉嫩，水灵的大眼睛闪烁着羞涩的光；卡普高大威猛嗓音豪放，粗粝的毛皮隐约着凶悍的气息。如同网友见面，志趣相投却素未谋面，难免遭遇诡异的刺激。虽然发现出入巨大，几乎被雷倒，它们还是满心欢喜地接受了这个惊喜。"我竟和一只狼一起约好去午餐。"绵绵如是说。它扭着圆滚滚的小屁股轻盈地走在卡普前边，因为信任，毫无警惕。那副柔弱乖顺的模样乍看像萝莉，仔细看是正太，立马让我想到了耽美。身后的卡普强忍饥饿跟着小羊，言不由衷地掩饰着内心的挣扎，像个进退两难的怪叔叔。不是我想太多，而是特征的确鲜明。

接下去，两只小动物回避着本质的差异屡屡私会，感情犹如刹车失灵，一日千里。直到纸包不住火，不可能的情感被各自的族群发现。它们被勒令禁止融洽相处，并被委以欺骗对方换取情报的重任，一出狼与羊版《无间道》即将上演。然而，两颗澄净的心迸发出惊人的勇气，它们竟然做出了石破天惊的选择——私奔。携手跃入奔流的瀑布，一只狼和一只羊，我的眼里只有你，心心相印。急流面前，死是极有可能的结局，虽然约定"一定要活着再见"，彼时它们却显然做好了殉情的准备。

而后，历经艰险磨难，它们在饥饿、追杀、雪崩中守望相助，数次试图以自我牺牲换取对方的生命。冰山雪洞里，没有食物，绵绵要求卡普吃掉自己，"你连我的那份一起活下去吧！""我觉得遇见你是种幸福。"狼群追踪而至，卡普为保护绵绵背弃种族只身与狼群搏斗，陷入雪崩之中……那份相濡以沫、那份至死不渝怎么看也不止友谊那么简单。

离散的它们怀着某种隐匿的信念终于历尽艰险抵达了传说中的翡翠森林，再相逢，雪崩中失去记忆的卡普狰狞地盯着绵绵，它变成一只平凡的狼，遗失了忠贞的情谊。忧伤的绵绵像所有苦情戏主角一样，以大段感人至深道白唤起了卡普的记忆，一句"我……一直在等你呀"让屏幕内外全部热泪盈眶浮想联翩，我情不自禁同情起那对苦命的动物同性恋人。苦尽甘来，终于实现了翡翠森林并肩望月的约定。"我要永远与绵绵一起看月亮。"一对相互依偎荡漾着暧昧气息的登对背影，为这出狼与羊的耽美故事画上了温暖的句号。

长相厮守也未必永远欢愉，只是有了这样的过往，生命定会现出一种难得的唯美和高级。简直有几分波澜壮阔，我在一部狼和羊的卡通电影里，看到了最宝贵的人性，感受到了同性之爱的坚守和勇气，虽然也有极少数人认为，那仅仅是友谊。

想到的爱，想不到的坚强

　　我第一次看《天使爱美丽》是在大学的宿舍里，盗版的VCD，看得我们宿舍六个女孩集体走火入魔。第二次，是和妈妈看DVD，她总是急迫地问我一些看不懂的细节，弄得我有点厌烦。第三次是央视的电影频道放的，删减了一些，但还是想看。喜欢这电影，童话和现实交织在一起，有炫目的光彩。喜欢上了奥黛丽·多杜，这个和赫本有一样名字的女孩，闪动着率性的灵气，她那双古灵精怪的黑眼睛像两粒叫不出名字的果子，透着不好形容的光泽。

　　当我知道《漫长婚约》的时候，恨不得在一秒钟之内看到它。因为这是《天使爱美丽》的原班人马的再次合作，我喜欢和那部电影有关系的所有人，一部电影足以证明他们的才华，他们有创造神奇的能力。

　　海报上奥黛丽·多杜的背影单薄、执拗，让我预感到这不像《天使爱美丽》一样欢快。从名字上看，就知道这是一个关于爱情的故事，爱情的等待与忧伤。

　　电影开始在一场雨中，五个为了离开战场而自残的士兵被判处死刑，他们走在通往死亡的路上。压抑沉闷的画面似乎预示着故事的沉重。一直看下去，和女主人公一起体味着悲欣交集。

战争中的爱情，是作家和电影人不介意重复的主题。《魂断蓝桥》《永别了，武器》《珍珠港》，这些电影、小说一直乐于纠缠这个主题。

战争对爱情的践踏血淋淋地展现在人们面前。连国家都能被消灭，人性都能摧毁，何况是弱质纤纤的爱情。战争面前，爱情简直脆弱得像一块火炉中就要融化的冰。

玛蒂尔的未婚夫马奈被征兵入伍参加了一战，他就是电影开场时被判死刑的士兵之一。然后的事情混乱而没有头绪，所能预感的就是他已经死了。而玛蒂尔不信，她坚定地认为他还活着。整个电影就是她找寻马奈的过程。这个跛腿的姑娘，坚定而坚强地寻找、等待着真相。好多时候，坐在屏幕前的我已经绝望，可玛蒂尔依旧相信她的未婚夫还活着。寻找的过程中，迷雾重重，出现了许多帮助或者干扰她的人，而玛蒂尔从不曾动摇过，她的信念像太阳从东方升起一样永不改变。她看起来甚至有些一意孤行，多少应该号啕的瞬间她都百炼成钢般地方寸不乱。我随着这个执著的姑娘心潮起伏，在她层层剥茧的寻找中逐渐看清事实的真相，看见战争的巨大杀伤力。最后，当我以为她的爱情可能要支离破碎的时候，终于峰回路转——马奈真的还活着。他九死一生，遗失了战争带给他的残酷记忆。阳光温暖的花园中，跛

212

腿的玛蒂尔快步走向她深爱的马奈……一个光明的尾巴，深情的姑娘终于找到她的爱人，而他的爱人也剔除了被战争打下的烙印，重新出现在了她的面前。

痛苦的电影终于有了温情的结局，可是这依然不会冲淡我心里的悲凉。这是何等坚强的一个玛蒂尔，当每一个当事人都以确定的口吻告诉她马奈死了的时候，她是怎样的心情？而当她决定不放弃寻找时又是怎样矢志不渝的信念支持着她？

电影里有很多血腥残酷的画面，但是最震撼我的还是这种在噩梦中微笑的爱情。很难忘的一个细节是，马奈离家上前线的时候，玛蒂尔对自己说："如果我追上了那辆车，马奈就会活着回来。"然后她快速地奔跑，拖着残疾的腿穿过乡间的小路，表情坚定得叫人想哭。小路的出口，玛蒂尔喘息着期待马奈坐的汽车，但是车来了，却不是那辆……我想起很多这样的事情，我常常对自己说，如果我涂上红色的指甲油，考试就会有好成绩；如果天空中云彩很少，他晚上就会给我打电话；如果明天花开了，我和朋友就会不再争吵。事实是，即使我手上没涂指甲油，天空云彩很多，花依然没开，我还是不会放弃心里的希望。会说这些话是想在自己不能完全控制事态发展的时候，得到一个好的心理暗示，而即使没得到，还是会死心塌地地等待、努力。这些时候人是多么的可怜又可爱。

一个女孩爱一个男孩。他有干净的笑容；他背她上高高的灯塔，在上边刻下MMM（马奈爱玛蒂尔，玛蒂尔爱马奈）；他们隔着窗子接吻，穿越玻璃感受彼此嘴唇的温度；他擅长风花雪月，喜欢眼角眉梢。然后他走进一场战争，说要在战争结束后与她结婚。他是笑着走的，他不知道战争意味着什么，他不懂得这个简单的词包含着血肉之躯难以预料的残酷和决绝。他挥手告别的姿势很可能成为他在她生命里最后一个动作。然后他在错愕和震惊中开始逐渐认识战争。他的生命属于如诗如画的乡村，而不是残酷暴虐的战场。他其实还是个没长大的孩子，他习惯了柔软美好，还不适应坚硬强横，可战争不管这一套，他必须连滚带爬地活在血肉横飞的疯狂杀戮中。他脆弱、恐惧，想靠自残来逃逸，而他幼稚的狡猾在战争面前是多么不堪一击。断掉的手指更加速了他的死亡，没有被敌人打死，却被自己的军事法庭宣判了死刑。他不是一个英雄，他的确贪生怕死，甚至他的怯懦和畏缩都不像一个真正的男子汉。他没有以身殉国的胆量和兴趣，也不具备荣归故里的能力。这可都不妨碍玛蒂尔爱他。她爱的就是这个在战场上独自瑟缩独自承受绝望的少年，即使他不够成熟和勇敢，她还是义无反顾地爱他。

她不想他死，不要他死，坚信他没死，如同在板结的土地面前坚信一场雨的来临。

终于，她还是找到了失忆的他，这个经历了地狱的男孩，重新天真地只认识天堂。

淡妆浓抹不相宜

　　一直对情人节电影怀有偏见，觉得那是些应景而出的片子，多半粗制滥造。当然，这偏见也是从实践中得来的，比如《恋爱中的宝贝》，比如《周渔的火车》，再比如本来有一年情人节要上映，后来一直也不知上没上映的《那时花开》。但每到情人节，我都想凑热闹地看看这些电影，好像过年看春节晚会一样，习惯了那种一边看一边失望的感觉。我很多愤世嫉俗的朋友都不看国产电影，不看春节晚会，而我总抱着一种病态的心理，想亲眼看一看，以证实自己对它们鄙夷的正确。抱怨着看东西，既觉得自己很牛，又觉得自己很窝囊，挺矛盾的。

　　2005年的情人节电影很多，本来一直期待的是《一个陌生女人的来信》，虽然对徐静蕾始终不感冒，但对茨威格还是心怀敬重的。可忽然这电影又推迟了档期，于是看了《美人依旧》。外界的评价是：花团锦簇，冷艳蚀魂。片花也很有特点。再加上王志文和周迅都是我欣赏的演员，看娱乐新闻的时候，还觉得导演胡安的长相也挺让我喜欢的。在众多上映的电影中，毫不犹像地选了它。

2月13号，大批打算过节的情侣还在家蓄势待发精心准备呢，我和妈妈，一起坐在了《美人依旧》的放映厅里。人很少，对号入座。为数不多的几个观众，买票的时候选择的都是中间的座位。空旷的放映厅里，几组观众挤在中间的座位上，那场景鸟瞰下去一定像极了大海中央一座孤零零的小岛。影片还没开始，这几组陌生的观众，大眼瞪小眼。似乎大家都不喜欢这种彼此间太过接近的步阵方法，但谁都不愿意放弃中间的座位，好像率先离开就放弃了自己的原则和立场，比战败还仓皇。妈妈提议坐到旁边去，我坚决不同意。我这人跟熟人总装得与世无争的，一到外边就喜欢和陌生人较劲。于是妈妈无奈地依了我。我们前边是俩女的，后边也是俩女的，左边没人，右边是一对年龄相差悬殊、怀疑是情侣的亲密男女。

电影开始，一双难看的脚穿进鞋里。镜头上摇，发现是周迅的，美女没有好看的脚趾，遗憾。

然后这双难看的脚，带着它的主人走进了一个无趣的故事。大银幕下的我，一直昏昏欲睡到一切结束，所有的期待被逐渐摧毁。终于把片子看完，觉得这是个有点脏的电影。主题、人物、场景、衣服都带着沉郁又繁芜的一种脏。或者说，脏得挺艺术、挺精致。主人公的目光都混沌污浊，衣服的色彩都浓郁腐朽，人物的对白都莫名其妙，每个人做每一件事都出于自私狭隘的目的。不过是一个脏兮兮的故事而已，一个不懂得怜香惜玉的浪荡男人，和两个自作自受的确不值得心疼的女人。之前对它的所有期待都像用过的电影票一样，成了可以扔掉的垃圾。整个电影像是一个精心炮制的谎言，观众看完谎言便失效。不仅故事不伦不类，连媒体吹嘘过的造型布景也差强人意。那种刻意的奢华带着捉襟见肘的窘迫，所谓的纸醉金迷也营造得那么廉价牵强，两个女主角身上都散发着一种愚蠢放肆的妖娆。所谓的爱情不见一点纯洁明澈，却在欲望的驱使下带着半死不活的丑陋和狰狞。整体的感觉是：匠气过足，神韵全无。

王志文在这里成了一个自负又龌龊的家伙，在姐姐妹妹两个女人间摇摆不定。以前在电视剧里的个性光彩完全消失，在这里，他不再风流倜傥，不再个性卓异，他只是一个喜欢收集女人的无耻男人。而最可怕的问题是，我不知道那姐妹俩喜欢他什么！他衰老的造型和没释放出的表演功力完全没有诠释出一个风流浪荡的形象。我在某一瞬间忽然觉得：就凭他，也能成为女人的陷阱?！如果说王志文的角色乏善可陈，那周迅在这里则是让人绝望。多年前这个古灵精怪的女孩，仿佛在这两年迅速衰老了。当年天使般俏皮可爱的小太平竟一下子青春不在了。《射雕英雄传》《海滩》《恋爱中的宝贝》，这两年，她没有让我喜欢的作品。这个曾经让我眼前一亮的小女孩，扮起少女来好像有些吃力了。忽然觉得，她一贯擅长的吝惜语言、表情茫然的方式，并不适合所有的角色。银幕上，她穿着精心设计但我觉得轻浮又廉价的衣服，头上戴着朵突兀的大花，粗重的眼线显得眼白发黄。她叨叨咕咕或者歇斯底里，那种打扮，配上她特有的沙哑嗓音，的确有一种低俗的风尘感。她演的女孩叫小菲，一会儿说自己姓张，一会儿说自己姓李，每一次改变姓氏都是想得到，或者得不到后要报复。那种有点恶毒的神经质，来自一个并不无辜的放纵女人，让人反感。

三个主角中，稍微好一点的是邬君梅。这部戏之前，没看过她其他作品。至少，她的声音有恰到好处的做作和温柔，带着让我耳目一新的女人味，正符合她的角色——三十年代的大家闺秀。一个被情人和妹妹一起玩弄的女人，笑、闹、哭，都勉强带着点出自名门的味道。相比另外两位主角的贫民气质，她的妖艳、魅惑至少让观众觉得她在尽力向风华绝代靠拢。虽然偶尔觉得这么一位云鬓散乱的女子应该不会有太好的家教，但考虑到她的年龄倒也能勉强接受。只是，她的年岁不太适合演这种待嫁闺中的角色了。镜头推进时，她的脸带着中年女人特有的厚实质感，和少女的通透毫不相干。粉底和眉笔的浓妆艳抹下是一张不再光洁的中年面孔，她的平静不像来自识大体的隐忍，更像出自历尽千帆的彻悟。

三个主角的内心世界完全是隐匿的，即使周迅有大段的独白我也搞不清楚她到底在演什么。每个演员都孤零零地麻木不仁失魂落魄着，互相之间没有交流或者交锋，对话时常给人不在同一时空的生硬感觉。所有的对手戏中，熟视无睹和装聋作哑是他们回馈对方的表演方式。那种突出的间离感，让我怀疑他们简直是来自三个世界的人物，彼此全无关系。三个演员全无血肉之躯的感觉，更像是面目怪诞的木偶。故事的进程也放任自流地越发匪夷所思。每一个人物都在内在nothing、外在痕迹过重的感觉中自顾自地喜怒无常。然后，什么都没有了结，电影就一下子被归拢成一张喜庆热闹的照片，如同什么都没发生，混乱的一切被导演强势地结束了。

忍过这电影，除了感受到人物那种坚定的恶心外，没记住什么打动我的细节。一部情人节上映的电影，竟然从头看到尾，找不到一点崇高的东西。主角全都活在自私、冷漠、阴暗的心理中，配角也都势利而虚伪。古怪的女佣、小菲那些喜欢落井下石说长道短的邻居，影片所呈现出的人物，无一例外的阴暗。就算导演一定要表现一些灵魂有统一缺陷的人物，也至少要找个办法打动观众啊！一部打着女人、爱情做旗号的电影，只是费尽心机地营造出一种混乱陈腐的气氛，却没展示出哪怕一丁点儿的美好，连有趣都勉为其难。道德感的缺失，让这个本就老套的故事又降低了一个层次。唯一印象比较深的一处，不是因为打动，是因为怪异。电影的最后，画得人不人鬼不鬼的卢燕莫名其妙地唱了句"美人啊，你是一路的错呀，那英雄他们是错了一路，何必伤感情"，泪流满面的小菲就一下子让人猝不及防地顿悟了。我以为又要横生什么枝节，可电影却在一团乱麻中潇洒地戛然而止了。

我撇撇嘴，愤然地退场，却被一个工作人员拦在了出口。她说情人节期间，电影院有抽奖，每场次一位幸运观众，奖励现金三百。回头看看寥寥可数的几个观众，我产生了一点小发横财的希望。随着那工作人员抽出一个号码一念，我的期待落空，是坐在我后边那个女的。发现不是我，带着更加愤然的小人心理离开了影院。

几天以后，在网上看到一个报道，说《美人依旧》在情人节档期一枝独秀列票房之首，不知是不是大家看了后都像我一样失望。但就算大家都喜欢它，我也坚决不改变自己对它的厌恶。又听到有人拿它和《花样年华》做比较，心中一阵气愤。《花样年华》虽也是如此压抑的色调、如此精致的衣妆，却有着完全不同的风景。高中时，也觉得《花样年华》晦涩，可却从未觉得它低档。很多时候，看不懂也有着清晰的差异，有的是因为迷惑，有的是因为鄙夷。《花样年华》隐忍压抑色调下所表现出的是清澈和高贵，那种无奈的分离背后是灵魂的纠缠、胶合。它从容平缓的结构下是层层拨茧的紧凑情节，越来越微妙的关系背后是让人喟然长叹的故事。张曼玉与梁朝伟充满张力的演绎传达出一种无须多言的默契和悲凉。而《美人依旧》让我看到的是叙事上的苍白、空洞，节奏上的失控、慌张，每一个人都带着自以为是的荒唐。编剧、导演、演员在这个本没必要拍成电影的低劣题材下显出一种貌似自负的手足无措，倒也带着点破罐子破摔的潇洒。乏味无聊的剧本，松垮拖沓的故事，自以为是的导演，生涩卑琐的人物，这一切自动组合成了一个乱七八糟无理取闹的，有架势没内容的拙劣电影。

如果一定要拿它俩比较，我觉得如果《花样年华》是一个外形精美口感脱俗的蛋糕，外形的精致配合着内在的厚实。而《美人依旧》只能算是一堆外形貌似蛋糕、精心染色的黏土，越是雕琢就越突出着本质的差劲。

没有情人的情人节，看了个不是电影的电影。

乘着歌声的翅膀

一张海报，吸引我看了一部电影。

《放牛班的春天》，一群七八岁的男孩和几个年龄各异的男人的合影。整个照片，没有一个女性，却拥有着柔和、温暖的色彩。我猜，这是一部关于童年或者师生关系的电影。看了以后，我的猜测被印证。但还有许多我没有猜到的东西，打动了我。

电影的开始，不得志的音乐爱好者马修带着失望的心情来到一个问题学校。这里边的学生都是很难对付的不良少年。在我的理解里，这个叫做"池塘底部"的学校，跟工读学校应该很类似。

学校里的孩子精力旺盛、行为叛逆，老师则表情严肃、行事古怪。看起来，这些教育问题少年的老师，是一些问题更大的人。他们粗暴、麻木、刻板，似乎就是喜欢和鲜活的生命作对。学生的顽劣和老师的镇压成了学校的主旋律，似乎这便是顺理成章的师生关系，并且已经形成了良好的互动。这一下子让我想起了《简·爱》里的学校，简·爱的童年就是在这样缺乏爱的寄宿学校度的。那暴躁又掌权的所谓校长和这里的校长如出一辙，让我怀疑，校长是不是一种批量生产出来的坏东西。

马修在这学校里成了一个奇怪又单独的力量，他不理解老师们的粗暴，也不被学生所接受。在这个貌似学校的监狱里，他正常的行事方式显得格格不入起来。顽皮的孩子们并不把这个秃头的老师放在眼里，他们像对待以前的每一位一样，抢他的包，撬他的柜，把他当成敌对的力量，甚至他们大概有点"吃柿子拣软的捏"的心理，面对马修的宽容越发变本加厉。而马修和其他老师不同，他看他们的目光是始终带着爱的，他并不觉得他们令人绝望。他为了更好地了解每一个人，让他们把姓名、年龄和未来想从事的职业写在一张纸上。这些躁动又缺乏耐心的孩子都认真地写着、思索着，对于他们，这是少有的被人问及梦想的时刻。那个时候，马修和孩子们，彼此是多么出乎意料！

驯虎员、飞行员，甚至是亡命徒，这些理想是那么幼稚而生动，带着心灵的渴望与张扬。本来就懂得爱的马修更加明白了，这些孩子其实对未来是心怀希望的。他像一只色彩斑斓的鸟，飞进了孩子们灰暗了太久的天空。

一个偶然的机会，马修发现了孩子们爱唱歌。那些沉淀在心中的音乐梦想再一次升腾起来。他开始为孩子们写歌。一个合唱团诞生了。然后，一个拥有奇迹般嗓音的莫杭治被发现了。性灵的复苏在音乐中逐渐完成，真正的童年终于花朵般毫无保留地开放。这电影里的歌声高亢、明亮，美妙得让人怀疑这声音是否真的来自那个叫做嗓子的器官。每到有莫杭治独唱的段落，我都想，即使这电影没有情节，有这样神奇的歌声也值得一看。

孩子们有充沛的精力，你如果讨厌他们，他们会把这些精力用来和你作对。而你如果爱他们，他们即使不愿意表达好感，也愿意接受你的爱。有了爱和音乐，许多事在逐渐地转变。孩子们不再乐于捣乱、恶作剧；那个长相局促不爱玩笑的数学老师也焕发出了对音乐的狂热；甚至那个暴君一样的校长也站在椅子上扔起了纸飞机。一切似乎被马修改变了，这个怪异的学校，逐渐踏入温暖的轨道，仿佛秋冬过后，青草迅猛生长。

可电影不是童话，短暂的转变并不是最终的美好。那个坏了很久的校长好了一阵子又坏了回去。他对学生应有的爱，都转移在了对自己仕途的追求上。如同一卷被曝光的底片，铭记下的美好瞬间消失。邪恶再次发威，一切回到开始的地方……马修在一场大火后被赶出了学校。他走的时候伴随着孩子们久不停息的歌声和缓缓飞出的带着祝愿的纸飞机。

我喜欢电影的结尾，不是太童话，有辛酸的真实和悲壮。美好的马修和荒唐的学校，一个老师因为真正的给予而被强权放逐。马修离开的时候，梦想还是跌落在现实当中，有些微的疼。可那些飘洒下来的纸飞机和来自心灵的歌声又分明让我看到了希望。

小个子的佩皮诺终于在马修被辞退的星期六跟出了学校；有歌唱天赋的莫杭治被母亲接走，带到了里昂学习音乐；每一个孩子的人生都将因为遇到了马修而发生改变，因为音乐早已在心里生根；其他老师联合揭发了校长虐待学生的行为。一切虽然有遗憾，却都是朝着好的方向生长。

电影在歌声中缓缓结束，马修的秃头和孩子们的样子依然在我眼前。这样的音乐和这样的故事，让我留恋，不愿意离开。这些不幸又幸运的孩子们，因为马修，开始懂得了用另一种眼光看天空。他们还是孩子，远没有校长想象的那么可怕。当其他人都觉得他们讨厌的时候，他们对自己的放纵应该就是一种报复吧。马修虽然最终离开了他们，但还是教会了他们快乐、感激、荣誉、畏惧和歌唱。银幕转黑，他们的人生在我头脑中继续，我想他们将带着马修打下的爱的烙印和音乐带来的精神感召，找到自己所渴望的生活。

影像金钱

我爱钱，虔诚真挚决不掺假的爱着，除去我父母我还没对其他什么有如此炽烈的感情。没有钱让我感到惶恐，想到钱让我觉得愉悦，因为晚上做不出有大把钞票的梦，所以我时常沉浸在发大财的白日梦里。即使我已经发现了自己好逸恶劳，即使我对所有赚钱手段都不在行，我还是无法告诫自己断了对钱的念想，所以我用唯一的那点聪敏才智鼓励我爸爸，鼓励他好好赚钱以养活他爱钱恨赚钱的女儿。

我没见过多少现金，信用卡的普及已经让那些拎起来沉重又幸福的钞票变成了磁片里储存的数字。那些整齐的、印着名人头像的、能换来物质的纸币时常出现在我的记忆里，并不是因为我曾经与它们真正遭遇过，它们总是被屏幕隔绝着。在我还不理解钱的妙处时，钱在电影故事里的频频出现让我看到了它的力量。《城市之光》里流浪汉为了得到治疗盲女眼睛的钱被投进监牢；《魂断蓝桥》里绝望的玛拉因为缺乏保障生存的钱去做了皮肉生意；《煤气灯下》里的男人为了一块价值连城的宝石十年仍不死心，先害了姑妈的性命又骗了侄女的爱情；《偷自行车的人》里父子俩因为丢了用家里被子换来的自行车又无钱再买而无奈地去偷别人的车；《教父》里各方势力尔虞我诈费尽心机地争夺最终计较的只是钱的得失；《末路狂花》里两个单纯的女人被一夜风流的男子偷走了所有的钱，最终走向无法挽回的残酷结局；《活着》里福贵因为输光了所有的财产因祸得福躲过了数年后革命中的死刑；《百万美元宝贝》里女拳手麦琪在那场一百万美元报酬的比赛里，永远失去了她健康的脊柱成了无法翻身的瘫痪；《两杆大烟枪》从输掉的五十万和两杆值钱的枪开始，群魔乱舞死伤无数；《小鞋子》里兄妹俩因为丢失了鞋无钱再买而共用一双鞋；《盲井》里那种骇人听闻的谋财害命据说真的在发生；《唐人街》里真正的罪犯因为富有可以逍遥法外，那句"你要杀人又不受惩罚，就必须很有钱"让人脊背发凉……想到的故事还有很多，那些让人感动、难过、愤怒的片段历历在目。钱，由人类发明的小东西仿佛裹着糖衣的毒药，穿着白纱的巫师，带来欢乐也散播痛苦，满足希望也扼杀梦想。

一、《金钱》——假钞上的真道理

《金钱》比我小一岁，是一九八三的片子。布莱松的谢幕电影一如从前以麻木来动人。一张假钞卷走了主人公拥有的一切，不留余地。面对假钞，花出去就是胜利，老实又不不懂技巧的伊翁走投无路，终于人赃并获进了监狱。

树不大，却招风，激峰突转的命运和世态炎凉的社会齐心协力掀翻了伊翁本就风雨飘摇的小船。所有人都撒谎，只有伊翁诚实，三人成虎的事情蓄意发生。谎言就是真实，实话最多算是逼真。无辜的伊翁活该凑巧成了利益圈套里最不起眼的牺牲品。冤屈、仇恨、愤懑交织在一起，出狱后的伊翁已经家破人亡。他已经被审判为一个罪人，必须走向歧途，犯罪似乎是他理所当然该做的事情。从被噬的血变成了噬血的人。他坏得很概念，事实上他并不知道该怎样突然变坏，大悲哀大恐惧指引他做一个坏人，但在具体的操作上他依然摆脱不了局促惶恐。不做好人，他依然不是狡猾刚健的，骨子里的萎缩本分让他只能欺凌更弱的人。没有什么可以挽回的，伊翁面对的只有绝境。只有一条路，叫做不归路。他扼杀了最后一点良知和慈悲，杀死了小旅馆的老板夫妇，又杀死了同情他收留他的女人全家。手举利斧的伊翁面无表情，似乎"杀"像"吃"一样不需考虑。对帮助宽容体谅他的人，他早已忘记了感动，和这世界唯一的互动便是杀或者被杀，他所记得的只是变本加厉、赶尽杀绝、斩草除根，还有那句："钱！拿出钱来！"

　　微不足道的东西通常不会有假，因为钱实在是好东西，人们才会有造假的欲望和心情。朋友林子曾经在小店买东西时收到一张五十面值的假钱，十几分钟后再回去，店员并不认账。打电话报警，警察也无能为力，因为除去林子自己，没人能证明钱是店里找的。于是，林子怏怏地离开，自认倒霉。这简直和伊翁的故事如出一辙。同样的假钞，同样的不认账，同样的不了了之。好在只是五十块，除去一时的气恼，不会给林子的日子带来太大的波澜。这样看来，她比狷獗又可怜的伊翁幸运得多。

钱太特别了。假鼻子、假牙、假感情、假名牌、假消息……在假的一切都发挥着超强作用，甚至比真的更受欢迎的时候，假钱依然一无是处万万不可。它与真的是那样相像，稍不警惕就难以分辨，却完全不具备一般仿制品的意义。它就是一张废纸，轻巧薄脆，却藏污纳垢储存着邪恶，轻易让人蒙受损失。

假钱杀死真性命，杀气腾空而来。布莱松用一张单薄的纸币挑起了社会平坦的地面，露出腐朽的根须。他默不作声地滤去光怪陆离的包装，只看真相。真相鲜有温暖，大都嶙峋、凛冽，一如再胖的人也不过是那二百零六块骨头，脂肪和血肉总是轻易腐烂。用冰冷的目光打量冰冷的骨头，布莱松讨厌粉饰血肉。我猜测他的体重可能主要来自他的心，洞悉一切又安然再现，必是有一颗沉重的石头心。人性、命运、操守，一切都不再神秘，活着只是为了证明苦难。鱼死网破，那些生命都成了尸体，因为不再鲜活而没有本质的差异，只有那些假钱安然无恙，可以放肆地乱真。

真钱未必是真善美，假钱一定是假恶丑。

二、《罗拉快跑》——爱情与钱的赛跑

初次看《罗拉快跑》还是VCD盛行的时代，它给我的震惊来自四面八方。抛却争论不休的形式、结构，单是罗拉那毫不客气的红头发就让我深深明白了——染发的不一定是流氓。那时我正上初中，隔壁班一男生因为染了酒红色的头发被找了家长、剃了头发，还获得了小混混的名声。罗拉飞扬的红发像西瓜瓤一样亮丽潮润，仿佛能滴下青春期营养过剩的汁水。那种毫不避讳的红，在当年的中国北方算得上绝无仅有。

罗拉一直在跑，急促奔跑的缝隙，爱情、亲情、人生交织出场。一切都是那么不确定，而唯有理由始终明确——罗拉的男友曼尼弄丢了老板的十万马克，而二十分钟内如若还不回这十万马克，曼尼将死无葬身之地。生存和死亡只差二十分钟，罗拉为了筹钱拯救男友不得不在困境中奔跑。

没有人觉得罗拉的奔跑是滑稽的，因为十万是个足够让人提心吊胆的数字，当它后边的计量单位与钱有关时就更让人心惊肉跳。弄丢十万赔上性命，似乎没有什么不合适的，虽然我们常说生命无价、情谊无价之类的煽情话，但内心深处都明白巨额的钱财常常以命为代价。

红发女郎、大笔钞票、规定时间完成规定动作，电影简约却包含着对时空、命运的想象。神奇女孩罗拉尝试着不可

能完成的任务，简直就是愚公移山的二十分钟三种可能版：没有拿到钱，急疯了的罗拉和曼尼抢了银行，刚松口气，警察开了枪，罗拉死了；罗拉抢劫了自己的父亲，惊喜的曼尼走向微笑的罗拉，一辆救护车迎面驶去将曼尼碾压；罗拉赌场走运，在轮盘赌的一个号码上连赢十万马克，曼尼也宿命般找回了丢失了钱，紧张过后终于柳暗花明皆大欢喜。细节的微妙变化引发迥然走向，三个千钧一发的时刻，三个合情合理的结局。罗拉在神经质的命运中生猛坚韧地跑着，没有蒸腾的汗水粗重的呼吸，她的紧张被粗犷明快的金属音乐代替，一场美女救英雄的危机拯救好似刺激的游戏，视觉化、现代感，又似乎有些虚幻。罗拉看起来轻率浮躁不学无术，鲜红的头发让人想到水煮鱼、香辣蟹以及一切招摇炽烈激荡的东西。她与精致优雅毫无关系，却在无计划无策略的奔跑中散发出了不矫饰的粗糙质感的难以模仿的风尘仆仆的动人心魄的美，"这个女人不寻常"。手忙脚乱地奔跑、歇斯底里地喊叫，她在不置可否的无常命运中一往无前并不计较。

苍白的生命因为有了这次考验振奋了起来，虽然后果难以琢磨，虽然死是很可能的结局。罗拉以看似无知的冲动和死神赛跑，连导演也不确定她赢不赢得了。两条性命组成的爱情在十万马克面前那么单薄，有钱就生，无钱则死。金钱面前没有悲天悯人的闲散时间，只能以钱为终点奋力奔跑。没有人知道罗拉是否成功救了曼尼，但至少她分秒必争没有丝毫退让。金钱保佑，但愿她弄到了该死的十万马克，不是白跑一趟！

罗拉，快跑！

三、《黑暗中的舞者》——谋自己的财害自己的命

捷克盲女人破碎的美国梦。

即将失明的盲女人塞尔玛疯狂工作为的是赚钱给儿子治疗家族遗传的眼病，她热爱歌舞却不得不将自己困在逼仄的工厂里，以廉价的劳动换取儿子看见的希望。没有生日礼物，没有任何物质的欢娱，省吃俭用，含辛茹苦，不过为了得到别人与生俱来的视力。乐未及，就生悲，就在攒钱的盒子快要装满的时候，濒临破产的邻居发现了她的秘密。邻居几乎是她最好的朋友，真诚的关爱帮助曾给她和孩子带来难得的快乐。然而钱的威力难以抗拒，它迅速变成一把打开邪恶锁链的钥匙，诱引邻居见财起意。那个曾经善良懦弱的邻居男人，终于伸出了偷窃的手臂。于是，绝望的塞尔玛为了讨回本属于自己的钱杀死了偷钱的邻居。命运的跌宕起伏中，她跌进了最后一个难以走出的大坑。

法庭上，公平被贫困杜绝了，一切矛头都指向她。她像一颗无辜的智齿，并无过错却被凶狠地拔掉。这个纷繁混乱的世界上，她因为不染尘埃而受到伤害，玉石俱焚是早已注定的结局。为了保住钱，为了维护朋友的尊严，她默不作声遭受着践踏和挤压。罪名成立，严谨严肃的判决其实那么荒唐粗鄙。证据、证词，一切都是邪恶的帮凶。"有啥别有病，

没啥别没钱"的俗语像是为她度身设计。有病又没钱的母亲，辛酸的舍命不舍财，靠承受冤屈留下微薄的遗产。为了挣钱艰难地活着，为了保住钱屈辱地死了，生命的尊贵抵挡不了金钱的实用。没有争辩、没有转机，活着成了一场旧梦。

走向死刑的时候，塞尔玛控制不了恐惧和留恋，哭得悲痛而丑陋。歌声与哭泣来自一个喉咙，如同生和死都在同一个人间。最后时刻，她再次沉浸在幻想的歌舞世界里，以自欺欺人的欢快美满掩饰真实的疼痛破碎。是不是有些荒唐？以精神胜利来冒充抵抗。刑场变成舞台，刽子手变成朋友，寒冷变温暖，绳索变项链，俎上之肉塞尔玛在奄奄一息中发出激情弥漫的歌声。

虚幻的开云见日遮不住结实的满目疮痍，一时的欢歌笑语换不了永远的苦海炼狱。歌舞元素的加入更衬托出生活伤痕累累的悲惨面目，没有钱就没有自尊，没有钱就不被相信。幸福早就老了，痛苦永远年轻，绝处逢生的事一直很少发生，与钱有关的罪与罚世代不休地上演。

破釜沉舟殊死搏斗的结果是弹尽粮绝头破血流。塞尔玛死了，一根绞杀罪犯的绳子勒紧了她的咽喉。孩子终于用那笔苦难的钱做了手术，她用死给了孩子最后一点血色的宠爱。

金钱和死亡都安然待在故事里。穷人的一条命，不过是一笔小小的手术费。

四、《赌侠马华力》——君子爱财取之有道

"再也没有比欺骗骗子更开心的事了。"赌侠马华力如是说。这部二十年前的电影如今看来依然笑点十足,西部、动作、喜剧、赌局、爱情,它融合了诸多元素,奇峰突起又流畅自然,即使按照如今的标准,也依然算得上爆米花电影里的良心之作。

我们习惯按照《勇敢的心》《爱国者》的逻辑把梅尔·吉普森归类为浩然正气的孤胆英雄,满身神圣不可侵犯的国仇家恨;也总是循着《沉默羔羊》的足迹认为朱迪·福斯特擅长坚毅、独立的高智商女子,为她的头脑和飒爽英姿所折服。在《赌侠马华力》中年轻的两人都更为松弛、活泼,让人耳目一新地塑造了两个颇具魅力的骗子。

电影的开场,丢了马的赌徒马华力骑着一头驴闪亮登场,他雄心勃勃要参加一场奖金丰厚的扑克大赛,为了两万五的入门费,奔走于大小赌场筹资。他一会儿装傻,一会儿卖萌,时不时亮出点真本事,一路上黄鼠狼给鸡拜年,运筹帷幄掌握着一个个陌生的赌桌。忽而天真,忽而玩世,马华力不仅仅是个表情帝,夸张的面部隐藏的是难以揣测的内心戏。这个深不可测的笑面虎在牌局上认识了那个棋逢对手的腹黑女——明朗、优雅、狡黠的安娜贝尔像一只妖娆动人的小狐狸,巧笑倩兮一打心眼,美目盼兮无数妙计。两人宿命

般的邂逅，擦出了无厘头的火花。

于是，雄奇壮美的西部景色下，一对机智、诙谐的璧人，因智商上的匹配和对金钱炽热的渴望，开始了剪不断理还乱的羁绊。两人一会儿齐心协力，一会儿各怀鬼胎，在奔赴赌局的道路上经历艰难险阻，欣赏与厮杀并举，斗智斗勇永不停息。

先是年事已高的马车夫死在了路上，马华力千钧一发征服了脱缰的马车，救下了二人的性命也完成了导演致敬《关山飞渡》的小心机。而后，遭遇生活所迫假扮战士的印第安人，马华力假装挺身而出，和老相识印第安朋友敲了缺心眼的俄罗斯大公一笔。男的满嘴跑火车几乎是个演员，连蒙带唬，什么钱都赚；女的古灵精怪扮猪吃老虎，一谈钱就两眼放光，什么钱都偷。加上老辣沉稳的赌局保安库珀，尔虞我诈的三人行，谁稍不留神就吃了闷亏。这节操碎一地的无利不起早组合竟带着赤诚、机智、蠢萌的喜感。

一路机关算尽，放不下爱，也放不下钱。终于好像柳暗花明，马华力力克群雄赢了扑克牌大赛，却在众目睽睽下被库珀抢走了全部五十万奖金。

接下来，是一个接一个的翻盘。先是库珀与赌局组织者船长的深夜密会——原来这是两人设计好的骗局，不会让胜出者得到奖金。而后船长想独吞奖金，计划杀死同谋库珀。然而螳螂捕蝉黄雀在后，马华力及时赶来抢回了钱匣子。镜头一转，竟是制服了船长的库珀和马华力在亲切交谈——两人抽着雪茄、喝着白兰地、享受着泡泡浴，一路针锋相对全靠演技，上阵父子兵才是更高端的骗局。

等等，这也不是最后的结局，别忘了安娜贝尔也不是省油的灯，她哪里是拿不到钱就肯黯然退场的小角色。她桀骜地拿走了奖金，殊不知狡兔三窟的马华力早有准备，将一半奖金藏在了靴子里。这一次，骗中骗、连环骗，三个人皆大欢喜。而荧屏前的我们，欢笑过后似乎也记住了马华力父亲的名言——不要将鸡蛋都放在同一个篮子里。

男女主演精彩的表现，透露了他们让世界着迷的原因——炉火纯青的演技。演的是骗子，赌博、欺骗、谎言、偷窃，却依然有深沉、诙谐、松弛和俏丽。他们在各个层面分别展示了绅士风度和美女韵味，明摆着超越道德的行为，因为情节与逻辑的合情合理，不仅没有损伤魅力，甚至让人情不自禁生出欣赏和欢喜。

五、《撒玛利亚女孩》——从钱开始，以钱结束

金基德的电影向来很难还原在生活里。那些静谧模糊残酷的故事好像发生在另外的时空，人性在他的世界里因为简单而复杂。《撒玛利亚女孩》更是把少女援助交际拍得压抑浓稠无法稀释。

少女倚隽和洁蓉是要好的朋友，她们渴望去欧洲旅行却缺乏相应的费用。没有一筹莫展，似乎是水到渠成地，她们平静地做了这样不留余地的决定：洁蓉出卖身体，倚隽联系

嫖客，以尽快赚取旅行的钱。情节悄然展开，懵懂少女以毫不介意道德的姿态开始了惊心动魄的赚钱生涯。洁蓉没心没肺地躺在小旅馆的床上，任肉欲澎湃的男子一次次进入她的身体。少女的堕落拍得行云流水，唯美的画面没有迟疑。可我仍觉得那是一只石榴被利刃切割，饱胀的籽粒散落一地，童贞是分离的石榴籽，汁液流淌难以愈合。

女孩洁蓉只为了一点钱，只为了一次旅行。对这种显然得不偿失近乎不知廉耻的交换，她安之若素没有半点犹豫，有些时候她甚至从那些饥渴的身体上感到了温暖。其他时候，她好像依然是个没有忧愁的孩子，穿着校服，吃着猪手，并不伤感，没有忏悔。倚隽也从容坦然，像个老到的皮条客。她们的超脱让我迷惑，仿佛出卖身体是转让一块橡皮，只是最寻常的交易。每一次卖淫结束，倚隽都帮洁蓉清洗身体，似乎她们都相信水可以洗刷一切污垢。她们把钱装在盒子里，面对逐渐增多的钞票，笑容浅淡地憧憬。

涉世未深的洁蓉忽然死了。在一次打非扫黄的搜查中，她从窗口跳下。不是向上飞翔，而是砸向地面，年轻的身体发出最后的钝响，嘴上带着难以破译的笑意。她死得笨拙无助又猝不及防。原来，她还是在乎的，她不愿被警察抓住，不愿被当作一个妓女。水洗去的是灰尘，不是伤口，以为早已超越的道德底线其实一直暗藏在她心里。她不是俗世的红男绿女，对包括死的一切尚没有深刻的认识，只是为了赚取路费决绝地走了捷径。

不分彼此的日子被死亡了断。歉疚折磨着倚隽，作为两个中的另一个，她依然在呼吸。她必须做些什么，必须抚平暗涌的悲伤，必须偿还灵魂的亏欠。

没有快乐可以分享，就让我沿着你的轨迹体验你的痛楚吧！自虐有时是特殊的反省和安慰。倚隽逐个联系洁蓉从前的客人，用自我、极端的方式救赎——从身体开始，以身体结束。她艳妆出现，平静地做爱，然后把洁蓉赚的钱还给他们。身体、金钱都拿去，灵魂和希望还给我。本子上一个个名字的划去代表着愧疚和拯救的缓慢释放。少女的躯体散发出圣洁的光芒，肮脏的男人无法睁开浑浊的眼睛。无欲则刚的倚隽终于拾起了她和洁蓉两个人损伤的尊严。

两个女孩冷静地把身体交予陌生的男人，与爱无关，只与钱勾连。爱的始终缺席让性显得那样低级，金钱从那些衣冠禽兽兜里得来，又被塞回他们那里。归还，毫无牵连，才能获得自由。钱从被渴望的路费变成清算鄙夷的工具，既让人迷失，又让人平静。好像是没什么变化，原路返回的钱还是钱，只是人的命运早已不同，有些生命消散离去，有些缺陷难以填补。

如此而已。两个女孩，一条性命，一些钱。

六、《雨人》——比金钱更贵重

不知父亲是如何计划的，是为了补偿对大儿子的亏待，还是以钱为线索诱使贪心的小儿子找回兄弟情谊？反正最后真的大团圆了。不管是父亲的早有预谋，还是上帝的穿针引线。算是温暖吧，亲情磕磕绊绊地把金钱挤下了第一的位置。

查理的公司即将倒闭，焦头烂额中得到父亲去世的消息。这仿佛一个福音——遗产适时到来，可以挽救一切。然而父亲只留给他一辆老式轿车，几百万美元给了一个陌生的名字。陌生人雷蒙与他有相同的姓氏，这个他从不知晓的亲生哥哥是患有自闭症多年没离开过疗养院的病人。

简直是古井起波涛，全部的钱被多年毫无瓜葛的人拿走。查理愤愤不平地想追讨属于自己的一切，他暗藏心机地把哥哥接出了疗养院。"穷在闹市无人问，富在深山有远亲。"拥有继承权的雷蒙散发出钱特有的光泽，吸引着查理朝自己走来。

兄弟俩的旅途状况不断，屡出事端。骨血相连又彼此隔阂，焦躁的查理，古怪的雷蒙，二人的相处像北极熊遇到东北虎，谁也无法理解谁。不坐飞机、准时看电视、每餐吃同样的食物、某一个指定市场的平角裤，雷蒙固守着一些滑稽的习惯不容篡改。他像一只严谨的蜗牛，在自己的世界里，有条不紊。这就是病人雷蒙，一本正经地做傻事，抵得住任何恐吓威胁，不容侵犯不识抬举。那些钱是父亲对他孤独岁月的弥补，但他却对所谓财产没有任何概念。恼火的查理筋疲力尽应接不暇，要不是为了那笔诱人的遗产，他显然没心情理会有缺陷的哥哥。

总是这样，一个扒拉着小算盘，一个坚持着没章法，谁也奈何不了谁。搞笑的场面接二连三，思维的鸿沟难以逾越。

"雨人有好玩的牙齿。"——雷蒙刷牙时无意间一句自娱自乐的嘀咕。

震惊！查理被那个久违的名字击中——"雨人"是他童年伙伴的名字，隐约保留在他最初的记忆里。这个在他成年后再也没有出现，甚至有些怀疑是否虚幻的伙伴，早已成了他内心最难忘最疑惑最美妙的秘密。

欢乐的、模糊的，因为遥远有些残破的时光碎片骤然出现。原来，雨人就是雷蒙。幼年的查理因为发音含混一直将雷蒙（Remon）误读成雨人（Rainman）。兄弟俩朝夕相处的时光曾经真切地存在。因为患病的雷蒙不小心烫伤了查理，家人怕雷蒙再伤害查理，无奈中把他送到了疗养院。查理忘却的一切雷蒙都记得，他始终以雨人的身份无邪地站在那里，目光呆滞内心温柔，铭记却不轻易提起。

时光有时似乎可以超越。成年的兄弟俩疏远了三十年，却还是在一瞬间抓回了童年的天真。跨过分离的千山万水，成年的荒芜一下子长出童贞的青葱。那些口齿不清的、稚嫩懵懂的、弥漫着尿布气息的纯真岁月迎面走来，他们仿佛轮回般，与往事干杯，再次回到了可以分享的地方。债务、遗产这些与钱有关的词语不再是关键词，以争夺为目的的旅途陡然变成对良心亲情的呼唤。爱兄弟还是爱黄金？查理给出了温暖的答案。

寻找金钱却寻回手足。这一次金钱只是一个引子，亲情才是正文。

七、《小武》——谁动了别人的钱包?

小武的一切都是不光彩的,长得灰头土脸,活在枯燥落后的县城,干着特殊的手艺活——他是一个小偷。他带着眼镜穿着西服,却与体面没有丝毫联系,骨子里的落魄潦倒像一阵风,无形却难以掩盖。游手好闲,无所事事,独自漫步在越跑越快的社会里。只要别人有钱,他就不会没钱,随机的偷窃维持着他的生计。依附着高危险高回报最直接与钱打交道的手艺,他卑贱地活着。

录像厅、卡拉OK、撞球、万宝路、播放贝多芬音乐的劣质打火机……灰暗的仿佛永远是黄昏的小镇麻雀虽小五脏俱全。大城市象征富足前卫的符号在这里被高调地嫁接克隆,尚不富裕的小镇连跑带颠不由分说地进入了消费时代。小镇像一身假名牌的半老徐娘,颓势中硬是挣扎地繁盛。可怜又荒诞,捉襟见肘的纸醉金迷,简易粗糙的歌舞升平,勉强尴尬的声色犬马。作为拼盘小镇的边角料,放纵消沉的小武用偷来的钱游弋在夹生的世界。面对变化,他困顿迷茫无力对抗,麻木的脸偶尔露出惊讶的神色。

他是贼,做着被勒令禁止的事情,是社会不安定因素,是不起眼的叛逆者。他没有理由活得快乐,因为他靠亏心活着。不知是否是冥冥中的一种平衡,拿了不该拿的钱,就要失落其他珍贵的东西:改邪归正的朋友成了企业家,结婚没有告诉他；刚成为他情感寄托的歌厅小姐胡梅梅不辞而别，没挥一下衣袖就带走了所有的云彩；崇拜城里人的父母见小武哥哥找了城市女朋友便理所当然地要求小武给哥哥钱。一团糟，对周围人的热情换来萧索的回应，朋友、爱人、亲人都带着隔阂的想法渐渐远离，丧失、疏远、忍耐成了小武情感生活的方向。无法阻挡，所有人都在追逐心中的幸福，唯有落伍的小武没有梦想，他像热闹生活的一滴冷汗，阴冷模糊又狼狈多余。

小武被抓了，下手时为与梅梅联系而买的传呼骤然响起，伸入别人口袋里的手暴露在众目睽睽下。押送他回去的路上，顺路办事的警察把他铐在了电线杆的旁边。行人的注目中小偷小武厌烦冷淡地蹲在地上，像粘在电线杆上的小广告，没有灵魂没有生气。

我曾经丢过两个钱包，还多次在即将被偷的时候万幸地发现了那只肮脏的手，我始终难以忘记丢东西的窝囊委屈，也一直保持着对小偷咬牙切齿的怨恨。可当我看到失败者小武仓皇的脸，怜悯还是出现了。这个萎缩寂寥任性执拗的小武让我看到了贼作为人的脆弱和感伤。甚至看到他只拿钱归还身份证的细节，我险些被感动了。可是最终我还是没有，我停止了浮想联翩，始终忘不了他是一个贼，一个作案的人，一个把有钱的踏实变成丢钱的懊恼的人，一个没有资格幸福的人。即使他无所适从，即使他屡受伤害，我依然无法忽略他特殊的身份。

贼，是人群中的伤口。一些伤口，永远无法愈合。

八、《亡命夺宝》——水中的月亮

看一看《亡命夺宝》的演员表，那全明星的卡司阵容，再想想这个欢脱的片名，便会猜出这八九不离十是一出鸡飞狗跳的闹剧。

乌比·戈德堡、"憨豆"罗文·阿特金森、小古巴·古丁、赛斯·格林……他们只是机缘巧合推了一下老虎机，就得到了一枚与两百万美金紧密相连的钥匙。一笔意外之财就锁在新墨西哥州的一个保险柜里，六把钥匙都是真品，先到先得。这是纸醉金迷、活色生香的拉斯维加斯，一切皆有可能。

六个中奖者，瞬间丧失了从容，无法保持淡定。他们各怀鬼胎开始了争分夺秒的寻宝之旅。他们原本素不相识，巨额金钱面前，彼此成了致命的敌人。不仅要快马加鞭，还要给别人作梗，确保自己可以占尽先机。

欣喜而凶险的旅程中，骗子哥俩想破坏机场雷达，却偷鸡不成蚀把米把自己吊了起来；走背字的橄榄球裁判成了人民公敌，被气愤的出租车司机扔在炙热的沙漠；肥胖的男人带着老婆和一双儿女千里奔袭，省时间省到让孩子在车里如厕，终于拗不过家人在芭比博物馆停车，却发现所谓芭比不是芭比娃娃，而是一个纳粹的纪念馆；久别重逢的黑人母女向公路旁卖松鼠的女人问路，却因为没有买松鼠被指向了绝路；憨豆先生搭了运送移植心脏的顺风车，却和不靠谱司机一起弄脏了心脏，差点死于非命；看着最体面的银行职员，调情遇到个开直升机的美女，撞大运撞到最快捷途径，却未料美女遭逢男友出轨，变身暴力女金刚……

一路兵不厌诈，鬼哭狼号，众人连滚带爬向两百万美元奔去，却不成想自己不过是赌局中最微不足道的棋子——百无聊赖的富豪们正为他们的撕咬牵肠挂肚。有钱，任性，想来点刺激的，于是才有了这场竞技。钥匙上装了跟踪器，他们的丑态百出，随时展现在富豪们的大屏幕。他们仿佛六匹赛马，承载着富豪们的巨额赌注。

不知道把他们定义成幸运儿，还是倒霉蛋更合适。螳螂捕蝉黄雀在后，六伙人终于殊途同归打开了保险箱，却被一个半路杀出来的妓女捷足先登。斗智斗勇终于抢回了钞票，却阴差阳错来到一个慈善募捐的现场。挣扎与迟疑过后，众人迎着命运的寸劲，顺应了自己善良的颤抖，迈上了崇高的台阶。

花开花又落，竹篮打水一场空。贪婪与奔忙过后，这出好莱坞喜剧机锋突转指向温情与纯真。那两百万赏金，从富翁扔出的诱饵，到普通人趋之若鹜的幸福，直到成为拯救饥饿的善款，仿佛有了最有意义的出路。但面对这过于高洁、正确的结尾，我们难免生出一丝暗暗的心疼，这些上天入地惨烈追逐的人，就这样两手空空。因为，两百万，美金，是怎样的数字，我们都懂。那种抑制不住的贪婪与狂喜，我们也懂。

九、《花火》——钱比死更冷

北野武的脸像一面诡秘的墙，冷酷刻薄、麻痹阴冷、狂妄偏激，透着无法遮掩的邪气，鲜有平和的姿态。我不喜欢那张脸，那带着几分无耻和流氓气息的五官让我感到紧张。但却喜欢他的作品，那些血迹斑斑的凶猛故事，自由、冷漠、稳健、狂狷，却洗练得从没有过剩的喧哗。

北野武。我不懂得这名字的含义，却觉得它带着些自负、强悍、粗鲁，是适合他的名字。就像沟口健二的谦和古风，小津安二郎的温文尔雅，黑泽明的哲思深邃，总觉得这些日本导演的名字或多或少暗合着作品的风格。当然，这种自以为是的归纳或许和我的孤陋寡闻、胡乱联系有关。

自编自导自演，北野武和徐静蕾有相同的爱好。《花火》也是如此，那张僵硬的脸又一次成了主角。他是一个辞职的警察。几年前孩子死了；妻子正处在绝症晚期；一起长大的搭档堀部被暴徒射击致残而被妻女抛弃；年轻的部下田中英勇缉凶不幸殉职留下孀妻弱子无人照顾……放眼望去，除了老幼病残就是鳏寡孤独。当命运给出如此咄咄逼人的题设，谁还能坚守愚昧的乐观拿出默默承受的结论？牢骚抱怨继续委曲求全没有用！脚踏实地发奋赚钱来不及！困窘中借的大笔高利贷依然无力偿还。唯有铤而走险不计后果，反正也不会再有什么更坏的后果！他买了辆偷来的出租车，粉刷改装成警车的样子，穿上从前的警服，抢劫了银行。整个过程，他从容镇定一言不发，散发着毫无做作的血性刚毅。

终于有钱了。他还了高利贷，将一部分钱留给田中的寡妻，又将昂贵的画具邮寄给打算画画的堀部。像童话里一样，钱被分配到最需要的地方，许多麻烦迎刃而解。一切安排妥当，他与对他疯狂举动一无所知的妻子开始了最后一次旅行。抢劫，短时间内掠夺不属于自己的钱，明目张胆贪婪跋扈，是让人不齿的事情。可他的抢劫却无法这样定义。这个男人，怀着深沉又绝望的爱，抢出了责任，抢出了道义，既有控诉又有讨还，抢得君子，抢得仗义，简直有几分剑胆琴心。"对待同志像春天般温暖，对待敌人像严冬一样严酷无情"，他以极端的方式做着雷锋的事情。

因为爱而无法无天。傻子也看得出：这抢，便是把心一横。那旅行也必然是没有归途的。雪国、沙滩、蔚蓝的海洋，永恒的美景中是即将逝去的生命。在黑白两道的追踪下，他以暴制暴，极力给予妻子一个华彩的死亡。他凶神恶煞地猛揍乱说话的职员，满不在乎地杀掉纠缠而来的高利贷分子，只为了保有一块洁净的土地，让妻子在枯萎前实现生命里唯一一次怒放。

那个夜晚，他为她放烟火，妻子似乎是被那瞬间的花团锦簇惊呆，病容中浮现出温煦幸福的笑。单调的夜空，缤纷的花朵，悲怆的缠绵，一对相爱的苦命人，暂时摆脱寒酸，靠抢来的钱完成了对生命的喝彩。

绽放过后必然是消亡。结局被安排在宁静质朴的海边，北野武电影中频繁出现的海。昔日同事追踪而至，他向他们要了最后一点时间。一片澄澈包容的蓝色中，传来两个连续的声音——呼吸和枪响都停在海边。面朝大海，宠辱不惊，两情缱绻，了却残生。音乐百转千回，生命戛然而止。这一次的死亡看不见一点血腥。

他拿了不该拿的钱，给了妻子最后一点明朗的时光。非道德的举动显出道德的美感。他们活在地狱，死在天堂。

以钱为线索，回顾了这些电影。有些错愕，有些悲凉。为了钱，那么多人尝尽了艰辛，却鲜见谁获得了幸福。"人为财死，鸟为食亡"是无须文化就可轻易理解的常用语。然而，没有谁不向往金钱，人们总是猴子捞月亮般执著地渴望得到钱。金钱，早已成了这世界最统一的梦想。为了一袋金币，犹大出卖了耶稣；因为贪恋财宝，阿里巴巴的哥哥竟然忘了那句简单的"芝麻开门"招来杀身之祸；善良的快乐王子为穷人舍弃了宝石装饰黄金外衣，却因外表不再光鲜被推倒。面对金钱的光泽，人总是摇摆挣扎，难以守住理智。所以有个词叫见利忘义，而没有不合时宜的"见义忘利"。

是物质让嶙峋的生命变得滋润丰满了，想得到更丰厚的物质，先要得到钱。追逐钱的路上，人们总是关注结局，遗失了开始。于是，钱成了活着最大的噱头，得到钱成了唯一记得的。钱，只是钱，钱成了钱的愿望，钱成了钱的基础。似乎是一些钱在召唤另一些，似乎是一些钱指挥着人的脚步。而其实，钱什么也没做。它是无辜的，它尽职尽责，从不作怪，是作怪的人泼了它一头脏水。在这个无价的东西越来越少的时代，人谄媚地将钱推向了王位。"杀人如草不闻声"的从来就不是钱，是人躲在钱的身后，露出狐假虎威的笑容。

钱与邪恶素不相识。爱钱没有任何过错，只是在朝它飞翔的时候，很多人忘了爱惜自己的羽毛。

倒霉真人秀

有句话叫"人生不如意事十之八九"。那意思是说遇到如意事的几率少之又少，但好歹还留了点活口，有十分之一或者二的希望小火苗。《U形转弯》在这句话的基础上有所突破，讲了一个人生不如意事十之十一的怪事。换个粗俗点的说法，就是倒了八辈子血霉了。我想换个高雅点的句子概括这事，但还是觉得倒了八辈子血霉更准确，虽然这话经常出现在农村题材电视剧里，由声音粗粝喜好双手叉腰的臃肿妇女吼出来。

我其实不忍心再复述这个故事，但不说又实在有点堵。西恩·潘演的赌徒波比在送还赌债的路上遭遇了一只黑猫。飞来横祸，横穿道路的猫被他撞死，车在与猫的相撞中也出了问题，他不得不滞留在一个怪诞荒僻的西部小镇上。太阳非常敬业地照着，干燥、炽热穿越镜头，让我在那个看碟的冬天感受到难以承受的烤炙。那只猫，只想穿过道路，却不小心以生命为代价吻别了他的车。黑猫是惨烈的凶兆。

小镇像一句谣言，虚幻、夸张、不可理喻、无所顾忌，完全跳脱了逻辑的轨道。道理死了，常规病了，良心迷了路。盲目偶然中，波比水土不服似的连一星半点的好事也没遇到，他来不及擦净鞋底的狗屎又会马上踩上牛粪，一切总是一团糟。小镇比《龙门客栈》那地方还凶险，把祖冲之扔那儿，他绝对推算不出圆周率；把紫式部放那儿，她也肯定写不出《源氏物语》；考特尼·洛夫和玛丽莲·曼森在人家那儿都算不上酷。跟小镇的真刀真枪一比，《格列佛游记》《镜花缘》里的幻想世界都显得浪漫温柔假模假式。反正那个地方带着腐朽、杀机、罪恶，有逃不脱的天罗地网，应该挂一块"闲人免进"的牌子。我绞尽脑汁想找出一个能在那儿茁壮成长的人，但实在把自己难为住了，可以勉强沾点边儿的，达利似乎可以算一个。

车坏了，波比的计划出现小小的差池。他找到镇上唯一的修车工，那家伙蛮不讲理，漫天要价。波比只好懊恼地留下车，走进怪诞小镇。从此，故事和剪辑目不暇接，我的手心因为机锋突转屡次出汗：先遇到失明的印第安老人和他死去的狗，乞讨的老人满嘴怪话，几乎是胁迫地讨了点便宜；走进便利店又碰上抢劫，混乱中，女老板勇猛地解决了两个歹徒，子弹却顺便打穿了他装钱的包裹，一张张碎钞票像断翅的蝴蝶，不再有用处……走背字的波比甚至打电话给曾砍断他两根手指的债主求救，妄图离开这个鬼地方，而等不到还款的债主则愤愤地派去杀手打算了结他的性命；没钱的波比走进小酒店却被有点缺心眼的花痴女孩纠缠，女孩小肚鸡肠的男朋友更是视他为情敌，总是跃跃欲试想给他两拳；再次折回修车行，却发现原本只出了小问题的车被拆成了零件；被折磨得身心俱疲的他要不惜一切逃离小镇，但所剩的那点钱根本不够买一张火车票；终于歇斯底里软硬兼施买到的车票，却被妒恨他勾引自己女友的小心眼男孩撕得粉碎；镇上唯一貌似正常的警察帮他解围了两次，却解决不了大问题。

遇事生风，命与仇谋，他像一只无辜的动物，身陷围猎中。镇上的每个人都是凶猛的野兽，他们的利爪随时可以置他于死地。每一个琐碎事件的副产品都把他带入更深的绝望，意外中的天意比蓄意坑害还花样翻新。幸运杳无音信，噩梦不离不弃。莫测的命运指引波比不得不选择那条不归路。

匪夷所思的荒诞旅程让我想起了搞怪的法国喜剧《情场世界波》。那里边疯狂的出租车司机、会开车的狗、吃摩托车零件的人、独臂的足球守门员、爱上同一个男人的变态夫妻，与正常脱节的角色异曲同工。但显然波比的道路更加血腥，西部的艳阳和干涸，早已为他预备了惨烈的起承转合。

还要从上文那个省略号说起，那个符号代表着他遭遇中最恐怖最出位最妖艳的部分，也带给他最疯狂最致命最彻底的袭击。美色、情欲、谎言、背叛、乱伦、凶杀，视觉的触觉的心理的道德的，一切有冲击力的元素搅和在一起，挤压得波比无法把持自己。

仿佛是一段艳遇，初入小镇的波比邂逅了性感少妇格蕾斯。这个皮肤古铜，裙子短短的女子是詹妮弗·洛佩兹演的。

我一直不喜欢这个艺人，觉得她的胳膊太过粗壮，演艺路线也分外妖娆了些，看起来有些低俗笨拙。当然这只是我个人观点，人家在国际上知名度那么高肯定有不少粉丝拥趸。又扯远了，跳出詹妮弗·洛佩兹，回到格蕾斯。格蕾斯恰到好处的搔首弄姿把波比诱惑了，他以装窗帘为借口跟着她回了家。刚突破半推半就快要男欢女爱时，格蕾斯的丈夫铁青着脸回来了。比欧阳海拦惊马还千钧一发，什么都没发生，什么都被逮到了。寻欢未果，挨了人家丈夫一拳，波比血管里似乎流着倒霉的血，活着就得遭罪出丑。

可是没过多久，垂头丧气的波比又被格蕾斯的丈夫杰克找到。理由出乎意料，格蕾斯的放荡让他紧张，他想让波比杀死她。为了钱，为了离开，波比犹豫地应允。伺机谋杀过程中，波比被格蕾斯迷得找不到北，两人终于在乱石林立的峡谷边共度云雨。格蕾斯的身世比任何娱乐小报的爆料更让人震惊，丈夫杰克竟然是她养父。他先占有了她的母亲，又占有了她。在她母亲离奇死亡后，他们成了夫妻。霸占、欺凌、禽兽般的老男人堵塞了她的生活，壁垒森严中她早已失去了自由。怨妇格蕾斯顺势提出要求：杀死她丈夫，远走高飞。美女或者老头，两个合作伙伴任他挑。几个小时之内，波比从他雇的杀手变成她的同谋。两个子弹般的要求，打得他难以招架。

恐慌风驰电掣地袭来，还有什么更让人瞠目结舌的消息，这个镇子是否早已脱离宇宙空间，独立于一切法则之外？狼狈的波比被一只死猫带入这片异常的土地，却无论如何也走不出去。他不过是个窝囊的赌徒，双手只是迷恋钞票和筹码，却在走投无路中成了一对变态夫妻相残的凶器。他们以钱或者情感引诱他，想要他的手沾上鲜血。心理斗争中，口渴的他终于买到一瓶啤酒，却还是不小心打碎了瓶子。只能说是命了，他已经倒霉得不能再倒霉，但是他还固执地相信自己可以主宰命运。于是，他求救、火车票，但是还是逃不脱窘迫的结局。

那个夜晚，紊乱的一切继续进行，本以为是瞎子的印第安老人和他死去的狗，该看的看，该动的动。盲人不盲，死狗没死。没有什么是真的，所以也不必计较什么是假的。波比终于下定了决心，潜进了格蕾斯的家。一对夫妻各怀心事地做爱，杀手波比已经就位。几次惊心动魄的反复搏斗，波比和格蕾斯干掉了凶悍的杰克。带着他的尸体和钱，他们打算告别小镇。

好容易拨云见日了，要回自己的车，带上妖冶的女人和杰克的钱，倒霉蛋波比翻身农奴把歌唱。杀完人，算得上狼狈为奸的两个人在隐隐的兴奋中勾画着未来的蓝图，身后却追来了一辆警车。

二人做得小心谨慎，怎么会这么快东窗事发？那个看起来正直清醒的警察难道真的洞穿了一切？

警察不是为公务而来，他气愤地责怪着格蕾斯的无情。原来他也是格蕾斯的相好，这个有妻儿有体面工作的男人也臣服在她的躯体下。真是巾帼不让须眉，刚刚杀人就迅速上瘾。争执中，格蕾斯一枪果断地解决了警察。他临死时恼羞成怒的叫嚷又抖落出一个锋利的包袱——杰克是格蕾斯的生父。

真是惊世骇俗！这个女人背后还隐藏着什么？她不会是个男人吧？

花不好，月不圆。波比的同伙竟是如此琢磨不透，她兜里装满了红豆，遇到男人就送，分不清是假戏还是真情。她的一切都雾里看花真假难辨，头绪纷繁的身世，两条刚被结果的人命。里出外进颠倒错乱的事情，在他头脑中聚集在一起，头皮发麻的波比已经到了体力承受力的极限。两个人经历了两场杀人事件后都更加明白要保护自己防范别人。

车子开到一片岩石陡峭的悬崖边，波比将杰克和警察一一推下灭迹。与她有关的男人都得死，波比在推完别人的瞬间也被推了下去。好在下车时他早把钥匙拔下捏在了自己手里。只一天，他也学会了狡诈，狗急跳墙多次的结果是阴险程度的迅速提高。为自保，先留后路，波比的哀号中，我意识到这或许是个真理。

两个人都失去了最后一点骄傲。车子无法开动，行凶后的格蕾斯没有办法离开。蛇蝎美女再次掏出甜蜜的词语，她表情无辜地跑下山崖，救护车般呼叫着去救助波比。"宝贝""亲爱的"，她心疼的样子真有些楚楚可怜，而波比显然已经丧失了再玩下去的兴致。他厌倦了猜疑、暗算、陷阱，惧怕再横生枝节，毫不犹豫地掐死了她。扔下死去的格蕾斯，波比艰难地拖着伤腿爬上悬崖。尔虞我诈结束，可以加害他的人也都死了，波比终于可以脱离倒霉的变奏。可是，最后一个可是，那辆嗜好关键时刻掉链子的车又坏了。以为上了诺亚方舟，却发现它又不客气地抛了锚。

烈日当头，无人救援。以为走进一个普通的低潮，却没料到那已经是命运的末端，摆在面前的是不可动摇的句号。与命运背水一战的波比，破了釜沉了舟，等待着失血而死。做什么都是螳臂当车，他与崖下三具尸体殊途同归，前仆后继变成死人。一番折腾，他用生命中最后一天诠释了吉人天相、步步为营的反义词。倒不如干脆早点悲观绝望自杀，也好少受煎熬。

活得乱七八糟，死得也不庄重，还没死就经历了十八层地狱的折磨。波比的受虐终于结束，死，几乎是放过。电影结束，热气腾腾的全景，却让我觉得寒气袭体。奥利弗·斯通的黑色风格又一次辛辣上演，他的作品里，永远没有诗情画意。

就是做个这样的梦也能心烦好几天了，可怜的波比，并不知自己如何招惹了命运，却将这一切亲身经历。简直是欺人太甚，他的脏器牙齿还那么健康，他对生活还意犹未尽，却被生硬地安排了猝然的结局。他像一棵草，被连根拔起，困顿中不认命也不行。那短暂的一天是历险记，每个意外都要当机立断，下一个劫难总会接踵而至。来不及三思后行，他疲于奔命，呕心沥血，还是应付得一塌糊涂无力回天。同样的一天，一个聋子可能会听到声音，一个穷人可能会中了彩票，无数恋人走进教堂，许多新生儿降临世界，而他却屁滚尿流丢了命。太阳属于所有人，厄运却只属于他自己。他被神秘力量控制了，像一条总爬不出围墙的狗，一朵想要打碎花瓶的花，一粒被抹布擦去的灰尘，想要超越却总是原地踏步。再倔强也倔强不过上帝，与上帝相比，人是永远的弱势群体，上帝稍微有一点官僚主义，一个人的命就会白白消耗。我们在生命的起始总是啼哭而来，是不是对未知的苦难有先知先觉的悲愤？又或者对上一世的辛苦遭际没有完全忘却？

柔韧的厄运点滴而来，向生命纵深处袭击。人，真的有能力运筹帷幄吗？使蛮力、谨慎周旋、咬紧牙关就真的能时来运转化险为夷吗？波比并没有轻举妄动一下，却还是朝不保夕被杀了个片甲不留。绝境中，他甚至杀了原本与他不相干的人，却还是没能保全自己。作为凶手，他没得到一点好处，连行凶都有点屈打成招逼上梁山的意思。一件件看似无足轻重的小事连贯起来，把他逼得穷形尽相杀孽深重。能轻易说他是道德沦丧吗？拾金不昧、周济穷人总是更容易些，因为那都是不伤害自己的利他。而当处"两个只能活一个"的旮旯，做到少安毋躁都是困难的。我们这些平凡人总是容易陷入道德困境。宗教、文化在关键时刻难以拯救什么。连环噩梦如海浪般拍打而来，如何舍得轻易认命！难以按捺求生的欲望，为了活，早已储存在体内的邪恶似乎会适时地迸发出来。

我怀疑上帝对人压根就是蔑视的，他总是让人扫兴。作为人，我们莫名其妙并非自主地来到世界上，生日、性别、父母都是强制的。好不容易千辛万苦地长大，又要面临各种竞争和坏运气。无从预计生命的尽头在何时，也许昨天还在筹划未来，明天就命丧黄泉。我初中的最后一天，同年级的一个男生突然死了，因为煤气中毒。那一天拍毕业照，然后就各奔东西，可是没有他。他的生命凝固在前一个夜晚，停留在没有初中毕业的十六岁。想着来日方长，换来了人生苦短，一瞬间，他与活人的世界那么遥远。作为人，永远需要清醒认识的是，或许永远也到达不了设想的未来。从肉体到精神，人都是那么弱小，像一颗随时会融化的糖豆。

　　命运的十面埋伏中，有时摧眉折腰才能留住本钱。贫困时有人卖儿卖女，"文革"中不算少数的人出卖父母亲朋，后人们回顾这些的时候总是无奈地把责任归咎于时代，给予当事者理解和同情。我猜测，这样的宽容来自潜意识里对同类的体恤和对自身的不确定。群魔乱舞中独善其身，坚守"君子有所为有所不为"的原则，逆反求生本能换取情怀的飞翔，有境界，可是真难受。操守和性命并不冲突，为何有时一定要做出选择？上帝的圈套无懈可击，说不定逮着谁就不依不饶。我们总是挑不出破绽，看不到命运的风吹草动。曾经活着，然后死掉，都是冤枉悲壮的。

求求你，让我死

孙悟空没有翻出如来的手掌心，所以被压在五行山下。一只嚣张的猴子被处以禁锢的惩罚，五百年。是神话，所以光阴似箭岁月如梭。五百年不得动弹的日子就那么一笔带过，似乎只是一眨眼，唐僧来了。

没有人可以活到五百年，所以"文革"时有人敢说自己要搞革命搞一万年，所以恋人会说爱你一万年蜜蜜又甜甜。如此发狠的口号、承诺，貌似丧心病狂痴情火热，其实是明知没人当真的投机取巧。对于人，一年也不能说是短暂的。革命或者爱情，常常坚持不过一年的时光。那么二十六年呢？面对这个时间，革命或者爱情将给出如何的回答？革命二十六年，会戴上艰苦卓绝的老革命家帽子；爱情二十六年，已经突破了银婚的门槛。因为难得，所以光荣，顺理成章。那么增加一下难度，高位截瘫二十六年呢？恐怖、痛苦、郁闷、疯狂、绝望……这些词排着队出现，争相形容这种残酷的设想。

但是，这不是设想。这是遭遇，一个人的遭遇。

心情复杂，看了那个取材于真实故事的《深海长眠》。

雷蒙，一个真正不可救药的人。一次跳水事故带来沉重的后果——高位截瘫，脖子之下已经先行死亡全无知觉。对于雷蒙，那是一场未曾预料的六月雪。人生被这场大雪割断，思想与行动的关系轻易瓦解，从此躺着是生命的常态，床是他仅有的家园，世界的风情万种与他无关。他从平凡的健康人变成特殊的残疾人，命运毫无预兆地将他改变，而他将无力改变命运。无法再做动作的主语，只能被看护被照料，顺从地做别人动作的宾语。

他躺在那儿，足不出户，二十六年，体会力不从心的最高境界。父亲、哥哥、嫂子、侄子，每一个亲人都给他无微不至的关怀。顺着八十年代的思路，他和他的家人都可以成为模范，成立事迹宣讲团。自强不息和不离不弃都是我们社会主义建设中值得学习的美德。下边的事情应该是他们一起活在鲜花掌声中，还会有笑容真诚的孩子为他戴上一条崭新的红领巾。可惜这故事来自西班牙，雷蒙也不是孙膑，所以它沿着另一条轨道行进。他的二十六年和孙悟空的五百年一样被虚化了，呈现出的是他第二十六年的斗争。为了获得安乐死的权利，他正在不懈地努力。显然他的思路是清晰的，多年的时间足够他比较其中的利害了，而且那些时间对于一个不能动的人来说应该格外有效，除了思考，他能做的很少。

开始我以为，雷蒙将是个悲观困顿求生不得求死不得的家伙，至少多年的静止会让他面黄肌瘦带着枯萎的迹象，但他却出人意料蓬勃着，散发着生命的活力。他身材壮硕粗糙谈吐睿智幽默，除了不能动以外完全像是一个正常的男人，这应该暗示着他精神的刚健。常年待在狭小的空间却并未显出和世界的隔阂，甚至对害他身体失去自由的海也能豁达地玩笑。当然，仔细想来，这里包含着更多辛酸。这是一种不得不的态度，闲置的时间必然促使他平静面对。因为难以改变什么，所以选择好一点的态度来承受。他不能哭，因为没有灵动的手臂能为自己擦去眼泪，他只能笑，宽慰家人也宽慰自己。连动一动都成了最荒唐的欲望，又怎么可能自如地生活。他的身体是一句前后转折的歇后语，脖子是突兀的破折号——只有头脑健康地活着，脖子以下的部分二十六年前就已经死了。他无法紧张也无法松弛，总是那样无奈地躺着。欢乐的极限不过是笑容满面，不能手舞足蹈，不能捶胸顿足，他必须永远那么矜持地躺在那儿，体会着比戴镣铐还可怕的麻木。路对他是多么残酷的词语，行走也成了奢侈的意象符号，甚至连坐也成了无法执行的命令，躺以待毙成了唯一的选择。他怎么可能真正痛快过！

争取死亡。不遗余力地为死亡而斗争。不能总是这样，比乌龟还笨拙迟钝，不愿总是这样，像一具预备役尸体。否极泰不来，物极没有反，活着不是权利，已经成了义务。有条件要死，没有条件创造条件也要死。求死的上诉屡被驳回，于是请来律师，于是被媒体关注。雷蒙对死的渴望成了人们关注的焦点。

律师朱莉娅是个腿有毛病的女人，她无偿接受雷蒙的案子与她也身患重症有关——她随时可能无法站立并将逐渐变成植物人。同病相怜的他们滋生出惺惺相惜的情感。她甚至一度决定和他一起去死。两个残疾人，在求死的过程里迸发出美妙的爱，那种默契只能用珠联璧合来形容。她把烟递到他嘴边，他潇洒地吸着。不知那是他生平第一次吸烟还是卧床后第一次，不自由的身体不允许他有不良嗜好。那支烟，是关怀之上的给予，是病床上分外的享受。

忽然出现的并不止朱莉娅一个人。安乐死事件的沸沸扬扬还引来了住在附近的单身母亲罗莎。热心的罗莎抱着开导劝阻雷蒙的目的而来，却在交流中难以遏制自己倾诉的欲望，逐渐依赖起雷蒙的开导。后来她更是一天不来添乱就浑身难受，吃起朱莉娅的醋，并坚信自己爱上了雷蒙，生出要和他结婚的冲动。

还不得不说一个男人，一个和他同样遭遇却身残志坚的人。这个人在几个人的服侍下兴师动众地到来，想教育雷蒙坚强面对未来。两个残疾人，在一个健康青年的传话中唇枪舌剑互不相让，直到把青年累得半死也没达成共识。最终那人无功而返。镜头戏谑地展示着二人对自己观点的坚守，却隐约透着悲凉和辛酸。生死，到底不是简单的话题。

似乎很是热闹，这些女人、男人的到来把雷蒙的求死之战装饰得场面宏大高潮迭起。甚至很多地方，我为里边巧妙的幽默笑出声来。粗枝大叶的罗莎、热心武断的残疾人、筋疲力尽的传话人、雷蒙纯真较真的侄子，包括雷蒙的诙谐，这些细节适时地点缀着死亡的道路。自始至终，电影里也并没出现什么悲怆的场面。甚至雷蒙幻想飞翔的那一段鼓胀着磅礴的诗意，那感觉酣畅淋漓，像坐在一只巨鸟身上。对雷蒙卧床生活不便的刻画都只是点到为止的喂饭、换衣。那些更尴尬细节的缺失反而加大了苦涩的味道。可以想象，大小便、刷牙、洗脸，这些正常人不需考虑的问题对雷蒙是刁钻的难题。毫无疑问，他生活在身体制造的重灾区。雷蒙当然不会无视这些，当作自己有尊严地活着。

一定要死。如此绝境无法战胜。肩膀以上是生的奴隶，肩膀以下是死的囚徒。

这个连自杀能力都没有的人，终于不愿再等法院的许可。他要违法，要自寻死路，要在众人的帮助下逃离遮天蔽日的禁锢。

毒药被装在杯中，一支吸管连接着雷蒙和杯子。他录下自己自杀的画面，轻松惬意地对着镜头调侃。然后他终于起义成功般兴奋地痛饮死的琼浆，未经批准，任性地死了。毒药穿过神秘的神经、血管，悄悄解脱他的麻木。那一刻，我忽然留下温暖的泪水，有些兴奋地哭着，为雷蒙的如愿以偿，为他死得精疲力尽，为他终于尝到死的滋味。我猜测那时的死亡是苦难的解药，是难得的成全，是真正的退一步海阔天空。死，他便可以不再苟延残喘忍受煎熬，不用在寂寞中自我厌恶，可以自如地抬起手臂，叩响天堂之门。

总让别人知难而进其实并不人道。

没有人愿意马虎地活着。

念念天使

少年时的印象里，天使是婴孩和白鸟的组合，看不出性别的纤小身体上，插着洁白的翅膀。金黄头发，干净面庞，天使来自国外。我并不十分喜欢天使，不知是否与生在这个以瘦为美的时代有关，我隐约觉得天使身上有太多脂肪。如若神出现，允诺把我变成天使，我或许会讨价还价地央求，不当天使，当模特。相较圆润短小的天使，成为嶙峋细高的模特才是更奢侈的愿望。我无意插上超凡的翅膀，只想又高又瘦穿上所有挑剔的衣裳。我爱这个凡俗的世界，并不期许双眼透出异常圣洁的光。

我在犹豫，描述天使的时候要用怎么的代词，他、她、还是它？这些头顶有光环，身后带翅膀的灵，应该归属到哪里呢？草率冒失的决定，总是要做的，暂且称为他们吧。

他们不衰老也不夭亡，游离在生离死别之外，祥和神秘盘旋在红尘的最上方。天使的眼睛是雪亮的，他们洞察一切，不置可否地看见生活的全貌，悄然到来，又悄然离去。天生我材必有用，他们在俗世与神界的边缘，是神与人的联络员。兢兢业业穿梭在人间和天堂，看沧海桑田，等地老天荒。那些轮回的时刻，出生、死亡，他们牵起人类懵懂的手，引我们到该去的地方。我没有见过天使，也无从证实他们是否在头顶飞翔，如上不过是庸俗的猜测，以人的头脑臆测神的行踪，终究摆脱不了俗套。

手里有很多底气不足的证据，支持着我对天使的猜想——我看过一些关于天使的电影。影像世界里，他们具体成一个人，男或者女，沧桑或者稚嫩，在短暂的时间里，促使我相信天使就是这样，抑或抱怨天使怎么可能是那样！《天使》里齐刘海的深田恭子一袭白衣，尽心尽力尽显居民委本色，热诚周到，帮所有人找回温暖和希望；《元卓的天使》里配角天使吊儿郎当不务正业，任人间事里出外进，他的心情却总是挺疏朗；《花眼》里两个天使造型前卫古怪，面容生冷隔膜，像来自骇客帝国，冷眼旁观人间喜怒哀乐。凡俗的演员穿梭在丰富的角色里，扮一次天使，他们的人生或许不会有什么不同。然而我多么羡慕他们，轻易在工作里超越现实，变成一个梦，一个谎。短暂的人生里，他们有那么一阵子，是在当天使的，像赤贫的宿命里一段极尽奢华的黄粱梦。

我要说的是三个思凡的故事。天使按捺不住赴了爱的邀约，不再隔岸观火，奋不顾身恋上嘈杂人间。他们钻进生活深处，品味人间悲喜。

一、《柏林苍穹下》

　　人的一生，因短促而盛大。天使的生命没有句号，因而并不圆满。他们在无始无终的时间里长生不老，俯瞰众生喧哗，永远毫发无伤，洞穿所有真相。一眼便是真相，天使的眼带着与生俱来的神异，他们的生活里没有一点隐喻。他们超然物外，直到地老天荒。

　　在轮回之外，不用烈火，理所当然地永生。没有祖国，永远流浪，仿若无疆界的梦游，脱俗却难免无趣。那两个守护着柏林的天使便是如此，带着神赋予的洁身自好，严于律己，日复一日，聆听着城市的爱与哀愁。柏林苍穹下，仿佛一座烟囱里的城市，沉郁阴霾，冷漠疏离，盛开的唯有破碎之花。他们是两个衣着厚重的中年男子，站在尖顶的教堂上，一脸遥不可及的恍惚。

　　天使的眼，穿起历史和现在，轻易捕捉变迁。平缓节制的镜头装满慈悲和无奈。那是战后逐渐复原的德国，工业欣欣向荣，人却落落寡欢，钢筋水泥的城市，钢筋水泥的心。高楼林立、马路拥挤、行色匆匆的人群，没有谁停下来倾听旁人的内心。

　　天使的生活是无法以自我为中心的一片虚空。他们把尘世见闻记在本子上，津津乐道地交流心得体会，靠观摩和分析弥补经历的缺失。他们生来平静安康，以悲悯为己任，永不躁动，没有低级的烦恼，享受着高端的自由。纵使不愿，也听得见人们每一声叹息和呻吟，难免心烦意乱。花花世界的上方，尘世纠纷的头顶，天使活得单调无趣乏善可陈。天使是神的孩子，他们不能打架，不能说脏话，不能耍酒疯，不能暴饮暴食，不能享天伦之乐，不能恶从胆边生。漫长的时间里，他们扮演着神的耳目与忠仆，没有哪怕一秒的放浪形骸。虽然没有死亡的威胁，却终究无法淋漓尽致。像无限期的软禁，天使在柔软温润的戒律里，长久置身事外，没有任何切肤之痛。永远太遥远，精神的、永恒的天使，早已疲倦寂寥，渴望脚踏实地感受一场。

　　天使是可怜的，他们像两只饥饿的苍蝇，渺小虚幻地盘旋在城市的上方。不进食、不抱怨，虽可掌握所有人的内心，却无法帮自己做点什么，亦无法真正懂得凡俗的快乐。晦暗隔阂的城市上空，他们甚至浪费了至高的位置，看不清霓虹灯。许是上帝要他们永远纯洁清白，怕炫目混乱的色彩扰了心性，天使眼里仅有黑白两色，是色盲。日日将黑白的清明上河图尽收眼底，天使的目光宽容仁爱却也隐着孤寂。真可怜，这些高于人的精灵，参不透黑白以外的灿烂。他们应该没吃过草莓吧？猩红色的浆果，艳丽而容易腐烂，吞进嘴里融化成一个馥郁的春天。他们认识草地吗？绿色的草秋日凋零，春日却再度发芽，不屈不挠展示着最平凡的力量。他们看得清彩虹吗？一道转瞬即逝预示晴朗的弧线，艳丽妖娆弯曲在天际，是无人涉足的桥。这些他们都不懂，形而上的火眼金睛掩盖不了形而下的一片空白。黑白或许是最确凿的颜色，但它们太意念，也太单薄。

　　一个天使爱上了那个马戏团的女孩。在听到马戏团女孩内心的梦想时，天使一下子难以自持地动了心。他温柔深情地看着她，不满足简单观望。他难以坚守矜持，决意下凡人间，成为对方可以触摸的爱人。日复一日地听人们心底的欲望，他终于离弃了无欲无求的高高在上，产生了亲身感受的冲动。爱情催促他将好奇付诸实践，对女孩的钟情点燃了他对人间的向往。再见了蓝天白云，告别了天使同伴，他义无反顾扑向热闹的人世。攥紧一个个刹那，离开那无尽的永恒。生活不再是观察中的轮廓，而是琐碎微妙的细节。

　　永不完结的道路变成短暂艰辛的旅程，天使变凡人，看似是想不开、不划算的人事变动。抛却极乐，主动迎接现世的苦涩。脱离永生，进入生老病死，成为毫无特殊的人。从此拥有一颗肉质的脆弱的心，一不小心就会感到疼痛和失意。这不开窍的决定，太有可能将自己带入绝望。然而，正是这应接不暇的好事坏事召唤着天使的渴望，纵身一跃，才能赋予生命热气腾腾的动力。有疼，有忍耐，才是活着。海德格尔说：人，诗意地栖居。或许五味杂陈泥沙俱下才可淘洗出真正的诗意，连天使也厌倦了从简单到简单的永恒。

　　终于感知了人间冷暖，所到之处一片斑斓。时间的流逝，咖啡的浓香，色彩繁复的涂鸦，天使的眼耳口鼻装满庸常的温暖。终于有了肉身，终于成了一个具体参与生活的人。初来乍到的天使，沉溺在新鲜的身份中——人，他终于可以混迹茫茫人海，以平凡的躯体体尝点滴。在粗糙里被刺痛，有时也让人振奋，纵使只是势单力薄地活着。

变成人，对天使，是舍弃，也是一个奇迹。

二、《天使之城》

《天使之城》是《柏林苍穹下》的好莱坞版本。两个电影，如一对异卵双胞胎，像又不像。1987年到1997年，十年，故事从德国迁徙到美国，由对生命的思索变成凄伤的生死恋，千言万语简化成爱的箴言，尼古拉斯·凯奇携梅格·瑞恩深情上演。有不少有识之士认为它是对《柏林苍穹下》的破坏性篡改，甚至有人忍无可忍，将其定性为商业对艺术的冒犯亵渎。《天使之城》的确更浅露单一更说得清，它带着好莱坞式的直奔主题，却还是有什么温暖又寒冷的东西让我一怔。口味驳杂宽容，喜欢《柏林苍穹下》的从容内敛，却也没耽误我为《天使之城》大放悲声。如同我经常穿着斯文的套裙，却自豪地搭配着地摊淘来的腰带。

凯奇决绝地跳下去，从天堂到人间。他被爱情煎熬，忍无可忍，终究放弃了天使的身份，处心积虑成为一个平凡的人，无怨无悔去爱一个女人。天使的肉身金刚不坏，他几番挣扎，还是决心伤痕累累，成为人。他赤着脚，流着血，样子潦倒又癫狂，焦灼亢奋地第一次奔跑在熙攘的马路上。他不是天使了，他从高处俯冲下来，踩着坚实的地面，脚步不再静悄悄。加入芸芸众生的队伍，为着一个浪漫的理由，他爱上了一个女人。

一场宿命的偶遇。他是接应弥留者去天堂的天使，而她却是死亡面前企图力挽狂澜的医生。在这特殊的、几乎是敌对的工作关系中，他可以看见她，而她肉眼凡胎，仅凭某种特异的感觉怀疑着他的存在。他们在一种注定的若即若离中微妙地感受着彼此，两双深邃的眼装满迟疑和颤动。

不可以。天使的生命是直线，没有阴差阳错，必须心无杂念一往无前。他带着神的旨意，要对苍生心怀善意，却不可钟情于具体的一个。天使与大爱相关，却与一对一的爱情无缘。然而，他还是心动了。他带走她的病人，她悲伤颓然地体会生命的无力。他为她的眼睛着了迷，那一汪哀伤弥漫的水，打湿了他的心。她感知到他的怪异，到天使栖居的图书馆寻他，肃穆静谧的图书馆是天使的集散地。男的、女的、白皮肤、黑皮肤，面容迥异的天使穿着黑色的长袍，与华丽无关，却达到了神圣的极限。没有翅膀，亦并不是孩童般的乖巧摸样，神的孩子与我们一样。但是眼神还是不同的，天使的眼常年平和，没用汹涌的情绪，更不会有欲望。

他跳了。最后一次从天而降。神经兮兮的脸带着初来人间的喜悦，他马不停蹄赶往她度假的小屋。神秘潮湿的雨夜，她打开门，惊见陌生又熟悉的脸。炉火正旺，两个人。亲吻、抚摸，他们像任何一对缠绵的恋人，享受着战栗的缱绻。于他，这是生命中难以言说的体验，带来惶恐和惊喜。

相拥而眠，做饭，享受琐碎安逸的时光。人世的第一个夜晚，暖意融融。

然而，只一夜就然而了，类似这般转折的词汇是多么残酷，猝不及防就让凶兆兑现。

　　她想他尝尝梨子的滋味。他曾经好奇地询问她梨的味道。

　　买梨。阳光倾洒的乡间小道上，她骑着脚踏车，扬起头，享受地张开双臂。笑容像林间清凉的风，双手像预备飞翔的翅膀，她心满意足以为自己正朝爱人飞去，却说时迟那时快地撞向死神的胸膛，陨落在猝不及防的悲剧里。

　　序曲余音未了，骊歌便强悍奏响。死亡迫近，曲终人散。一辆卡车驶来，梨洒了一地。他狂奔而至，却只能面对属于爱人的一片血迹。他的天使同伴一定已然到达。他们尽职尽责，来接应离世的她。而他已无法再识别他们，只能徒劳地抓狂，嘶吼满腔悲伤。

　　那短暂的一夜，不过是虚晃一枪。幸福是一个虚词，总在无限的远方，是否有与之对应的内容，让人生疑。是意外，谁也不会给他一个说法。上帝让他在第一时间懂得了，再精诚所至再全力以赴也是徒劳，死是蛮不讲理的不可挽回。做人就是总被命运愚弄，对一切难以预期，还要生生扛下所有出其不意，吞下酸楚的情何以堪。如芥川龙之介所说，"人生，远比地狱更像地狱"。毫无准备，离开天堂第二天，就一下子那么接近地狱，他惊恐无措地领受了命运森然的悬念和未知。

　　苍天在上，这是毫无道理的因果啊！我几乎难以自持，神为何居心叵测迫害曾经的天使？为惩戒他耐不住寂寞地逃离，还是以最冰冷的方式让他迅速了解人生？以死亡掠走爱人，恶毒、残酷、不由分说到了极致，我无法相信这是神的决定。难以想象他如何度过以后的日子，他为了她来到人间，却在唯一的良宵后天人永隔。情话碎了一地，对未来的畅想魂飞魄散。一夜，他便失去了坠入凡尘的理由，不得不孤绝地行走在坚硬的地面。

超市里，他看见成堆的梨。不知情的梨无辜而安详地躺着，淡黄的脸点缀着活泼的雀斑，搞不懂那个满眼含泪的男人，为什么忽然望着它们痛不欲生。他哭了，没有尝到梨子的甜润，先懂得了眼泪的咸涩。这个在汉语里和分离谐音的水果，难道在英文里也昭示着离散？

死亡、命运、定数，人的生命漏洞百出，裸露着一个个巨大的破绽。他无力地看着爱人撒手人寰，不再是天使，只能卑微地袖手旁观。他说不后悔，在落日时分来到天使聆听天籁的海边。他踏着浪花，忧伤地看着从前的同伴，慢慢展露出复杂的微笑。那以后，他将一个人，在这落满尘埃充斥着分离的人间。

三、《天使在人间》

于是，爱情在围追堵截中确立下来。那个纯洁无瑕的天使和青涩毛糙的小子温存地相爱了。

年华如驰，音容虽远，十几年过去，我依然记得艾曼纽·贝阿的脸。她抖落着受伤的翅膀，抬起头，睁着迷茫的大眼睛，目光的确不似出自人间，必然来自比鸟比天空更高远的天际。她纯正的容貌也好像和地球无关，美得简直有几分骇人。大概就是那种"水至清则无鱼"的境界吧，她空洞、圣洁、惊惧的美甚至让我怀疑那是电影还是一段泄露天机的录像。直到在《碟中谍》里看到她干练精明的样子，我才终究有些失望地相信她是一个演员。蜷曲的金发、湛蓝的眼眸、苍白的面色，像云、像雪、像月亮，像来自遥远天空的幻象，艾曼纽·贝阿不食人间烟火的脸庞，符合我对折翼天使的所有设想。

《天使在人间》是在电视里看的，彼时我正上初中。我清楚地记得那是一个周日，电影演到一半，我却不得不去上英语课。我抓心挠肝一步三回头，舍不得在天使的恋情明朗前离开。妈妈亦沉浸在超现实的故事里，很人道主义地开恩，允许我看完电影再走，先不去上课了。我领旨谢恩龟缩在客厅的角落，以免行动不低调惹得妈妈收回成命。我估计妈妈心里想得挺严肃的，把耽误英语课的电影当成美育教育，并且深深陶醉于自己的开明。如若真是那样，她的教育目的也达到了，我对唯美有了最直观的认识，至今不相信有人可以美过艾曼纽·贝阿，尤其是插上翅膀的她。她扬起毛茸茸的翅膀，像一朵从天而降的蒲公英。

那其实并不是出众的故事。即将结婚的傻小子遭遇受伤跌落的天使，他从宿醉中醒来，却发现天上掉下个天使妹妹，全身羽毛躺在他家的游泳池里。不过是善良的他照顾虚弱的她，并在一系列危险阻挠中笑料百出地相爱了。然而故事并不重要，当屏幕中的天使张开巨大的翅膀，不谙世事地注视着远方，一切便都不重要了。她和林间的小动物嬉闹，她亲昵地依附在教堂的圣像前，她捏着汉堡包把自己吓到，她不能免俗地吃起了薯条，她茫然地看着企图绑架她的人，她用纱布藏起已经痊愈的伤口，她第一次留下人的眼泪……天使的天真让人神往。

如同方文山的歌词：海鸟跟鱼相爱，只是一场意外。他们边小心收藏甘醇的悸动，边应付着外界的干扰。在人间，天使的长相过于隆重，她像一场六月雪，太奇异扎眼了。我猜如若天使真的都是那般模样，大概这世上的男人宁愿遭天谴也不愿和俗世的女子爱恨情仇了。聒噪喧哗的尘世，怎会轻易成全一段涉及异类的恋情！他本是有女朋友的，那栗色短发的女孩也是漂亮的，只是在浅淡的天使面前，深色的未婚妻黯然失色了。再加上骄横跋扈盛气凌人的性格，她自然占不了先来后到的便宜，只能心不甘情不愿被淘汰了。作为暴发户的女儿，她曾经不可一世，却终究走向崩溃的边缘。占有欲、报复心融解了理智，她歇斯底里地散发出恶人的气息。最后的登场，她横眉立目手举猎枪，内裤外穿（将底裤套在了牛仔裤外边），邪恶的小宇宙搭配不得体的外表，终把天使激怒被警告惩治了。我曾经非常鄙夷她。她太自私、猥琐、自不量力了，是童话爱情里扫兴的绊脚石。没有人能不爱那个天使，被那无邪的目光触及，没有谁能心如止水。她男朋友竟然是日久生情不是一见钟情，说明那男的意志已经很坚定了。我的男朋友要是为了天使抛弃我，我认了。天使太美了，我如果不自惭形秽自动出局，那我脸皮也太厚了。可是，等等，凭什么我那么倒霉啊？我招谁惹谁了？好吧，我承认，多年以后，我有些同情那个失控的女人了。这压根不是同一起跑线上的竞赛，人与天使怎能同日而语？马上要举行婚礼了，被一个非人的美女横刀夺爱了，这口气还真不是想咽就咽得下的！她虽然是个坏蛋，但也算得上牺牲品，还是有几分委屈的。

故事的结局，男孩为保护天使受伤昏迷，天使在凄厉的雨夜飞走。我的眼泪正要涌上眼眶，镜头一转又是新的一天了。他睁开双眼，看见她穿着白制服守着她，修身的护士装包裹着没有翅膀庇佑的身体，天使变护士了。她小腰一扭说，带我去吃土豆条吧！皆大欢喜，配角淡出，忘了疼痛和伤痕。俗是俗了点，但是真暖和！

再见，美少年

　　周末与朋友相约吃饭，三个女生叽叽喳喳说起暑期档电影，一个说要去看那部听起来挺无趣的港片，只为吴彦祖。没什么好奇怪的，吴彦祖的确是女观众掏钱进影院的理由，并且这理由足够强大。话题顺着吴彦祖展开，说着说着，便开始慨叹光阴荏苒。原来，有人追本溯源提及《美少年之恋》，那里不仅有初出茅庐的吴彦祖，还有华丽亮相的冯德伦。

　　电影开场，冯德伦扮演的Jet懒洋洋游荡在中环的马路上。他刚刚在公厕诱惑了黄霑客串的骚包太平绅士，轻松赚到三千块，俊朗的面孔盛满玩世不恭，有一种不加节制的动人气质，如同灵兽携带着特殊的气息，周身散发出原始的敏感和光明。要我怎么来形容，蚀骨？销魂？似乎过于香艳，难以传达那种直接、灿烂、无污染。比较准确的词汇是：迷人。纵使初亮相就交代了男妓的身份，却丝毫没有不洁的感受。

　　这么多年过去，我依然清楚地记得那愉悦自恋的笑容，以至于我每次经过中环，都在形色匆匆的人流里想起这个画面。我遇见路人甲乙丙丁，没有谁走得Jet那么潇洒明快那么悠闲自得。然而电影里的中环光影暧昧，仿佛随时促成着谁和谁的邂逅。Jet在漫无目的的游荡中遭逢了Sam的笑容。一见倾心，不是左思右想的选择，而是四目相对就抑制不住的浮想联翩。互留笑容，而后擦肩。这个对提供特殊服务已然轻车熟路的少年，其实刚刚情窦初开，一个眼神就兀自雀跃、蠢蠢欲动。他回到"公司"，对男妓同事们讲起街头的惊鸿一瞥，阿青恶作剧地替他登了寻找Sam的广告。Jet的传呼机几乎被打爆，然而都是与Sam毫无关系的好奇者。好在故事总是峰回路转，Jet与Sam的线头不该断。他终于遇到了正在巡逻的Sam，他是一个警察。

Sam把Jet领回家吃饭，大方介绍给父母，一副友谊地久天长的姿态。面对Jet的热情如火，Sam给出模棱两可的回馈。走一步退两步，弄得Jet好生疑惑，却依然不断争取。一个义无反顾，一个避重就轻，Jet与Sam的关系在融洽以外显得扑朔迷离，如同开在水底的花朵，影影绰绰。

与Jet的简单相比，Sam背负着繁冗的过去。父母的教诲、内心的召唤，他一个也没耽误。在荣誉、奖状中渐渐成为规矩的职员、英武的警察，笔挺制服里，一派正大光明。而暗地里，却已曾经沧海，结束了两段同性恋情，他试过将伴侣离弃，也舐舐过被辜负的疮痍。安静雅致的面孔下，是不可思议的过去，仿若一艘恬淡漂流的小帆船，却其实来自惊涛拍岸的远方。那是让旁观者恍然又错愕的过往，人生的起承转合蕴含出人意料的张力——当Sam还叫辉的时候，曾是阿青的情人，甚至就是他无情的背叛促使阿青从呆板矜持的小白领成了放浪形骸的男妓；另一条线索里，Sam曾与明星K.S

相恋,亦曾为偿还K.S透支的信用卡出卖过色相。阿青、Sam都为所爱飞蛾扑火肝脑涂地做出过被卖了还帮着数钱的巨大牺牲,然而他们轻描淡写藏起伤口,没有谁龇牙咧嘴愤愤不平,唯有Jet带着初次的意乱情迷想尽办法引诱着Sam的心动。他们对交错的过去毫不知情,在命运的大网里孤独地面对着内心的焦灼。

直到Jet假装扭伤脚,Sam送他回家,与阿青狭路相逢……真相成了一个切口,Jet反而清楚了Sam的取向。他满怀愤怒和惊喜冲向Sam家,先是一巴掌,后是一个吻,都是狠狠的。两个年轻的躯体被欲火包围,终于紧紧纠缠。然而锁孔的响动又掀起新的波澜,Sam的爸爸偶然目睹又悄然离去。

短促的交融带来永远的分离,面对父亲眼角绝望的泪痕,Sam迅速进入梦醒时分的荒凉。多年以来,乖仔Sam被命运围追堵截,对爱的企图都指向相同的性别,克服不了愧疚和仓皇,束手无策,找不到出路。怯懦和勇敢同时涌上心头,他不想刺伤父母,亦无法背弃爱人,两难之间他做出了最笨拙最简单的决定。Sam从阳台一跃而下,狼狈地让生命戛然而止,眷恋必然是有的,但是那个坎他过不去……

抓狂的Jet收到Sam的绝笔,在生命的最后时刻,在自我判决之前,他第一次直白地表达了爱意。信笺中掉出阿青替Jet登的广告,那恶搞的启示是爱人的珍藏,亦是生命寒凉的伏笔。原来Sam一直知晓,原来他们一直心心相印。

他和他在一起不是故事。可以成为故事的,是他和他终究分离。

图书在版编目（CIP）数据

冷眼/马小淘著. -- 北京：作家出版社，2016.10
ISBN 978 - 7 - 5063 - 8851 - 1

Ⅰ.①冷…　Ⅱ.①马…　Ⅲ.①随笔 - 作品集 - 中国 -
当代　Ⅳ.①I267.1

中国版本图书馆 CIP 数据核字（2016）第 068772 号

冷　眼

作　　者：马小淘
责任编辑：李宏伟
装帧设计：申晓声
出版发行：作家出版社
社　　址：北京农展馆南里 10 号　　邮　　编：100125
电话传真：86 - 10 - 65930756（出版发行部）
　　　　　86 - 10 - 65004079（总编室）
　　　　　86 - 10 - 65015116（邮购部）
E - mail：zuojia@ zuojia. net. cn
http://www. haozuojia. com（作家在线）
印　　刷：三河市紫恒印装有限公司
成品尺寸：130 × 185
字　　数：180 千
印　　张：9
版　　次：2016 年 10 月第 1 版
印　　次：2016 年 10 月第 1 次印刷
ISBN 978 - 7 - 5063 - 8851 - 1
定　　价：36.00 元